Jochen Bender

An der Kante

Jochen Bender
lebt und arbeitet in Stuttgart. Er ist verheiratet und hat zwei Söhne. Bisher erschienen die Schwaben-Krimis »Tödlicher Handel«, »Ein feiges Attentat« und »Die Millionen von Neresheim« mit der Kommissarin Anita Schenk.

Jochen Bender

An der Kante

Ein Schwaben-Krimi

Oertel+Spörer

Dieser Kriminalroman spielt an realen Schauplätzen. Alle Personen und Handlungen sind frei erfunden. Sollten sich dennoch Ähnlichkeiten mit lebenden oder verstorbenen Personen ergeben, so sind diese rein zufällig und nicht beabsichtigt.

Postfach 16 42 · 72706 Reutlingen

Titelbild: © Franz Schumacher, Ditzingen
Gestaltung: PMP Agentur für Kommunikation, Reutlingen
Satz: Uhl + Massopust, Aalen
Druck und Bindung: Longo AG, I-Bozen
Printed in Italy
ISBN 978-3-88627-693-6

Freiheit kann man einem zwar lassen
aber nicht geben.

Friedrich von Schiller

Ihr Blick hing an seinen Lippen. Sein kostbares Lächeln ließ noch immer eine Saite in ihr vibrieren. Viel zu selten schenkte er ihr sein Lächeln. Dabei konnte Jörg so süß sein! In materiellen Dingen war er großzügig, gar verschwenderisch, bei emotionalen Dingen hingegen schwäbisch-sparsam, um nicht zu sagen geizig. War sie deshalb nach all den Jahren noch immer bereit, für ein Lächeln von ihm so weit zu gehen?

Sein Körper war durchtrainiert. Er beherrschte ihn nahezu perfekt. Lässig balancierte er auf einem Bein stehend am Rande des Abgrunds. Das Fordernde in seinem Blick entging ihr nicht.

»Komm her!«

Sie zauderte.

»Jetzt trau dich schon!«, drängte Jörg. Seine Stimme veränderte sich um eine winzige Nuance, die ihr seine aufkommende Ungeduld verriet. Fordernd streckte er ihr seine vom Klettern gestählte Hand entgegen. Ihr Körper begann zu zittern.

»Ich weiß nicht…«, setzte sie kläglich an.

»Katja würde sich nicht so anstellen!«, unterbrach er sie. Die Erwähnung der jüngeren Nebenbuhlerin versetzte ihr einen heftigen Stich. Dabei hatte Sonja erst gestern wieder einmal den Vorsatz gefasst, sich von ihm nicht mehr provozieren zu lassen! Sein Lächeln erschien ihr plötzlich nicht mehr verführerisch, sondern hinterhältig.

»Warst du mit ihr auch hier?«, fragte sie.

Eine steile Falte bildete sich auf ihrer Stirn.

»Aber Schatz, du weißt doch, den Platz hier habe ich für

uns reserviert…«, antwortete er. Seine kobaltblauen Augen musterten sie. Einmal mehr hatte sie das verstörende und zugleich erregende Gefühl, sein Blick reiche bis in den entlegensten Winkel ihrer Seele. Mit einem weiteren Lächeln fuhr er fort: »… zumindest noch!«

Sonja zuckte zusammen. Eifersucht und Sorge verdrängten ihre Angst. Sie wagte einen Schritt auf ihn zu. Ein Teil von ihr wollte ihn anbrüllen, verlangte danach, ihm eine Szene zu machen. Der schwarze Vogel ihrer Angst wies diesen Teil jedoch zurecht. Nicht, dass Jörg sie schlüge oder ihr sonst körperlich etwas antäte. Das entsprach nicht seiner Art. Stattdessen würde er seine verdammte Arbeit als Vorwand nutzen, sie mit Nichtbeachtung zu bestrafen. Ganze Tage, und, was noch viel schlimmer war, ganze Nächte, würde er außer Haus verbringen. Nacht für Nacht würde ihre Eifersucht sie schrecklich quälen. Sich einsam im ehelichen Bett wälzend würde sie sich bildhaft ausmalen, was er gerade mit anderen Frauen in Bergen weißen Satins trieb, während sie zu Hause einsam litt.

In der Hoffnung auf, und gleichzeitiger Angst vor, Gewissheit, hatte sie einmal sogar einen Privatdetektiv auf ihn angesetzt. Das Geld hätte sie sich sparen können. Jörg war durchtriebener als der Detektiv. Oder war er etwa doch treu?

Beherzt machte sie einen weiteren kleinen Schritt auf ihn zu. Er belohnte ihren Mut mit einem aufmunternden Nicken. Sie bemerkte nicht, wie sie immer mehr in einen Tunnel geriet: Es existierten nur noch er und ihre Ängste. Die Welt um sie herum verschwand. Wer war stärker? Ihre Liebe? Ihre Angst vor der Gefahr, in die er sie locken wollte? Oder erneut ihre Angst, ihn zu verlieren?

Wenn sie seinem Verlangen nicht bald nachgäbe, würde sie sich nur wieder über Tage oder Wochen hinweg selbst quälen. Er würde hingegen cool abwarten, bis sie auf Knien angerutscht käme und ihn anbettelte, sie doch wieder anzufassen.

Dabei hatte sie sich geschworen, sich nie wieder so zu erniedrigen! Nicht nur einmal, hundertfach, hatte sie sich dies fest vorgenommen. Trotzdem war ihr klar, dass sie es wieder tun würde. Ein Leben ohne ihn war für sie nicht vorstellbar. Manchmal wünschte sie sich, ihn persönlich dabei zu ertappen, wie er es mit einer anderen trieb. Vielleicht würde sie es dann endlich schaffen, ihn zum Teufel zu jagen. Aber nicht einmal dessen war sie sich sicher.

»Was ist?«, fragte er. Seine Stimme zeigte ihr an, dass nicht mehr viel Zeit blieb. »Traust du dich jetzt oder nicht?«

Außerhalb ihres Wahrnehmungstunnels kündete der überschwängliche Gesang der Vögel im Wald hinter ihr lauthals von der morgendlichen Lust am Leben, während die hinter Jörg sichtbaren Dörfer am Fuße des Albtraufs und das Städtchen Kirchheim ausgestorben dalagen. Kein Wunder, hatte ihr Mann sie an diesem Sonntag doch lange vor Sonnenaufgang aus dem Bett geworfen, sie in seinen 911er bugsiert und mit atemberaubendem Tempo über die Autobahn 8 nach Hepsisau verfrachtet. In der Morgendämmerung hatte er sie bis an die Grenze zum Herzinfarkt durch das Naturwunder der Zipfelbachschlucht hoch auf den Mörikefels gescheucht. Nicht vor Erregung, sondern schlicht aus körperlicher Anstrengung ob des schnellen Marsches, hatte ihre Pumpe bis zum Hals geschlagen. Jetzt kündeten die ersten Strahlen der Mai-Sonne von einem verheißungsvollen Tag, während Jörg weiterhin überheblich auf einem Bein am Rande des Abgrunds balancierte. Sie hasste es, wie leichtfertig er mit seinem Leben spielte. Noch viel stärker hasste sie jedoch das Abgründige in ihm, sein sichtbares Lustempfinden, sobald ihre Angst sich zeigte. Er würde keine Ruhe geben, ehe er sie nicht trotz ihrer Höhenangst für einen kurzen Augenblick neben sich an die senkrecht abstürzende Felswand gezwungen hatte.

Würde sie es heute erstmals schaffen, sich seinem Spiel zu widersetzen? Der Gedanke erschien verlockend. Doch sogleich warnte der schwarze Vogel ihrer Angst sie davor, dass Jörg sie in diesem Fall möglicherweise mit seiner körperlichen Überlegenheit an den Abgrund zerren würde. Was geschähe dann? Sie tat einen winzigen weiteren Schritt auf ihn zu, der sofort mit einem erneuten lockenden Lächeln belohnt wurde. Würde sie sich Jörg so auf Dauer erhalten können? Ein weiteres, zögerndes Schrittchen folgte. Endlich loderte sexuelles Begehren offen in seinen Augen. Würde er sich bis zur Rückkehr ins eheliche Bett mit der Befriedigung seiner Lust gedulden? Oder sie gleich hier auf dem Felsen nehmen? Hyperventilierend, getragen von der Hoffnung, im Falle einer Ohnmacht in seinen Armen zu erwachen, tat sie den letzten Schritt auf ihn zu.

Die Vögel stoben aus den Bäumen auf, als ein gellender Todesschrei den morgendlichen Frieden störte, abrupt endend mit dem dumpfen Aufprall eines zerschmetternden menschlichen Körpers.

Die rasende Fahrt erforderte seine volle Konzentration. Sein Herz raste wild, schien aus seinem Brustkorb springen zu wollen. Die Linkskurve war schärfer, als Adrian sie in Erinnerung hatte. Vor lauter Schreck zog er zu heftig an den Bremshebeln. Sein Vorderrad kam ins Rutschen. Sofort ließ Adrian die Bremse wieder los. Im letzten Augenblick bekam er sein Enduro-Bike wieder unter Kontrolle.

Außer Atem hielt er an. Durch das dichte Grün schimmerten vereinzelte Villen in Halbhöhenlage. Sein Puls beruhigte sich. Er wollte soeben wieder losfahren, als hinter ihm ein Warnschrei ertönte. Wenige Zentimeter von seinem Lenker entfernt rauschten zwei unter ihrer dicken Schutzkleidung unkenntlich vermummte Downhiller an ihm vorbei. Trotz deren rasender Fahrt hatte er das Bike des Vorderen erkannt. Die beiden hielten sich in ihrer Jugend noch für unverwundbar. Er selbst gehörte mit vierundvierzig Jahren zu den Gruftis der Szene.

Besser er wartete eine Weile, um sich ihre abfälligen Bemerkungen am Zahnradbahnhof Marienplatz zu ersparen. Dort sammelten sich die Radler für die Bergfahrt und prahlten mit ihren Erlebnissen. Eine hämische Erwähnung in einem solchen Heldenepos als Dilettant, der unmittelbar hinter der schwersten Passage mitten auf der Piste angehalten hatte, wollte er sich nicht geben. Besser er wartete auf die nächste Zahnradbahn hoch nach Degerloch.

Ein weiterer Fahrer kam den Trail herunter, nahm geschickt die schwere Stelle, bremste dahinter scharf ab und kam neben ihm zum Stehen. Zu seiner Beschämung handelte es sich um eine junge Frau, die ihm vom Sehen vage bekannt vorkam. Kein Wunder, schließlich fuhren nicht viele Frauen Downhill. Jedenfalls hatte die Blondine mit Bravour jene Stelle gemeistert, an der er um Haaresbreite gescheitert wäre.

»Servus«, grüßte sie.

»Servus«, grüßte er zurück.

»Alles in Ordnung bei dir?«

Ihre Brauen waren in die Höhe gezogen, ihre Augen weit geöffnet und ihr Mund nicht ganz geschlossen. Schon lange war ihm kein so offenes Gesicht mehr begegnet.

»Klar, ich genieße nur die schöne Aussicht!«, erwiderte er abwehrend.

Sie sah in Richtung Stadt, ihr ganzes Gesicht ein einziges Fragezeichen. Erneut bannte ihn die Ausdrucksstärke ihrer Mimik.

»Welche Aussicht meinst du?«, fragte sie.

»Ich habe wohl die Stelle verwechselt!«, murmelte er und fuhr los.

Adrian kam sich schäbig vor. Die Frau hatte ihm ihre Hilfe angeboten und er hatte sich im Gegenzug wie ein Arschloch benommen. Aber es war eben verdammt hart, nicht mehr als viriler Mann, sondern als gebrechlicher Knacker wahrgenommen zu werden, besonders von einer Klasse-Frau wie ihr. Das unter Downhill-Fahrern übliche Duzen täuschte ihn nicht darüber hinweg.

Er wollte sich auf keinem Fall von ihr auch noch überholen lassen. So bog er vom Trail in einen normalen Waldweg ab, wo er nach wenigen Metern erneut anhielt und durchatmete. Ihr Gesicht kam ihm wieder in den Sinn. Eigentlich hatte darin keine Sorge, sondern eher Neugierde und Interesse, gestanden. Er meinte auch, dass genau jene junge Frau ihm schon häufiger bei Begegnungen in der Zacketse* oder auf der Piste interessierte Blicke zugeworfen hatte. Konnte eine schätzungsweise fünfzehn Jahre jüngere Frau sich ernsthaft für einen geschiedenen Mann mit fast erwachsener Tochter interessieren?

In diesem Augenblick verkündete ein vertrauter Dreiklang den Eingang einer SMS. Er zog sein Smartphone hervor, öffnete die Nachricht und erstarrte. Auf dem Screen stand:

Dein Bruder starb nicht durch einen Unfall. Es war Mord!

Eine Gänsehaut überkam ihn. Wer schickte ihm nach drei Jahren plötzlich so eine Nachricht? Die Nummer war unterdrückt. Der Absender wollte also anonym bleiben. Das Gespräch mit Oli, dem einzigen Freund seines Bruders Jörg, so man Oli denn überhaupt als Jörgs Freund bezeichnen konnte, kam ihn in den Sinn. Hatte Oliver ihm die Nachricht gesandt, um seine kürzlich geäußerte Vermutung noch einmal zu bekräftigen?

Nein, das passte nicht zu Oli. Solche Spielchen waren nicht sein Stil. Außerdem wusste Oli, dass die Polizei trotz unter-

* Umgangssprachliche Bezeichnung der Stuttgarter Zahnradbahn

drückter Nummer mit Leichtigkeit den Absender der Nachricht ermitteln konnte.

Polizei? Seit ihrem Gespräch überlegte er, die Kripo einzuschalten. Die könnten allerdings im Zuge ihrer Ermittlungen auch auf für ihn unangenehme Dinge stoßen. Daher würde er lieber einen Privatdetektiv beauftragen. Von denen hielt er allerdings nicht viel. Nachdenklich fuhr er weiter. Er würde das Risiko mit der Polizei wohl oder übel eingehen müssen. Sonst würde er nie herausbekommen, was damals wirklich passiert war. Sonja kam ihm in den Sinn. Die Erinnerung versetzte ihm einen Stich. Grimmig fasste er den Entschluss, gleich am Montag bei der Polizei Anzeige gegen sie zu erstatten.

Kriminalhauptmeister Peter Lutz kam sich am Montagmorgen unsäglich albern und blöd vor. Wie um alles in der Welt hatte er sich hierauf nur einlassen können? Wurde er rot? Er erinnerte sich unwillkürlich an ein Gespräch mit seiner Vorgesetzten, Dezernatsleiterin Anita Schenk.

Natürlich wusste er genau, warum er sich hierauf eingelassen hatte: Weil seine jüngere Kollegin Sultan Koc zum Studium an der Polizeihochschule weilte und anschließend den höheren Dienst erreichen würde, während er weiter mittleren Dienst schieben musste.

»Entschuldigung!«, sprach ihn eine Passantin an. »Warum führen Sie eine Banane an der Hundeleine spazieren?«

»Ist ein neuer Trend aus Amerika!«, entgegnete Peter, ohne anzuhalten.

»Echt?«, rief die Frau hinter ihm her.

Während er weiter die dicht bevölkerte Fußgängerzone entlanglief, breitete sich auf seinem Gesicht ein Grinsen aus. Auf einmal kam er sich gar nicht mehr blöd vor, sondern richtiggehend cool. So leicht ließ er sich von einer dahergelaufenen Tussi nicht aus dem Konzept bringen! Mochten die anderen über ihn doch denken, was sie wollten! Ihm konnte das nichts anhaben!

Am Ende der Königstraße angelangt, wartete er auf Herrn Armbruster. Der Psychologe war mit zwanzig Meter Abstand hinter ihm hergelaufen. Als er ihn erreichte, strahlte er ihn professionell lächelnd an.

»Gut gemacht!«, lobte er. »Was macht Ihr Peinlichkeitsempfinden?«

»Am Anfang war es ganz schlimm! Bis zum Schlossplatz ist es sogar eher noch angestiegen. Ich war kurz davor, die Sache hinzuschmeißen. Aber als die Passantin mich ansprach und ich so schlagfertig antworten konnte, war es plötzlich wie weggeblasen.«

Ein stolzes Grinsen klebte in seinem Gesicht.

»Schön, dann drehen Sie jetzt um und spazieren mit der Banane wieder die Königstraße bis zum Hauptbahnhof hinunter. Wenn Sie mögen, können Sie die Banane auch mal an einem Baum ihr Pfötchen heben lassen. Oder zumindest so tun, als ob.«

Mit grimmiger Entschlossenheit machte Peter kehrt. Er würde Anita zeigen, dass auch er das Zeug zum Kommissar hatte!

Warum ausgerechnet ich?«

Die Frage hallte im Büro von Polizeipräsident Dr. Ludger nach. Hauptkommissarin Anita Schenk hatte diese in einer Lautstärke gestellt, die auch im Vorzimmer zu hören gewesen war. Die beiden Herren sahen einander pikiert an. Anita bereute ihre Lautstärke indes nicht. Im Gegenteil, allmählich reichte es ihr! Bei Übernahme ihres vorletzten Falles hatte der

Innenminister persönlich versprochen, bei Erfolg stünden ihr alle Wege offen. Und nun? Statt sein Versprechen zu halten, hatte der Minister seinen Staatssekretär vorgeschickt, um sie die nächste Kröte schlucken zu lassen!

»Frau Schenk«, antwortete schließlich Dr. Ludger schmallippig, »jetzt beruhigen Sie sich doch bitte! Wir sprechen später noch einmal in Ruhe über die Angelegenheit!«

Nie zuvor hatte der Präsident sie derart abgefertigt. Anita nickte den beiden Herren knapp zu und verließ wortlos das Büro.

Schlecht gelaunt kehrte sie in ihr Dezernat 7 zurück, wo sie von Kommissar Markus Knauß schon erwartet wurde.

»Was gibt's?«, fragte sie unwirsch.

»Wir haben hier einen etwas ungewöhnlichen Fall. Ich bin mir nicht sicher, wie wir verfahren sollen. Vielleicht möchten Sie sich als Dezernatsleiterin der Sache persönlich annehmen?«

Knapp fasste er zusammen, worum es ging und wenige Minuten später saß Anita dem Mann mit dem ungewöhnlichen Anliegen persönlich gegenüber.

»Herr Götz, Sie wollen also Ihre Schwägerin wegen Mordes an Ihrem Bruder anzeigen?«, fasste Anita das von Kommissar Knauß Gehörte zusammen.

»Chapeau, Frau Schenk! Genau dies versuche ich seit über einer Stunde Ihren Mitarbeitern da draußen klar zu machen!«

»Wo soll sich der Mord ereignet haben?«

»In Hepsisau, am Mörikefels.«

»Das liegt im Landkreis Esslingen!«

»Und? Mein Bruder lebte hier in Stuttgart und meine Schwägerin ist immer noch hier gemeldet. Also kommen Sie mir jetzt bitte nicht damit, dass der Fall außerhalb Ihrer Zuständigkeit liegt!«

Anita hatte genau dies vorgehabt. Aber es war nicht ihre Art, sich vor etwas zu drücken. Bitterkeit überkam sie bei der Erinnerung, dass genau dies einer jener Punkte gewesen war, die ihr Mann Bernhard ihr gestern vorgeworfen hatte. Sie war ihm zu perfekt. Auch sie sollte mal vor etwas zurückschrecken, eine Aufgabe richtig in den Sand setzen.

Anita zwang ihre Aufmerksamkeit zurück zu dem Gespräch mit Herrn Götz. Die Angelegenheit kam ihr aufgrund des unerfreulichen Gesprächs mit dem Polizei-Präsidenten und ihrer ehelichen Probleme nicht ungelegen.

»Lassen wir das mit der örtlichen Zuständigkeit mal Außen vor!«, erwiderte sie daher. »Was ich nicht verstehe: Wieso kommen Sie erst drei Jahre nach dem Tod Ihres Bruders …«

»Das habe ich doch denen da draußen ausführlich erklärt!«

»Dann erklären Sie es mir bitte noch einmal!«

Er seufze demonstrativ. Dann hielt er ihr sein Smartphone mit der anonymen SMS hin.

»Also erstens, erhielt ich gestern diese Nachricht hier.«

»Von wem stammt die?«

»Keine Ahnung!«

»Haben Sie etwas dagegen, dass wir den Absender ermitteln?«

»Im Gegenteil, ich bitte Sie sogar darum!«

»Und zweitens?«

»Meine Schwägerin plagte eine panische Höhenangst. Hingegen war mein Bruder, was Felsen und Abgründe anging, mehr als leichtsinnig. Daher hatte ich seinerzeit keinen Grund, Sonjas Angaben in Zweifel zu ziehen. Kürzlich erzählte mir dann ein Bekannter, dass sie seit Jörgs Tod Fallschirm springt. Ich wollte ihm nicht glauben. Wie kann die höhenängstliche Sonja Fallschirmspringen? Er zeigte mir ein Video von einem ihrer Sprünge irgendwo in Afrika. Zwei Tage nach dem Gespräch kam sie zum Geburtstag meiner Tochter Annika. Sonja ist ihre Patentante. Noch ohne Argwohn, mehr aus Neugierde, sprach ich sie aufs Fallschirmspringen an. Sie bestätigte, nach Jörgs Tod mit dem Sport begonnen zu haben.

Begeistert erzählte sie von ihren damit verbundenen Erlebnissen. Auf Nachfrage erklärte sie mir, eine Psychologin habe sie von ihrer Höhenangst kuriert. Sie nannte mir sogar den Namen der Therapeutin. Als ich diesen hörte, rastete in meinem Hirn etwas ein. Ich kam nur nicht gleich drauf, was es war. Mitten in der folgenden Nacht wachte ich auf. Plötzlich wusste ich, was mich an dem Namen der Therapeutin irritiert hatte.«

Er legte einen selbst gemachten Fotokalender auf den Tisch.

»Diesen Kalender gestaltete Annika für ihre Patentante Sonja. Weihnachten vor dem Tod meines Bruders schenkte sie ihn ihr zum Geburtstag. Jeder Monat enthält ein Foto von den beiden.«

Anita nahm den Kalender auf und blätterte ihn durch. Frau Götz war eine attraktive Enddreißigerin. Bild für Bild blickte der abgebildete Mann selbstbewusst bis herausfordernd in die Kamera, während die Frau mit einem unsicheren bis ängstlichen Ausdruck zu ihm aufsah. Ein Bild zeigte vier Personen: die beiden Brüder Götz und zwei Frauen. Anita stutzte und blieb an dem Bild hängen. Die Frauen waren beide auf unterschiedliche Art äußerst attraktiv. Den Männern war ihr Selbstbewusstsein anzusehen. Es erweckte den Eindruck einer gestellten, alltäglichen Familienszene. Trotzdem störte sie etwas an der Aufnahme. Gründlich musterte sie jedes der vier Gesichter. Da fiel es ihr wie Schuppen von den Augen.

»Wer sind die beiden Frauen?«, fragte sie.

»Die Blondine ist meine Schwägerin Sonja und die Brünette meine Frau Carmen, warum?«

»Nur so.«

Jörg posierte als eitler Gockel zwischen den Frauen. Sein Bruder Adrian stand allein ein Stück abseits. Die Hand von Adrians Ehefrau Carmen lag auf Jörgs Schulter. Sie strahlte diesen förmlich an, während sie ihrem Mann den Rücken zukehrte. Sonja schaute zu ihrem Mann auf, wirkte dabei allerdings nicht gerade glücklich. Hatte Jörg Götz ein Verhältnis mit seiner Schwägerin gehabt?

Adrian Götz hatte die Kommissarin in Ruhe den Kalender betrachten lassen. Jetzt fuhr er fort:

»Als ich am Tag nach Jörgs Beerdigung bei Sonja vorbeischaute, war sie gerade dabei, den Kalender in die Altpapier-Tonne zu werfen. Sie fühlte sich ertappt und verteidigte sich damit, den Anblick ihres vergangenen Glücks mit Jörg nicht ertragen zu können. Ich nahm den von meiner Tochter gestalteten Kalender an mich. In den ersten Wochen nach seinem Tod blätterte ich fast täglich darin. Sehen Sie hier…«, er wies auf einen Eintrag in der zweiten Januarwoche, »… und hier…, hier…, hier…«

»Okay«, unterbrach Anita ihn, »Ihre Schwägerin besitzt offensichtlich eine Schwäche für italienische Nachspeisen! Könnten Sie langsam auf den Punkt kommen?«

Er grinste. Sie ahnte, dass er bereits auf den Punkt gekommen war.

»Damals habe ich genau das Gleiche wie Sie gedacht. Einmal habe ich mich gewundert, warum Sonja ausgerechnet immer dienstags ihren Nachtisch in den Kalender einträgt, immer nur Zabaione. Aber sehen sie hier und hier…«, er wies auf zwei Einträge im März beziehungsweise April, »… ist Zabaione einmal mittwochs und einmal donnerstags eingetragen, sogar mit Uhrzeit: sechzehn Uhr. Wenn ich Ihnen nun sage, dass Frau Dr. Zabaione eine Expertin in psychologischer Angstbehandlung ist, die Sonja von ihren Höhenängsten heilte?«

Anita überlegte. Schließlich erwiderte sie:

»Gut, dann war Ihre Schwägerin bereits fünf Monate vor dem tödlichen Unfall Ihres Bruders in psychologischer Behandlung. Was beweist das schon?«

»Einen Monat nach Jörgs Tod hat sie in Arizona ihren Fallschirm-Schein gemacht.«

Er legte eine erstklassige Farbkopie einer auf Sonja Götz ausgestellten AFF-Lizenz auf den Tisch. Das Foto der Lizenz stimmte mit den Bildern der Frau auf dem Kalender überein. Die Lizenz war sechs Wochen nach Jörg Götzs Tod ausgestellt worden.

»Woher haben Sie die Kopie?«, fragte Anita argwöhnisch.

»Ich verfüge über genügend Geld und kenne die richtigen Leute.«

Anita betrachtete ihr Gegenüber nachdenklich. Endlich meinte sie:

»Gut, nehmen wir mal an, Ihre Schwägerin war zum Zeitpunkt des Unfalls von ihrer Höhenangst geheilt. Das alleine macht sie noch nicht verdächtig.«

»Da haben Sie recht. Was ich Ihnen noch …«

Eine halbe Stunde später blieb eine erschütterte Anita alleine in ihrem Büro zurück. Auch nach so vielen Jahren gab es immer noch menschliche Abgründe, die ihr fremd waren und die sie aufwühlten. Sie hatte Herrn Götz versprochen, von den Esslinger Kollegen die Akte zur Untersuchung des Absturzes anzufordern und einen von ihm benannten Zeugen zu befragen. Wobei sie diese Befragung nicht selbst durchführen, sondern lieber einen Mann vornehmen lassen würde. Einmal mehr vermisste sie ihren Ex-Kollegen Roland schmerzlich. Mit seinem vor Testosteron strotzenden Machismo wäre er dem als Zeugen benannten Typen sicherlich gewachsen. Ob Peter, ein für einen Polizisten zu einfühlsamer Softie, der Befragung eines solchen Charakters ebenfalls gewachsen war?

Wie gerne sie sich mit ihrem Mann Bernhard beim Abendessen über ihren neuen Auftrag vom Innenminister austauschen würde. Aber Bernhard war gestern ausgezogen. Der Anlass ihres Streits war ausgerechnet ihr Ex-Kollege Roland gewesen. Ihr Gatte hatte ihr vorgeworfen, schützend ihre Hand über Roland gehalten zu haben, nachdem dieser zwei Männer erschossen hatte. Aber ihr Mann hatte leicht reden. Bei ihm bestand schließlich keine Gefahr, ins Visier der Mafia zu geraten und den Rest seines Lebens in Angst vor einem gedungenen Killer verbringen zu müssen. Die Alternative wegzusehen kam weder für sie noch für Roland infrage. Solange andere für die eigene Sicherheit sorgten, war es leicht, ein guter Mensch zu sein.

Typisch Bernhard, hatte er sich dieser unbequemen Diskussion entzogen, da hätte er schließlich nur verlieren können. Stattdessen hatte er ihr vorgeworfen, sich neben ihr immer so klein und unperfekt zu fühlen. Mit jeder Faser ihres Körpers spürte sie die in Bernhards Verhalten liegende Ungerechtigkeit. Tränen bildeten sich in ihren Augen. Schnell erhob sie sich. Nie würde sie zulassen, dass jemand sie hier auf dem Präsidium weinen sah.

Im gleichen Moment, in dem Jörg Götz vom Mörikefels in den Abgrund stürzte, ließ seine Frau Sonja sich rückwärts auf den Hosenboden fallen. Jörg griff im letzten Augenblick verzweifelt nach ihr, seinem letzten Halt, verfehlte sie aber knapp. Trotz ihres Wahrnehmungstunnels vernahm Sonja schaudernd seinen Schrei, der durch einen dumpfen Aufprall abrupt endete. Ihr Herz wummerte wild. Hechelnd pumpte sie Luft in ihre Lungen. Oh Gott, eine Panikattake! Und sie hatte keine Tüte bei sich, um diese zu stoppen! Ihre Hände kribbelten und sie glaubte gleich in Ohnmacht zu fallen, als sich ein Jäger in gammeliger Lodentracht in ihr Blickfeld schob. Ein grauschwarzer Räuber-Hotzenplotz-Bart, aus dem die rötlich-blaue Knollennase eines Säufers ragte, verdeckte sein Gesicht. Dunkle Augen starrten grimmig auf sie herab.

»Eberhard?«, entfuhr es ihr verwundert. »Wie lange beobachtest du mich schon?«

»Lange genug, um zu sehen, wie du dich seiner endlich entledigt hast«, erwiderte er mit einem fiesen Grinsen.

»Was sagst du da?«, fragte sie erschrocken.

»Du hast mich schon richtig verstanden!«

»Nein, ich …«

»Keine Sorge!«, unterbrach sein Bass sie. »Für eine Frau wie dich gibt es immer einen Ausweg.«

Er zog sein Handy aus der Tasche.

»Was machst du? Wen rufst du an?«

Ihre Stimme überschlug sich mehrmals, so nahe war sie erneut der Panik.

»Wen ich anrufe?«, erwiderte er mit einem gehässigen Lächeln. »Die Polizei natürlich und für alle Fälle auch noch den Notarzt. Wobei dein Göttergatte den Sturz aus dieser Höhe wohl kaum überlebt haben dürfte.«

»Die Polizei? Was willst du denen sagen?«

Gehässig lächelnd ließ er sie zappeln, ehe er erwiderte:

»Dass ich genau gesehen habe, wie du ihm einen Stoß gegeben hast und Jörg daraufhin in die Tiefe stürzte.«

»Aber ich habe ihm doch gar nicht …«

Tränen der Verzweiflung rannen über ihr Gesicht. Was konnte sie nur tun, um ihn von der Wahrheit ihrer Worte zu überzeugen?

»Nein, nein, hast du natürlich nicht!«, fuhr er fort.

Verwundert starrte sie ihn an. Gerade hatte er noch behauptet, sie habe Jörg vom Felsen gestoßen. Eberhards Hin und Her verwirrte sie. Er hingegen schien sich über ihre Angst und Verzweiflung zu amüsieren.

»Besetzt, so ein Mist!«, brummte er vor sich hin.

»Lass uns doch darüber reden …«, setzte sie flehend an, doch er brachte sie durch seine gebieterisch erhobene Hand zum Schweigen.

Im zweiten Anlauf wurde sein Anruf entgegen genommen. Sonja hörte zu, wie er knapp berichtete, soeben sei ein Mann am Mörikefels abgestürzt. Auf dem harten, kalten Stein kauernd sah sie zu ihm auf und lauschte gebannt seinen Worten. In ihrer Not entging ihr völlig, dass sie aus einem nahen Gebüsch heraus gefilmt wurde. Mit einem feisten Grinsen sah er auf sie hinab. Die finstere Höhle seines Mundes öffnete sich und gab den Blick auf Zahnruinen frei. Sein Bass röhrte:

»Die werden von Kirchheim hierher keine zehn Minuten brauchen. Lass uns gemeinsam überlegen, was du zu tun bereit bist, damit ich dich durch meine Aussage nicht belaste.«

Er sah sie dabei auf eine Art und Weise an, die nichts Gutes verhieß. Mit Männern, denen es gefiel, wenn Frauen Angst vor ihnen hatten, kannte sie sich leider aus. Ihr zerschmettert am Fuße des Felsens liegender Mann war schließlich einer von ihnen gewesen. Im Unterschied zu dem vor ihr stehenden Wilderer hatte es sich bei Jörg jedoch um ein äußerlich attraktives Exemplar der Gattung Mann gehandelt. Außerdem hatte sie Jörg trotz allem geliebt!

Mit einem flauen Gefühl im Bauch wartete Anita am Telefon darauf, mit Heinrich Fahrenschon, dem Leiter des Polizeireviers in Kirchheim unter Teck, verbunden zu werden. Unglücklicherweise lag die kleine Stadt nicht nur malerisch in Sichtweite des Albtraufs, sondern im Landkreis Esslingen. Im Zuge eines ihrer Fälle war Hans-Peter Kemmler, der Leiter des Esslinger Dezernats für Tötungsdelikte, erschossen worden. Ein Teil der Esslinger Kollegen gab Anitas ehemaligem Mitarbeiter Roland Berger die Schuld daran. In deren verqueren Logik traf somit auch sie ein Teil der Schuld. Sollte Herr Fahrenschon zu dieser Fraktion gehören, würde er ihr Ansinnen rundweg abschmettern.

»Frau Dezernatsleiterin Schenk, was verschafft mir die Ehre Ihres Anrufs?«, meldete sich Heinrich Fahrenschon.

»Grüß Gott, Herr Revierleiter. Es handelt sich um eine etwas … heikle Angelegenheit. Bei mir war soeben ein Stuttgarter Bürger, der eine Stuttgarterin anzeigen will, seinen Bruder ermordet zu haben, der ebenfalls in Stuttgart wohnte.«

»Klingt nach einer Stuttgarter Angelegenheit. Was haben wir hier draußen damit zu tun?«

»Der Mord soll sich vor drei Jahren bei Ihnen ereignet haben.«

»Doch nicht etwa der Sturz vom Mörikefels?«

»Genau der.«

Sie hörte ihren Gesprächspartner tief Luft holen. Er ließ sich mit seiner Antwort reichlich Zeit, was Anita gut verstand, riskierte er durch ein offenes Gespräch mit ihr doch mächtig Ärger mit den Kollegen von der Esslinger Kripo. Endlich meinte der Revierleiter:

»Ist Ihnen bekannt, dass sich im Umfeld dieses Sturzes ein knappes Jahr später ein weiterer Mord ereignete, der bis heute nicht aufgeklärt ist?«

»Nein.«

»Hauptverdächtige dieses zweiten Mordes ist eine Frau, deren Identität nicht festgestellt werden konnte.«

Anita dachte unwillkürlich an die Witwe, was ihr Gegenüber auch sicherlich beabsichtigte.

»Wer wurde ermordet?«, fragte sie.

Der Revierleiter zögerte lange. Schließlich meinte er:

»Wenn ich mit Ihnen darüber rede, kann ich mir verdammt viel Ärger einhandeln. Aber Sie und vor allem Ihre Aufklärungsquote sind legendär. Ich muss gestehen, dass ich neugierig auf Sie bin. Kommen Sie persönlich vorbei und ich sage Ihnen, was ich weiß.«

Anita zögerte. Bestimmt würde der Präsident wegen ihres Gesprächs vom Morgen sie noch einmal rufen lassen.

»Gut, ich komme!«, erwiderte sie schließlich.

Sollte der Präsident sich doch über sie ärgern. Zu verlieren hatte sie gerade ohnehin nichts.

Am späten Nachmittag traf Anita in Begleitung von Kriminalhauptmeister Peter Lutz in Kirchheim ein. Sie fühlte sich geschmeichelt, als sie die belegten Brote und die Getränkeauswahl auf dem Besprechungstisch des Revierleiters erblickte.

»Bitte nehmen Sie doch Platz und greifen Sie zu!«, forderte der Hausherr seine Stuttgarter Gäste auf.

Begleitet vom üblichen Polizei-Small-Talk aßen sie, ehe Herr Fahrenschon auf den Grund ihres Besuchs zu sprechen kam.

»Die Umstände von Kommissar Kemmlers Ermordung sind skandalös. Aber ich mache Ihnen deswegen keinen Vorwurf. Er war, wie er war. Klar haben wir alle unsere Fehler«, bei diesen Worten verspürte Anita einen Stich, »aber ich war nie damit einverstanden, was man ihm alles hat durchgehen lassen.«

Anita war von den klaren Worten des Revierleiters beeindruckt.

»Mutige Worte«, meinte sie. »Haben Sie keine Angst, dass die Ihrem Präsidenten oder dem Landrat zu Ohren kommen?«

»Nein«, er zuckte mit den Schultern. »Die wissen, wie ich darüber denke.«

»Beziehen sich Ihre Worte auch auf Kollege Kemmlers Ermittlungen zum Sturz vom Mörikefels?«

»Allerdings.«

»Wollen Sie damit andeuten, dass es sich bei Herrn Götz Sturz um keinen Unfall handelte?«

»Das herauszufinden ist Ihre Aufgabe oder die Ihrer Esslinger Kollegen. Ich mische mich da nicht ein. Allerdings bin ich der Meinung, dass damals mehr als schlampig ermittelt wurde. Am besten berichte ich Ihnen der Reihe nach. An jenem Tag gingen ab fünf Uhr siebenundzwanzig eine Reihe von Anrufen aus Hepsisau bei uns ein. Die erste Anruferin berichtete, einen Schuss und unmittelbar darauf einen gellenden Todesschrei gehört zu haben. Der zweite Anruf erreichte uns von einem alten Bekannten: Eberhard Jennerbier. Der hatte im Jahr zuvor seinen Waffenschein und seine den Mörikefels einschließende Jagd verloren. Die Jagd wurde damals übrigens von Herrn Götz übernommen, der wiederum den Jennerbier zweimal anzeigte, weil er ihn mit einer Schusswaffe im Wald gesehen haben wollte.«

»Die beiden kannten sich also?«

»Nicht nur das, sie mochten einander ganz und gar nicht. Bei Herrn Götz Anzeigen kam übrigens nie etwas raus. Es stand Aussage gegen Aussage, beim zweiten Mal haben wir sogar eine Hausdurchsuchung vorgenommen, die nichts ergab. Jedenfalls rief an jenem Tag der Jennerbier bei uns an und gab zu Protokoll, er habe einen Mann vom Mörikefels stürzen sehen. Der Diensthabende forderte ihn auf, vor Ort auf uns zu warten, was er natürlich nicht tat. Die Kollegen suchten ihn erst über eine Stunde nach seinem Anruf in seinem Haus auf.

Es waren mittlerweile noch weitere Anrufe eingegangen. Ein Teil der Anrufer berichtete, einen Schuss gehört zu haben. Der Jennerbier war zeit seines Lebens ein schwieriger Charakter, der nie mit seinen Mitmenschen klargekommen ist. Wir dachten, er habe sich gerächt und auf Herrn Götz geschossen. Seinen Waffenschein hat Jennerbier schließlich kurz nach dem Verlust seiner Jagd ebenfalls verloren, weil er im Streit jemandem vor die Füße geschossen hat.«

»Aber Herrn Götz Frau war bei seinem Sturz doch in unmittelbarer Nähe, oder?«

»Ja.«

»Hat sie einen Schuss gehört?«

»Frau Götz bestritt es.«

»Was macht Sie misstrauisch?«

»Sie gab an, wegen ihrer Höhenangst dem Felsen fern geblieben zu sein. Ihr Mann sei zielstrebig auf den Felsen losgelaufen und habe sich ohne Zögern in suizidaler Absicht hinuntergestürzt. Jennerbiers Aussage, der zum Zeitpunkt des Sturzes auf einem weit entfernten Felsen den Sonnenaufgang betrachtet haben will, passt perfekt zu ihrer. Dumm nur, dass wir im Schlamm unmittelbar an der Absturzstelle einen eindeutig Frau Götz zuordenbaren Fußabdruck fanden. Bei unseren Befragungen hatte sie mehrfach bestritten, sich dem Felsen auch nur genähert zu haben. Als am späten Vormittag endlich Herr Hauptkommissar Kemmler mit seinen Leuten eintraf, hat er der Frau Götz richtiggehend in den Mund gelegt, dass sie unter Schock gestanden und hierdurch wohl vergessen habe, sich nach dem Sturz ihres Mannes doch noch dem Felsen genähert zu haben. Mein Eindruck war, der Kommissar wollte die Sache einfach nur möglichst schnell von seinem Tisch haben. Dass Jennerbiers Aussage nicht zu der korrigierten Aussage von Frau Götz passte, störte da nicht weiter.«

»Sie meinen, Jennerbier und Frau Götz haben ihre Aussagen vor Eintreffen der Polizei abgesprochen?«

Er nickte.

»Wurde auf Herrn Götz geschossen?«

»Die Frage kann ich Ihnen nicht beantworten. In seinem zerschmetterten Körper wurde kein Projektil gefunden. Aber Herr Götz war als ein Irrer bekannt. Der jagte nicht nur, sondern kletterte ohne Seil die Felsen hoch. Gerne balancierte er zum Abschluss am Abgrund entlang. Wenn bei einem solchen Balanceakt jemand die Waffe auf einen richtet und knapp an einem vorbei schießt, verliert man schnell das Gleichgewicht.«

»Warum hätte seine Frau den Schuss verschweigen sollen?«

»Aus dem gleichen Grund, aus dem sie uns angelogen hat.

Das Beste kommt erst noch. Der Jennerbier wohnte alleine auf einem einsam gelegenen Aussiedlerhof. Im Frühjahr nach Herrn Götz Sturz verbrannte er in seinem Haus. Erneut kam Kommissar Kemmler mit seinen Leuten aus Esslingen an. Die Feuerwehr stellte fest, dass der Brand vorsätzlich gelegt und der Pathologe, dass Jennerbier vergiftet worden war. Kemmler gründete die SoKo Wilderer, in der auch ein paar von meinen Leuten mitarbeiteten. Daher weiß ich recht gut Bescheid, was dort passierte. Die hatten lange keine Ahnung und keine Spur. Keiner mochte den Jennerbier, aber ein echtes Mordmotiv war nirgends in Sicht. Am ehesten wurde noch ein Racheakt des Mannes in Betracht gezogen, auf den Jennerbier zwei Jahre zuvor geschossen hatte. Das verlief aber alles im Sande. Eine meiner Beamtinnen, die in Hepsisau wohnt, erfuhr dann Folgendes:«

Da ist sie wieder!«, rief Elvira aufgeregt und griff nach dem bereitliegenden Feldstecher ihres Mannes.

»Tatsächlich!«, erwiderte Frieda. Vor Aufregung stellte sie die Kaffeetasse so hektisch ab, dass diese überschwappte. Sie ergriff den bereitliegenden Camcorder mit Superzoom.

Die Terrasse von Friedas Villa im Hochbergweg bot einen prima Ausblick auf Jennerbiers am Waldrand gelegenes Haus. Die Forststraße aus Bissingen kam etwa vierhundert Meter südlich des Hauses aus dem Wald. Elviras Adlerblick war die sportliche Radfahrerin nicht entgangen, die mit ihrem Mountainbike soeben aus dem Wald geschossen und dann scharf nach links in Richtung des Aussiedlerhofs abgebogen war. Jetzt spurtete die Radlerin in Rekordtempo den Feldweg am Wald entlang, obwohl dieser leicht bergan führte. Ihre Hoffnung, Jennerbiers Haus unentdeckt zu erreichen, wurde jedoch von den beiden Kaffee-Trinkerinnen durchkreuzt.

»Man sieht ja gar nichts!«, jammerte Elvira. »Die trägt trotz der Hitze ein Kopftuch und so eine überdimensionierte Sonnenbrille, dass man auf die Entfernung nichts erkennt!«

»Immerhin kann man sehen, dass sie eine gute Figur hat«, entgegnete Frieda. »Wir können uns ja später in Ruhe meine Aufnahmen ansehen. Vielleicht sind wir uns dann endlich sicher.«

»Gute Figur? Die Götz hat doch ein ziemliches Bäuchlein und dicke Schenkel. Die kann es also nicht sein«, antwortete Elvira enttäuscht.

»Na, so dick ist sie nun auch wieder nicht! Außerdem treibt sie seit dem Tod ihres Gatten vielleicht richtig Sport und ist straffer geworden. Wer außer der Götz hätte einen Grund, sich auf den Jennerbier einzulassen?«

»Du hast recht!« Elvira schüttelte sich demonstrativ. »Freiwillig lässt sich bestimmt keine von dem ekligen Fettwanst anfassen. Für nichts in der Welt stiege ich mit dem ins Bett.«

»Weniger schlimm als fünfzehn Jahre Knast ist er schon.«

Die beiden sahen einander an.

»Sollen wir?«

»Klar, Frau Nachbarin!«

Weiterer Worte bedurfte es keiner, da alles genauestens geplant war. Frieda lud in der Garage ihr Rad auf den Träger ihres M-Klasse Daimlers, während Elvira eilig zwei Häuser weiter ihr Rad holte. Keine fünf Minuten später fuhr der Geländewagen mit zwei Rädern hintendrauf durchs Dorf und dann die Bissinger Straße hinauf. Alte Streuobstwiesen, auf denen Mostbirnen wuchsen, flogen an ihnen vorbei. Die Straße querte den Höhenzug oberhalb des Waldes, aus dem die Radfahrerin gekommen war. Frieda bog links ab und fuhr einen Feldweg hinunter, der nach fünfzig Metern am Waldrand entlang führte. Langsam fuhr Frieda noch ein Stück weiter, ehe sie erneut links in den Wald abbog und den riesigen Wagen durch Gebüsch gut versteckt parkte. Sie luden ihre

Räder ab. Dann waren sie bereit. Auf dem Rückweg würde die unbekannte Radlerin knapp unterhalb ihres Verstecks aus dem Wald kommen. Sie mochte eine Sportskanone sein, aber von hier nach Bissingen ging es nur noch bergab. Die beiden Detektivinnen waren daher zuversichtlich, ihr folgen zu können. Jetzt hieß es, geduldig der Beute aufzulauern.

Um die Wartezeit angenehm zu gestalten, holte Frieda aus dem Kühler eine Flasche Sekt und öffnete sie. Die beiden prosteten einander zu. Unter eifrigem Gekicher und Getratsche wurde das erste Glas getrunken, dem umgehend ein zweites folgte.

Die Flasche war längst geleert, als die Unbekannte aus dem Wald kam. Ohne nach rechts in Richtung der aufgeregten Detektivinnen zu blicken, begab sie sich auf die Abfahrt nach Bissingen. Schon waren die Verfolgerinnen in den Sätteln und jagten hinterher. Die Unbekannte legte ein flottes Tempo vor. Elvira, deutlich beschwipst vom Sekt, kam ins Schlingern und bremste ab. Frieda juchzte laut auf, schoss an ihr vorbei und trat mit aller Kraft in die Pedale. Das Sträßchen kreuzt kurz vor Bissingen die Kreisstraße. Die Unbekannte schoss, ohne anzuhalten, über die größere Straße, wenige Radlängen dahinter tat Frieda es ihr gleich, was einen Autofahrer zu heftigem Bremsen zwang. Dieser machte seinem Ärger durch lautes Hupen und wütende Faustbewegungen in Friedas Richtung Luft.

Dies erregte wiederum die Aufmerksamkeit der Unbekannten, die sich umwandte und ihre Verfolgerin erblickte. Die Radlerin im pinken Trikot steigerte ihr Tempo in einem von Frieda nicht für möglich gehaltenen Maße. In einer weiten S-Kurve zog sich das Sträßchen in den Ort hinab. Die erste Kurve nahm Frieda noch einigermaßen, in der zweiten verlor sie die Kontrolle und machte einen unsanften Abgang in die Wiese. Im Fallen meinte sie, die Unbekannte sich umdrehen und ihr einen höhnischen Blick zuwerfen zu sehen.

Elvira hatte währenddessen, aus Angst den Anschluss zu verlieren, alles gegeben. Gerade als der Autofahrer wieder anfuhr, tauchte sie vor seiner Haube auf und zwang ihn zu einer erneuten Vollbremsung. Diesmal ließ er die Scheibe runter und brüllte lautstark Beschimpfungen hinter Elvira her. Die war jedoch schon so weit weg und in ihren Ohren pochte derart laut ihr Puls, dass sie davon nichts mitbekam. Der Schreck fuhr heftig in ihre Glieder, als sie ihre Freundin stürzen sah.

Bei Frieda angelangt bremste sie ab, wurde durch eifriges Winken und ein lautes »Mir ist nichts passiert!«, jedoch aufgefordert, die Verfolgung ja nicht aufzugeben. Die Unbekannte war längst außer Sicht. Auf gut Glück entschied Elvira sich in Bissingen für die durch den Ort führende Kreisstraße Richtung Nabern. Heftiger als je zuvor in ihrem Leben trat sie in die Pedale. Ihr Rad erreichte hierdurch ein ihr aberwitzig erscheinendes Tempo. Heftiges Seitenstechen erinnerte sie an zu viel Sekt und Kuchen, bei zu wenig Bewegung und das seit vielen Jahren.

Sie wollte gerade aufgeben, als dreihundert Meter voraus ein Lastwagen die Unbekannte, die er bisher vor Elviras Blicken verborgen hatte, überholte. Die Verfolgerin verspürte das ihr bisher gänzlich unbekannte Glück des Jägers kurz vor dem Blattschuss. Dennoch war ihr klar, dass sie die Verfolgung nicht mehr lange aufrechterhalten konnte.

Kurz vor Ortsende bog sie auf Höhe des Industriegebietes links in einen Feldweg ein. Dieser kürzte die Strecke im Vergleich zur Kreisstraße ab und umfuhr Nabern. Tatsächlich sah Elvira Minuten später die sportliche Radfahrerin in ihrem pinken Trikot aus Nabern kommend auf der Kreisstraße Richtung Kirchheim fahren. Glücklich über ihren Erfolg brach Elvira im Grünstreifen neben dem Feldweg zusammen. Ihr Herz pochte so wild, dass sie jeden Augenblick einen Infarkt fürchtete. Wenigstens war sie sich jetzt sicher, dass es sich bei der Radlerin im pinken Trikot um die Götz handelte!

Carmen Pfleiderer, geschiedene Götz, war glücklich und erfüllt, wie schon lange nicht mehr. Die Ursache ihres Glücks hörte auf den Namen Toni. Er hatte sie soeben ausgiebig und hingebungsvoll geliebt. Jetzt lag sie wohlig erschöpft da und beobachtete von hinten seinen muskulösen Rücken. Sie konnte es kaum fassen, wie gut sich die Nähe des zwanzig Jahre jüngeren Mannes anfühlte. Sie liebte ihn mit jeder Faser ihres Körpers.

Ihr früheres Leben wurde von Tag zu Tag unwirklicher und rückte in weitere Ferne. Auf sie wartete ein weiterer Tag im Paradies! Glücklich seufzte sie. Mochten andere unter dem Altern leiden, ihr Leben hatte sich in den letzten drei Jahren eindeutig zum Besseren gewandelt!

Toni setzte sich langsam auf. Er zog ein weißes T-Shirt über, das perfekt zu seiner dunklen Haut passte. Ihr Liebhaber erhob sich.

»Willst du auch einen Drink?«

»Gerne.«

Sie strahlte ihn an.

»Bloody Mary?«

Sie verzog ihre knallroten Lippen zu einem Schmollmund. Er lächelte schelmisch.

»Lieber einen Aperol Sprizz, Darling?«

»Klar, die Farbe passt einfach perfekt zum bevorstehenden Sonnenuntergang.«

»Sollen wir uns den Sunset von der Terrasse aus ansehen?«

Sie zögerte. Warum eigentlich nicht? Auch danach würde noch Zeit bleiben, einander zu lieben.

»Gerne, ich ziehe mir gleich was über.«

Toni hatte, ohne ihre Antwort abzuwarten, einfach das Schlafzimmer verlassen. Carmen verspürte den Stich der mit seiner Unachtsamkeit verbundenen Kränkung, kämpfte ihn aber nieder. Reagierte sie zu empfindlich auf seine Nachlässigkeiten, sähe er sie schnell als Zicke an. Klüger war es, sich nicht aufzuregen und stattdessen lieber zu überlegen, welches Kleid ihre Vorzüge beim Sundowner auf der Terrasse am besten hervorhob.

Nach kurzer Abwägung schlüpfte sie in das kleine Schwarze. Toni zerhackte in der winzigen Küche des Bungalows Eis für seinen Caipirinha. Carmens Blicke glitten kritisch über ihr Spiegelbild. Das Schwarz passte gut zu ihrem Teint von vornehmer Blässe und ihrer feuerroten Mähne. Solange sie die Augen leicht zukniff, besaß sie nach wie vor eine verführerische Gesamterscheinung. Aber bei genauerem Hinsehen hatte sie an den Hüften bedenklich zugelegt. Vielleicht war es besser, sich mit einem Glas Wasser zu begnügen? Aber Toni würde das nicht verstehen. Er reagierte verärgert, wenn sie nicht mit ihm trank. Trotz seiner jungen Jahre trank er sich sein Leben schön und erwartete, dass sie es ihm gleichtat. Über seine Gründe, sich sein Leben schönzutrinken, wollte sie keine Sekunde nachdenken, hatten diese möglicherweise doch viel mit ihr zu tun.

Was Adrian wohl gerade machte? Entgegen ihren Erwartungen hatte er die Scheidung prima verkraftet. Seither trieb er wieder täglich Sport. Bei ihrer letzten Begegnung hatte sie voller Neid festgestellt, dass er seit der Trennung im Gegensatz zu ihr deutlich an Attraktivität gewonnen hatte. War es doch ein Fehler gewesen, ihn zu verlassen? Wie ihr Leben an seiner Seite in diesem Augenblick wohl aussähe?

»Kommst du?«, rief Toni.

»Sofort!«

Sie schob ihre sentimentalen Gedanken beiseite und frischte stattdessen rasch ihr Make-up auf. Das Leben hier, in ewiger Sonne und Wärme, war auf jeden Fall besser, als im tristen Schwabenländle!

In eben jenem befand Kommissarin Anita Schenk sich auf der Rückfahrt aus Kirchheim unter Teck. Erneut hatte sie Peter ans Steuer gelassen, der während des ganzen Gesprächs mit Revierleiter Fahrenschon geschwiegen hatte. Sie dachte kurz an die Zeiten zurück, als Roland immer am Limit über die Autobahn gerast war. Peter fuhr hingegen mit konstant Hundertzwanzig auf der rechten Spur. Anita kam dies entgegen, konnte sie so doch in Ruhe das Gehörte überdenken.

»Ich wäre äußerst vorsichtig, was die Einschätzung von Herrn Fahrenschon angeht«, brach Peter die Stille.

Anita sah ihn überrascht an. Nie zuvor hatte er sich ihr gegenüber ungefragt kritisch über einen Ranghöheren geäußert.

»Wieso?«, hakte sie nach.

»Die uniformierten Kollegen fühlen sich in einer SoKo der Kriminalpolizei grundsätzlich diskriminiert. Sie erledigen die frustrierende Laufarbeit und gehen den zahllosen sinnfreien Hinweisen und Spuren nach. Meistens werden sie über die hinter dem Ganzen stehenden Überlegungen gar nicht oder nur unzureichend informiert. Das Gesamtbild der komplexen Arbeit hat immer nur ein kleiner Kreis der Kripo.

Ich bin froh, dank dir zu diesem kleinen Kreis zu gehören. Aber ich weiß noch genau, wie es sich früher angefühlt hat. Dem Fahrenschon steht Alpha-Tier förmlich ins Gesicht geschrieben. Wenn einer wie Kommissar Kemmler ihn kurz gehalten hat, verzeiht er das nicht.«

»Kluge Worte«, meinte Anita amüsiert. »Was schlägst du vor?«

»Um weiterzukommen, brauchen wir dringend die Akten der Esslinger Kollegen. Lass mich sie besorgen!«

»Du willst freiwillig die Akten besorgen?«, entfuhr es ihr ehrlich überrascht.

»Wundert dich das?«, entgegnete er leicht gekränkt.

»Allerdings! Ist dir klar, worauf du dich da einlässt?«

»Ich weiß, dass die nicht Hurra schreien und mir ihre Akten auf dem Silbertablett präsentieren werden. Aber ich schaffe es!«

Anita überlegte. Offensichtlich war dies Peters Reaktion auf ihre Unterstützung von Sultans Ansinnen, an der Polizeihochschule in Villingen-Schwenningen studieren zu dürfen. Jetzt wollte er ihr zeigen, dass er ebenfalls für den höheren Dienst geeignet war.

»Gut!«, antwortete sie. »Dann zeige mir, was du drauf hast!«

Warum ausgerechnet du?«, empörte sich am Abend Anitas Mann Bernhard. Vorübergehend war er vor seiner Frau in die Wohnung eines Freundes geflüchtet, der seine Krise durch eine Weltreise bekämpfte. Anita hatte kurz entschlossen und ohne Ankündigung dort vorbeigeschaut. Seinen Widerwillen, sie vor der Tür seines Fluchtorts vorzufinden, hatte Bernhard nicht verborgen. Trotzdem hatte er sie unter einer Bedingung eingelassen: Anita durfte ihn nicht vom Marmeladekochen abhalten.

Erleichtert und einverstanden mit dieser Einschränkung, die für sie keine war, hatte sie sich zu ihm in die Küche gesetzt und sich ihre Not von der Seele geredet. Jetzt brodelte die süße Masse unbeachtet vor sich hin, während Bernhard seine Frau, mit rotfleckiger Schürze und Kochlöffel in der Hand, empört ansah.

»Genau das Gleiche habe ich den Präsidenten und den Staatssekretär auch gefragt«, antwortete sie lächelnd. Seine Anteilnahme tat ihr gut.

»Und? Warum fiel die Wahl der hohen Herren erneut auf dich?«

»Wegen meiner legendären Aufklärungsquote und weil ich bei der Presse und in der Öffentlichkeit als fair und unparteiisch gelte.«

Bernhard starrte seine Frau mit gemischten Gefühlen an. War es nicht in erster Linie Menschen wie ihr zu verdanken, dass bei uns vieles funktionierte? Er kam sich schäbig vor, eine perfekte Frau wie sie eben deshalb nicht länger lieben zu können, weil sie so verdammt perfekt war. Kurz entschlossen schob er den Topf vom Herd und nahm Anita tröstend in die Arme.

Da geschah es. Sie, die ihm immer so stark und unangreifbar erschien, begann hemmungslos zu weinen. Einen stolzen Augenblick lang fühlte er sich in ihrer Gegenwart endlich stark und männlich. Dann übermannten auch ihn seine Gefühle. Er fiel in ihr Heulen ein. So hielten beide einander fest. Natürlich war es Anita, die sich als Erste wieder beruhigte.

»Kannst du nicht einfach wieder mit nach Hause kommen?«, fragte sie.

»Nein.«

Er schob sie von sich weg.

»Warum nicht?«

»Weil ich an deiner Seite langsam aber sicher in eine Depression rutsche.«

»Ist es wirklich so schlimm?«

Bernhard nickte. Zögernd erklärte er:

»Bisher dachte ich immer, gut damit klarzukommen, dass ich bin, wie ich bin. Ich glaubte, mich trotz meiner Schwächen und Fehler zu akzeptieren. Das Leben in deinem Schatten hat mir gezeigt, dass dies nicht stimmt.«

Sie sah ihn flehend an. Er überlegte kurz anzufügen, dass es vielleicht anders aussähe, wenn sie gerade eben wenigstens einmal schwächer als er gewesen und länger geheult hätte. Aber er schämte sich zu sehr, um dies tatsächlich zu tun.

»Und wenn ich mich ändere?«, fragte sie.

»Was willst du denn tun?«, platzte ihm der Kragen. »Deine Fälle absichtlich nicht lösen? Aufhören zu joggen? Chips und Schokolade in dich hinein stopfen? Oder dem Staatssekretär sagen, dass er dich mit seinem Sonderauftrag am Arsch lecken soll? Willst du gar …«

Bernhard brach peinlich berührt ab. Augenblicklich schämte er sich für seine Wortwahl. Er schämte sich für seine Lautstärke und am meisten schämte er sich für den Hohn seiner Worte. Zugleich war er wütend auf Anita, weil sie ihn dazu brachte, sich so zu verhalten.

Anita sah ihn pikiert an.

»Ich glaube, langsam begreife ich endlich, wie es dir geht.«

Verlegen standen die beiden einander gegenüber. Schließlich fragte Bernhard:

»Wann musst du nach Mannheim?«

»Ich weiß nicht. Allzu lange werde ich es wohl nicht vor mir herschieben können. Willst du nicht deine Marmelade fertig kochen? Die riecht lecker. Was ist das?«

»Pflaume mit zerstoßenen Walnüssen aus dem Perigord, frischem Saft sizilianischer Limetten und einem Schuss Grappa von Nonino zur geschmacklichen Abrundung.«

Das Rezept spiegelte exakt wider, wie er sich neben ihr vorkam. Nein, eigentlich zeigte sich darin eher sein verzweifeltes Bemühen mithalten zu können. Hatte er das nötig? Nein! Morgen würde er bei Aldi die letzten, leicht fauligen Früchte billig kaufen und banale Erdbeermarmelade kochen.

Am nächsten Morgen klingelte Peter nervös an einem Penthouse-Appartement in der Wohnanlage Seepark am Möhringer Probstsee. Das Ding hatte mit Sicherheit mehr gekostet, als er bis zu seiner Pensionierung noch verdienen würde, zumindest wenn er Kriminalhauptmeister bliebe. Trotzdem gefiel es ihm nicht. Er wollte hier auf keinem Fall wohnen. Auf dem Gelände hatte früher Gottlob Auwärter mit Mut zu Neuerungen und viel Handarbeit legendäre Reisebusse gefertigt.

Nach Übernahme der Firma durch einen Münchner Konzern hatte ein schwäbischer Immobilien-Tausendsassa das Gelände erworben, die Fabrikhallen platt gemacht und mit dem Bau dieser geschmacklosen Wohnanlage begonnen, über den er insolvent gegangen war. Offensichtlich lag über dem Gelände seit einiger Zeit ein mieses Karma, was für Peter einen weiteren Grund darstellte, hier nicht wohnen zu wollen.

»Sind Sie dieser Kommissar Lutz?«, tönte es in diesem Augenblick aus der Sprechanlage.

Peter überlegte einen Augenblick, ob er ihn korrigieren sollte, ließ es dann aber sein. Typen wie er empfanden es vermutlich unter ihrer Würde von einem Polizisten befragt zu werden, der nicht mindestens den Rang eines Kommissars besaß. Also antwortete er:

»Äh, ja, ich bin Herr Lutz von der Kriminalpolizei.«

»Mit dem Aufzug nach ganz oben!«, antwortete der Penthouse-Bewohner.

Der Summer tönte und Peter trat ein. Auch wenn er die Anlage geschmacklos empfand, schüchterten ihn die für seine Gehaltsgruppe zu teuren und zu üppig dimensionierten Proportionen des Gebäudes ein. Hastig durchschritt er das Foyer und rief den Aufzug. Auf dem Weg hinauf, probte er im Spiegel einen entschlossenen Gesichtsausdruck. Dabei sagte er sich leise sein Mantra vor, er sei in Ordnung, wie er sei. Die Aufzugstüren öffneten sich mitten im Penthouse. Durch eine Glasfront sah Peter über die Filderebene hinweg auf die Silhouette der Schwäbischen Alb. Er schluckte. Vielleicht war es doch gar nicht so schlecht, hier zu wohnen.

»Espresso? Cappuccino?«, fragte der mit einem Seidenbademantel bekleidete Hausherr hinter der Küchentheke hervor.

»Cappuccino! Reden wir hier?«

Peter wies auf den Esstisch mit seiner Oberfläche aus schwarzem Schleiflack, auf dem die Financial Times aufgeblättert neben einer Espresso-Tasse von Matteo Thun lag.

»Ja, nehmen Sie ruhig schon Platz. Ihr Cappuccino kommt gleich. Normalerweise wäre ich um diese Zeit natürlich längst im Office. Aber wegen des Meetings gestern in New York, darf ich mich heute dort nicht blicken lassen. Nicht, dass ich ein Weichei wäre, aber die Personaler stellen sich da gerade ziemlich an.«

Peter ließ ihn reden, klappte währenddessen sein MacBook auf und schloss den zugehörigen Drucker an. Herr Löfken verfolgte dies mit Interesse.

»Hätte nicht gedacht, dass schwäbische Bullen so gut ausgestattet sind«, meinte er, die Kaffeetasse neben Peter abstellend.

Dieser verkniff es sich zu erläutern, dass er die Geräte aus eigener Tasche bezahlt hatte. Stattdessen meinte er:

»Wenn Sie damit einverstanden sind, schreibe ich ihre Aussage gleich mit und drucke sie aus. Das spart uns beiden Zeit.«

»Sieh an, ein Beamter mit Sinn für Effizienz! Da werfen Sie doch glatt mein Bild von unseren Staatsdienern über den Haufen.«

Er grinste provokativ, zuckte dann demonstrativ mit den Schultern und stimmte schließlich Peters Vorschlag zu.

»Gut«, begann dieser die Befragung. »Sie waren also ein Freund von Herrn Götz?«

»Freund!« Sein Gastgeber schnaubte hörbar. »Wölfe wie wir haben keine Freunde! Wir waren ein paar Mal zusammen klettern. Richtige Männersachen, kein Mädelskram! Freestyle natürlich, El Cap in USA oder Terranova in Tschechien, so Sachen eben.«

Der Typ ging Peter gehörig auf den Zeiger. Er beschloss jedoch, sich nicht provozieren zu lassen. Geduldig hakte er nach:

»Aber Herr Götz berichtete Ihnen von seinen Eheproblemen?«

»Für einen wie Jörg existieren keine Eheprobleme. Die

Sonja wollte sich halt von ihm scheiden lassen. Aber das war für Jörg kein Problem, im Gegenteil, so was törnte ihn eher an. Nie und nimmer hätte er sie gehen lassen. Wenn, dann jagt er sie vom Hof! Die Tusse von sich aus gehen zu lassen, kommt nicht infrage!«

»Wie wollte er denn verhindern, dass sie geht?«

Ein feines Lächeln, das Peter nicht zu deuten wusste, umspielte Herrn Löfkens Lippen.

»Sie haben keinen blassen Schimmer von der Beziehung der beiden.«

»Wir stehen noch am Anfang unserer Ermittlungen.«

»Wie bitte?«, entgegnete Oliver Löfken ehrlich verblüfft. »Jörg wurde vor drei Jahren ermordet und Sie stehen am Anfang Ihrer Ermittlungen?«

»Die Esslinger Kollegen ermittelten seinerzeit. Sie gelangten zu dem Ergebnis, es handele sich um einen Unfall durch eigenes Verschulden. Herrn Götz Bruder kam erst gestern zu uns Stuttgartern und behauptete, es gebe neue Anhaltspunkte. Er bat darum, neue Ermittlungen zu starten. Bei diesen neuen Ermittlungen stehen wir daher selbstverständlich noch am Anfang. Herr Götz äußerte weiterhin, Sie würden uns neue Anhaltspunkte liefern.«

»Ach so!«, meinte Löfken beruhigt. »Nun denn: Der Jörg war ein Wolf und die Sonja ein Lamm. In dieser Konstellation lernten sie einander kennen. Und so ist es geblieben. Die Sonja sah ganz hübsch aus, aber Millionen andere Frauen tun das auch. Warum hat Jörg sie also erwählt?«

Er machte eine Kunstpause. Erneut zeigte sich das angedeutete Lächeln in seinem Gesicht. Jetzt konnte Peter das Lächeln auch einordnen: Es war schlicht und einfach fies.

»Weil«, beantwortete Löfken seine Frage selbst, »Sonja in seiner Gegenwart die Angst ins Gesicht geschrieben stand. Sie war bereit, alles für ihn zu tun. Wenn ich alles sage, dann meine ich auch wirklich alles.«

»Wollen Sie damit sagen«, hakte Peter angewidert nach, »Herr Götz schlug seine Frau?«

»Aber nein, Herr Kommissar!« Spöttisch lächelnd schüttelte er den Kopf. »Wie primitiv Sie doch denken!«

Löfken erhob sich. Peter kämpfte gegen sein Gefühl der Minderwertigkeit an und sah zu ihm auf. Der Hausherr lächelte von oben auf den sich an sein MacBook klammernden Beamten herab. Betont cool schlenderte er zum Kaffee-Vollautomaten Schweizer Produktion. Erst nachdem er sich dort einen weiteren Espresso rausgelassen hatte, geruhte er endlich mit seinen Erklärungen fortzufahren:

»Das Ganze passiert viel subtiler. Im Office hatten Jörgs Untergebene auch alle Angst vor ihm und kuschten. Glauben Sie, man kann im Office jemanden schlagen? Das Ganze läuft eher auf einer psychologischen Ebene ab.«

»Was genau lief auf dieser psychologischen Ebene zwischen Herrn Götz und seiner Frau ab?«

Sein Gegenüber verdrehte demonstrativ die Augen zur Decke. Er seufzte theatralisch. Peter war sich sicher, dass der Wichtigtuer ihm alles bis ins kleinste Detail erklären würde. Dabei käme der kleine Scheißer sich noch unglaublich überlegen vor!

»Die Sonja wuchs in kleinen, überangepassten Verhältnissen auf. Kennen Sie Steinhaldenfeld?«

Peter nickte.

»Lauter beschissen kleine Häuschen, mit *Gärtle* vom Format eines Ikea-Teppichs. Jörg, in seinen teuren Klamotten, gewährte Sonja Beachtung. Er chauffierte sie in seinem Porsche nach Hause. Da glaubte sie natürlich, das große Los gezogen zu haben. Zugleich quälte Sonja von vorneherein die große Angst, seinen Ansprüchen nicht zu genügen.« Erneut grinste er feist, ehe er fortfuhr: »Übrigens eine Angst, in der ihre Mama sie immer schön bestärkte! Verstehen Sie? Beides muss da sein und beides muss gepflegt werden: Die Hoffnung aufs große Los ebenso wie die Angst, nicht zu genügen. Der größte Fehler, den man bei einer Frau wie Sonja machen kann, besteht darin, ihr zu erlauben so etwas wie Selbstbewusstsein zu entwickeln.«

Diese herablassenden Worte trafen Kriminalhauptmeister Peter Lutz tief. War seine Äußerung rein auf Frau Götz gemünzt? Oder spielte der Typ Spielchen mit ihm? Ahnte der, dass er selbst aus gleichen Verhältnissen wie Sonja Götz stammte? Verärgert entgegnete Peter:

»Ach ja? Vielleicht ist aber genau das passiert! Immerhin befand sich Frau Götz schon Monate vor dem Sturz in psychologischer Behandlung!«

»Vielleicht hat das mit der Psychotante doch nicht so funktioniert, wie Jörg sich das vorstellte«, entgegnete Löfken nachdenklich.

»Wie meinen Sie das?«

»Es gibt viele, mehr oder weniger subtile, Möglichkeiten einer Frau Angst einzuflößen: Den Hinweis auf das Interesse einer jüngeren, die Andeutung sie zu verlassen, die Fahrt mit mehr als zweihundert Sachen über die Autobahn mit ihr auf dem Beifahrersitz. Auch das Hantieren mit Waffen in ihrer Gegenwart erfüllt diesen Zweck. Natürlich bedroht man sie nie direkt, das wäre plump! Aber subtil muss ihr immer die eigene Überlegenheit und ihre Verletzlichkeit deutlich gemacht werden. Sie muss unmissverständlich kapieren, dass ihr Wohlergehen in meiner Hand liegt und zugleich, dass ihr nichts passieren wird, solange sie sich mir vollständig unterwirft. Es ist erstaunlich, wie sehr dies manche Frauen antörnt, wie viel zu geben sie dann bereit sind.«

Das hämische Grinsen in seinem Gesicht wurde langsam zum Dauerzustand. Peter fragte kühl:

»Wollen Sie damit sagen, dass Herr Götz bei einer selbstbewussten Frau keinen hochkriegte?«

»Ach, Herr Kommissar!«, erwiderte Herr Löfken sichtlich

verärgert. Diesmal hatten Peters Worte ihn persönlich getroffen. Peter war sich unsicher, ob sie sich gerade über Jörg und Sonja Götz oder Herrn Löfkens Bild vom *schwachen* Geschlecht unterhielten. Der Highperformer sah ihn missmutig an, ehe er loslegte:

»Gehören Sie etwa auch zu den Memmen, die sich den Emanzen unterwerfen und das auch noch geil finden? Oder gefällt Ihnen …«

»Stopp, Herr Löfken, es reicht!«, Peter unterstrich seine Worte durch seine erhobene Hand. »Hier geht es weder um mich, noch um Sie! Also beruhigen Sie sich und lassen uns weiter über Herrn Götz und seine Frau reden! Was lief zwischen den beiden ab?«

Der Penthäusler blinzelte mit offenem Mund mehrmals und verzog kurz säuerlich das Gesicht, ehe er fortfuhr:

»In der Bibel steht geschrieben, *das Weib soll dem Mann untertan sein*! Darauf stand Jörg halt. Wenn beide bestimmen wollen, gibt es nur permanent Streit und faule Kompromisse. Nicht umsonst wird heute fast jede Ehe wieder geschieden. Ich …«

»Was hatte Herr Götz mit der Psychologin seiner Frau zu tun?«

Löfken zögerte.

»Mit der Zabaione?«

»Ja.«

»Na, er hat Sonja gesagt, dass sie zu ihr hingehen soll!«

»Sicher?«

»Ja.«

»Warum?«

»Das ist jetzt ein bisschen kompliziert. Wie ich Ihnen schon erklärte, muss eine Frau Angst vor dir haben. Um dies zu erreichen, hat Jörg natürlich verschiedene Wege benutzt, einer allein nutzt sich zu schnell ab und dann muss man irgendwann doch grob werden. Das ist zu vermeiden und daher …«

»Kommen Sie bitte auf den Punkt!«

»Genau dort bin ich! Jörgs Spezialität war das Spiel mit Sonjas Höhenangst. Natürlich ist es normal, vor Höhe Angst zu haben! Bei einem Sturz aus entsprechender Höhe ist man schließlich tot! Beim Klettern verliert man nach und nach die Angst. Zumindest, solange alles gut läuft. Man kriegt Sicherheit, lernt, was man kann und wo einem keine Gefahr droht. Sobald man in der Wand nach einem Griff springen muss, der weiter als alle bisher gemeisterten entfernt ist, meldet sich die Angst wieder. Jörg hat früher Jugendlichen das Klettern beigebracht und wusste genau, was er tun musste, um deren Angst abzubauen. Oder …«, an dieser Stelle grinste Löfken erneut breit, »… eben um die Angst zu kultivieren.«

»Herr Götz hat also versucht, die Höhenangst seiner Frau zu steigern?«

»Sie wollte es doch so! Angst war die Würze ihrer Ehe. Sonja wollte Wachs in Jörgs Händen sein. Trotz ihrer Angst ging sie brav mit ihm Klettern, gesichert durch ihn mit Gurt und Seil. Er gab ihr Anweisungen und sie setzte alles um. Sobald sie etwas Sicherheit erlangte, überforderte er sie, zog sie zur Not auch mit einem kurzen Ruck am Seil vom Felsen, ehe er ihren Sturz ins Seil möglichst knapp über dem Boden auffing. Sie hing dann dort, ihm völlig ausgeliefert. Das naive Ding glaubte noch, sie sei einfach zu ungeschickt und er habe ihr zum wiederholten Male das Leben gerettet! Romantisch, nicht wahr? Dabei spielte er mit ihr, wie eine satte Katze mit einer Maus. Er perfektionierte das Spiel. Trotzdem wurde es irgendwann langweilig. Da las er zufällig, dass Psychologen durch Psychoedukation und gezielte Expositionen Ängste behandeln können. Er war sich seiner Sache mit Sonja so sicher, dass er sie in eine Behandlung bei der besten Angstspezialistin weit und breit schickte. Er hoffte, dadurch bekäme sein Spiel mit Sonja wieder neues Feuer. Der Psychologin fühlte er sich überlegen.«

»Dem war aber nicht so?«

Peter hoffte das zumindest, machte er doch selbst gerade eine Therapie gegen soziale Unsicherheit. Frau Dr. Zabaione hatte sicherlich mit ihrer Klientin Sonja deren Ziele verfolgt und nicht getan, was deren Ehemann wünschte.

»Scheint so«, entgegnete Löfken säuerlich. »Laut Jörg hat Sonja sich in der Therapie einen Scheiß um ihre Höhenangst gekümmert. Stattdessen faselte sie plötzlich davon, sie könne prima mit ihrer Höhenangst, dafür aber ohne Klettern und Ähnliches leben. Zwischen den beiden entwickelte sich ein richtiger Machtkampf. So viel Mumm hätte ich Sonja gar nicht zugetraut. Kurz vor Jörgs tödlichem Sturz redete sie sogar von Scheidung. Jörg wäre der totale Loser gewesen, wenn er sie einfach hätte gehen lassen. Um das zu verhindern, hat er sich mit allem gegen eine Scheidung gewehrt und sie massiv unter Druck gesetzt. Außerdem wäre Sonja im Falle einer Scheidung praktisch mittellos dagestanden. So regelte es ihr Ehevertrag. Das Geld gehörte Jörg alleine. Jetzt ist er tot und ihr gehört das Haus in der Wernhalde. Kaum zu glauben! Wahrscheinlich hat Jörg sie an den Felsen gelockt, um einen tödlichen Unfall Sonjas zu inszenieren. Sie roch seinen Plan und schaffte es irgendwie, ihn hinunterzustoßen.«

»Das ist alles reine Spekulation! Damit können wir nichts anfangen.«

»Von wegen!«

Er hieb mit der Faust auf den Tisch.

»Drei Tage vor Jörgs Tod telefonierten wir miteinander. Er sagte mir, er würde Sonja nicht lebend gehen lassen!«

Anita befand sich auf dem Weg nach Mannheim. Eine unliebsame Sache vor sich herzuschieben, statt ihr ins Auge zu blicken und sie so gut wie möglich zu erledigen, war nicht ihr Ding. Da durften auch ihre vorübergehenden Eheprobleme keine Rolle spielen. Bernhard würde sich schon wieder einkriegen. Sie hoffte dies zumindest, hatte seine Krise sie doch letzte Nacht um den Schlaf gebracht. Er wollte, dass sie anfing Fehler zu machen? Das konnte er sich abschminken!

Wobei sie sich durchaus manchmal wünschte, nachlässiger und lockerer sein zu können. Aber bisher war sie noch jedes Mal davor zurückgeschreckt, sich gehen zu lassen.

Im Grunde ihres Wesens war sie bescheiden, benötigte weder Luxus noch Statussymbole. Für diese ungewollte Fahrt gönnte sie sich auf Staatskosten die erste Klasse im ICE.

Am Bahnhof nahm sie der Mannheimer Polizei-Präsident Varnholt persönlich in Empfang. Er hielt ihr die Beifahrertür seines Dienst-Daimlers auf. Ob die hier wohl Dienst-Benz sagen? Schließlich war Carl Benz, der geniale Tüftler und Miterfinder des Automobils, in Mannheim geboren.

Anita stieg ein. Der Polizei-Präsident nahm schwerfällig neben ihr auf dem Fahrersitz Platz. Sie ahnte, warum er für diese Fahrt auf einen Fahrer verzichtete. Kaum waren sie losgefahren, begann er ohne Umschweife:

»Unangenehme Sache, das Ganze! Ich vermute Mal, Sie haben sich für den Job nicht freiwillig gemeldet.«

»Da liegen Sie richtig. Was hat Sie bewogen, eine Sonderermittlerin anzufordern?«

»Öffnen Sie das Handschuhfach. In der Mappe befindet sich die Antwort auf Ihre Frage.«

Anita tat wie geheißen. Der Hefter enthielt Aufnahmen von Polizisten in voller Kampfmontur. Meist posierten sie auf abstoßende Weise zu dritt oder viert mit ihren Waffen vor der Kamera. Die Gesichter waren unkenntlich gemacht. Bis auf eines.

»Ist er das?«

Präsident Varnholt nickte. Sie besah sich die Großaufnahme. Polizeihauptwachtmeister Müller posierte mit Maschinenpistole und einem Gürtel, in dem neben der Pistole ein Elektroschocker und ein Schlagstock steckten. Ein zusätzlicher, mit Sicherheit nicht zur offiziellen Ausrüstung gehörender, Gürtel enthielt mehrere Ersatzmagazine für die Schnellfeuerwaffe. Das Ganze machte einen martialisch-militärischen Eindruck und konterkarierte drastisch das offizielle Wunschbild des Polizisten als Freund und Helfer des Bürgers.

»Wo haben Sie die Bilder her?«

»Am Morgen nach dem Todesfall erhielt der Vorsitzende unseres Personalrats den Link zu einer Homepage zugesandt, auf der diese Bilder hochgeladen waren …«

»Frei zugänglich?«

»Für jeden, der den Link kennt. Glücklicherweise erkannte der Mann die Tragweite des Ganzen und wandte sich damit umgehend an mich.«

»Ich nehme an, die Bilder wurden von dort entfernt?«

»Natürlich! Aber Ihnen ist sicherlich klar, dass diese Bilder jederzeit und überall wieder auftauchen können.«

Selbstverständlich war ihr das bewusst. Diese Bilder eigneten sich hervorragend für eine Kampagne, unabhängig davon, was sich wirklich zugetragen hatte.

»Polizeihauptwachtmeister Müller«, fuhr der Präsident fort, »hält sich auf dem Präsidium für eine Befragung bereit. Wie wollen Sie vorgehen?«

Die Kommissarin hatte eine derartige Frage erwartet. Dennoch ärgerte sie sich darüber. Möglichst ruhig erwiderte sie:

»Mein Vorgehen ist das Gleiche wie immer: Ehe ich eine zentrale Person befrage, möchte ich so viele Details wie möglich über den Fall in Erfahrung bringen. Lassen Sie daher bitte Herrn Müller für seine Bereitschaft danken, aber ich werde ihn heute nicht befragen. Zunächst mache ich mir persönlich ein Bild vom Ort des Geschehens und vertiefe mich in die Berichte der Pathologie und der Kriminaltechnik. Steht Herr Semerenko zu meiner Verfügung?«

»Wie vereinbart erwartet der Kommissar Sie. Er war von Ihrem Wunsch ziemlich überrascht.«

Das konnte sie sich denken. Präsident Varnholt war sicherlich ebenfalls überrascht gewesen. Gewiss würde er gerne etwas über die Gründe ihrer Wahl erfahren.

»Die Stimmung unter den Kollegen ist wegen der Sache ziemlich angespannt«, fuhr der Präsident fort. »Das denken Sie sich wahrscheinlich ohnehin schon. Wenn wir den Kollegen Müller jetzt einfach wieder nach Hause schicken, wird das die Stimmung nicht verbessern.«

»Herr Varnholt, wollen Sie mich etwa auffordern, Herrn Müller bevorzugt zu behandeln?«, entgegnete Anita kühl.

In Stuttgart mobilisierte Kriminalhauptmeister Peter Lutz seine Überredungskünste, die zu besitzen er bis vor Kurzem nicht geglaubt hatte. Schließlich änderte Herr Löfken seine Aussage ab. Jetzt war darin zu lesen, dass Herr Götz ihn von seinem Vorhaben berichtet habe, seine Frau vom Mörikefelsen zu stoßen. Nur mit Mühe habe Herr Löfken ihm dieses Vorhaben ausreden können. Außerdem sei Herrn Löfken bekannt, dass Frau Götz schon mindestens ein halbes Jahr vor dem Sturz ihres Mannes vom Mörikefelsen mit einer Psychotherapie gegen ihre Höhenangst begonnen habe.

»Warum haben Sie Ihre Aussage eigentlich nicht schon früher gemacht?«, fragte Peter schließlich.

Löfkens Gesichtsausdruck wurde abweisend. Er zuckte mit den Schultern. Peter blieb sitzen und starrte ihn auffordernd an.

»Ich wurde kurz vor Jörgs Sturz beruflich nach China versetzt«, meinte er schließlich unwillig.

»Die Welt ist klein geworden. Bestimmt haben Sie auch dort vom Tod Ihres Freundes erfahren.«

»Schon, aber was hätte ich im Land der Drachen tun sollen?«

»Waren Sie drei Jahre lang nie in Deutschland?«

»Doch, war ich, aber jeweils nur wenige Tage. Die bei Ihnen auf dem Revier zu verbringen, dazu verspürte ich absolut keine Lust.«

»Aber die Sache ließ Ihnen keine Ruhe?«

»Stimmt. Ich wusste, dass sein großer Bruder Adrian sich immer sehr verantwortlich für Jörgs Wohlergehen gefühlt hatte. Am Abend nach unseren Klettertouren rief Jörg immer Adrian an, um ihn zu beruhigen. Bei jedem meiner Aufenthalte hier wollte ich mit Adrian Kontakt aufnehmen, tat es dann aber doch nicht. Als schließlich mein Office wieder hier war, musste ich es einfach tun. Wir trafen uns auf einen Drink.«

Peter nickte und verabschiedete sich. Tief in Gedanken versunken betrat er den Aufzug. War die Beziehung zwischen Herrn Götz und seiner Frau wirklich durch die Kultivierung von Sonjas Angst geprägt gewesen? Peter konnte sich nicht vorstellen, dass Herrn Löfkens Sichtweise der Wahrheit entsprach, sofern im Zwischenmenschlichen überhaupt jemals nur eine Wahrheit existierte.

Löfkens Wesen und sein wichtigtuerisches Gehabe stießen ihn ab. Der hatte bestimmt eine ziemlich verschrobene Sicht auf die Welt im Allgemeinen und auf die Frauen im Besonderen. Peter billigte Herrn Löfkens Verhalten in Bezug auf Herrn Götz Tod nicht, verstand es aber irgendwie. Beide waren eher einsame Wölfe, als Männer, die eine echte Freundschaft miteinander verband. Neulich hatte er gelesen, dass überhaupt nur ein Drittel der Männer einen echten Freund besaß. Peter schämte sich ein bisschen, dass er zu den anderen zwei Dritteln gehörte.

Bei einer Gerichtsverhandlung würde Herr Löfken schon bei den ersten kritischen Fragen durch Verteidigung oder

Gericht von der ihm soeben mühsam abgerungenen Aussage abrücken. Der Staatsanwalt würde schäumen und sich bei Anita beschweren, aber das war Peter im Augenblick egal.

Erstens bezweifelte er seit Kurzem, beruflich weiterzukommen, wenn er weiterhin ehrlich und korrekt bliebe. Außerdem wollte er schlicht und einfach gerne wissen, was dort oben auf dem Felsen wirklich passiert war. Hatte Frau Götz ihren Mann kaltblütig vom Felsen gestoßen? Das passte nicht zu ihr oder genauer: nicht zu seinem Bild von ihr. Da musste schon eher dieser dubiose Wilderer Jennerbier eine tödliche Rolle spielen oder vielleicht auch ein unbekannter dritter Mann. Peter verließ im geräumigen Foyer den Aufzug. Sah er die attraktive Witwe aufgrund ihrer Leidensgeschichte zu positiv? Schnell verdrängte er diese Frage wieder.

Das ist Ihr Büro!«, informierte in Mannheim Kommissar Semerenko seinen Stuttgarter Gast.

Anita trat ein und inspizierte ihr Domizil. Der Raum war nichts Besonderes, aber sie beabsichtigte ohnehin, möglichst wenig Zeit in ihm zu verbringen. Die Dezernatsleiterin nahm hinter dem Schreibtisch Platz.

»Schließen Sie die Tür und setzen Sie sich!«, forderte sie den frisch gebackenen Kommissar auf.

Er tat wie geheißen und sah sie erwartungsvoll an.

»Was glauben Sie, wieso meine Wahl auf Sie fiel?«

»Weil ich frisch von der Polizeihochschule komme und vorher in Offenburg Dienst tat, also hier bei den Kollegen noch nicht integriert bin!«, kam es wie aus der Pistole geschossen.

»Warum noch?«

Überrascht sah er sie an. Unbewegt hielt sie seinem Blick stand. Nach kurzem Überlegen meinte er vorsichtig:

»An meinen Noten kann es nicht liegen. Die waren alles andere als überragend. Vielleicht haben Sie sich an der Hochschule über mich erkundigt? Oder genauer gesagt nicht konkret über mich, sondern die dortigen Dozenten um eine Empfehlung für diesen Job gebeten?«

Sie lächelte. Seine Kombinationsgabe war offensichtlich gut.

»Ich habe Professor Erpenbeck gefragt, ob einer seiner Studenten durch nervende Fragen auffiel. Wie aus der Pistole geschossen nannte er mir Ihren Namen.«

»Oh!«

»Das klingt jetzt negativ. Aber ich brauche jemanden, der Wert darauf legt, sich eine eigene Meinung zu bilden. Ich glaube, so jemand sind Sie.«

»Da haben Sie recht.«

»Wie reagierten Ihre Mannheimer Kollegen auf meine Wahl?«

»Oh, seither habe ich jede Menge Freunde.«

»Wie schön für Sie!«

Er zuckte mit den Schultern.

»Die brauche ich nicht! Sobald ich ernsthaft mit Ihnen ermittle, sind diese *Freundschaften* ohnehin passé. Die gleichen Typen, die sich mir jetzt als Freunde aufdrängen, werden dann versuchen, mich einzuschüchtern und auszugrenzen.«

Da gab sie ihm recht. Arbeitete er gut, würde er genau dies erleben.

»Und?«, fragte sie. »Sind Sie dem gewachsen?«

»Klar bin das!«, entgegnete er entschieden. »Ich will nicht in der Drogenfahndung versauern. Die Arbeit mit Ihnen ist mein Ticket ins Dezernat für Tötungsdelikte.«

Anita wollte über ihren Sonderauftrag ihre eigentliche Arbeit nicht vernachlässigen. So fuhr sie am frühen Nachmittag zurück in die Landeshauptstadt. Kaum war sie in ihrem Büro, da klopfte auch schon Kriminalhauptmeister Lutz an ihre Tür.

»Hallo Peter, du strahlst, als hättest du Fortschritte erzielt!«, begrüßte Anita ihn.

»Und ob!«, meinte dieser stolz. »Staatsanwalt Dr. Hennekopf besorgt uns die Esslinger Akten.«

»Dr. Hennekopf?«, meinte sie erstaunt. »Wie hast du es hingekriegt, dass der sich freiwillig Zusatzarbeit aufbrummt?«

»Indem ich ihn um Nachsicht mit meinen menschlichen Schwächen bat.«

Peter grinste erwartungsvoll. Anita tat ihm den Gefallen und fragte nach:

»Das musst du mir jetzt erklären.«

»Ich hielt ihm unsere dünne Akte mit einem Bild von der attraktiven Witwe obenauf hin. Während er sie noch interessiert taxierte, eröffnete ich das Gespräch. Mir sei bewusst, dass für diesen Fall eher die Esslinger Kollegen zuständig wären, aber ich würde einfach persönlich gerne wissen, was diese Frau dazu brachte, ihren Mann von einem Felsen zu stoßen und anschließend mit einem Wilderer ins Bett zu steigen, ehe sie auch diesen tötete. Der Staatsanwalt möge mir meine persönliche Neugierde an dem Fall nachsehen.«

Anita lachte herzlich, ehe sie antwortete:

»Damit hattest du den mediengeilen Hennekopf natürlich am Haken! Der witterte bei dieser Konstellation sofort das Interesse der Medien, auch der großen.«

»Klar!« Peter grinste. »Der Staatsanwalt sah sich bei meinen Worten schon Pressekonferenzen im größten verfügbaren Saal geben. Er riss mir die Akte förmlich aus den Händen und meinte, die Kollegen in Esslingen wären sicher froh, wenn wir ihnen etwas Arbeit abnähmen.«

»Und?«, fragte Anita.

»Was?«

»Bist du wirklich neugierig auf den Fall?«

»Klar! Das ist doch nach wie vor das Schönste an unserer Arbeit. Wenn ich mal nicht mehr neugierig auf die

Hintergründe eines gewaltsamen Todes bin, lasse ich mich ins Archiv versetzen. Mein Gerechtigkeitsempfinden treibt mich in diesem Fall jedenfalls nicht an. Jennerbier und Götz waren beide Drecksäcke. Eher bedauere ich Frau Götz für das, was sie erleiden musste.«

Wenige Stunden später war ein weiterer Tag voller ödem, ermüdendem Alltags-Klein-Klein geschafft. Anita schloss die Wohnungstür auf. Dunkelheit und Einsamkeit schlugen ihr aufs Gemüt. Sie lief durch den geräumigen Altbau, schaltete sämtliche Lichter ein. Dann ging sie zur Anlage, um Musik aufzulegen. Das hatte sie schon seit Jahren nicht mehr getan. Die Wahl fiel ihr schwer. Schließlich entschied sie sich für eine CD von *Vaya con Dios.* Die melancholische Musik erfüllte das Wohnzimmer, in dem Bernhard deutlich mehr Spuren hinterlassen hatte als sie selbst. Sie drehte die Musik lauter.

Wie schön es doch gewesen war, nach einem Tag voller menschlicher Abgründe vom Duft einer leckeren Mahlzeit empfangen zu werden! Stets hatte ihr erster Weg in die Küche geführt, um ihrem am Herd vor einer brutzelnden Pfanne stehendem Bernhard einen Kuss zu geben. Ein heftiges Gefühl von Trauer und Einsamkeit überschwemmte sie. Auf der Couch sank sie in sich zusammen. Tränen liefen ihre Wangen hinab. Was er wohl gerade machte?

Bernhard hatte tatsächlich bei Aldi einen Steig überreifer Erdbeeren billig erworben. Ob die überhaupt schmeckten? Leicht angewidert starrte er auf die, einen süßlichen, von Fäulnis unterlegten Duft ausströmenden, Früchte hinab. Zögernd steckte er eine leicht matschige Erdbeere in den Mund und schloss die Augen. Der Beerengeschmack weckte Kindheitserinnerungen. Mit seiner Mutter hatte er körbeweise die roten Beeren gepflückt, um Marmelade für den

Winter einzukochen. Die einfache, aber ehrliche und leckere Marmelade seiner Mutter! Genau so eine würde er jetzt wieder kochen! Grimmig machte er sich an die Arbeit. Er rupfte die Strünke ab. Über matschige und auch leicht faulige Stellen sah er entgegen seines erworbenen Snobismus großzügig hinweg.

Die Arbeit ermüdete ihn rasch. Sein Magen begann zu knurren. Anita würde, wenn sie sich zu der banalen Tätigkeit des Marmeladekochens jemals herabließe, nie die Arbeit für die Nahrungsaufnahme unterbrechen. Das konnte er auch! Stur, mit nicht gerade positiven Gedanken an seine Frau, arbeitete er weiter. Endlich waren alle Früchte im Topf. Er püriere sie mit dem Zauberstab. Die rote Masse erinnerte ihn an das herrliche Tomaten-Sugo vom Vorabend. War davon nicht noch ein Rest im Kühlschrank, samt Spaghetti No. 5 von Barilla? Er drehte den Herd auf und eilte zum Kühlschrank.

Die Tomatensoße duftete selbst kalt herrlich nach frischen Kräutern und Knoblauch. Pasta schmeckte auch kalt. Er schüttete die gekochten Spaghetti hinein. Wo war nur seine Parmesanmühle? Schnell die Erdbeeren auf der heißen Herdplatte umrühren, ehe sie anbrannten! Da kam ihm in den Sinn, dass er den Gelierzucker vergessen hatte. Er schüttete ihn in den Topf und rührte ihn unter. Währenddessen fiel ihm ein, dass die Parmesanmühle vermutlich noch von seinem gestrigen Mahl vor dem Fernseher auf dem Couchtisch verblieben war. Er eilte ins Wohnzimmer.

Tatsächlich, dort stand sie! Ein Tag im warmen Zimmer entsprach sicher nicht den Hygienevorschriften. Egal. Er eilte zurück in die Küche. Ob Anita ohne ihn wohl auch vor dem Fernseher aß? Mit den Gedanken bei seiner Frau gab er reichlich Käse in die rote Soße. Plötzlich hielt er inne.

Scheiße! Dann lachte er laut los. Wie viele geniale Küchenkreationen wohl schon auf diese Weise entstanden waren?

Frau Götz erwies sich keineswegs als bedauernswerte Frau. Am darauffolgenden Tag kam sie, wie telefonisch vereinbart, aufs Präsidium und begrüßte die beiden Polizisten mit festem Händedruck. Prüfend sah sie den Beamten in die Augen. Der Blick des Polizisten begann leicht zu flackern und er lächelte sie schüchtern an. Die Polizistin hatte hingegen rot unterlaufene Augen. Hinter ihr schien eine schlechte Nacht zu liegen. Den beiden fühlte sie sich gewachsen. Sie gönnte ihnen ein höfliches Lächeln.

Trotz ihrer mörderischen Kopfschmerzen und Müdigkeit entging Anita nicht, wie Frau Götz Peter und sie taxierte. Die Witwe wirkte auf den ersten Blick wie eine unvermittelt in die Jahre gekommene Schülerin, so gnädig hatte Chronos sie behandelt. Bisher hatte er kaum mehr getan, als ihre Gesichtszüge tiefer als die einer jungen Frau auszuprägen. Ihre gesunde Bräune und ihr durchtrainierter Körper verrieten, dass sie viel Sport im Freien trieb. Frau Götz wirkte unprätentiös, trug eine helle Bluejeans zu einem leicht knittrigen Baumwollhemd. Ihre langen, blonden Haare waren mit einem schlichten Gummi zu einem Pferdeschwanz gebunden, was den Blick auf ihre ebenmäßigen Gesichtszüge freigab.

Peter hatte sich eine Millionenerbin anders vorgestellt. Den Blick in ihre grünen Augen würde er nicht so schnell vergessen. Ihre Augen und ihr Körper würden ihm eine unruhige Nacht bescheren.

Anita war Peters sehnsüchtiger Blick nicht entgangen. Die Kommissarin seufzte innerlich. Roland war nie den Reizen einer Verdächtigen erlegen.

»Sie wünschen?«, fragte in diesem Augenblick Frau Götz.

»Ihnen ein paar Fragen zum tödlichen Unfall Ihres Mannes stellen«, erwiderte Anita.

Bruchteile von Sekunden blitzte Panik in den Augen der Witwe auf.

»Welchen …?«

Anita verspüre einen Adrenalinstoß, der leider ihre Kopfschmerzen nicht milderte. Zu gerne hätte sie gewusst, wie die spontane, von ihrer Panik formulierte Frage der Witwe vollständig lautete. Aber diese hatte sich gerade noch rechtzeitig bremsen können. So konnte die Kommissarin nur raten:

»Welchen Mann ich meine?«

Frau Götz presste die Lippen fest aufeinander. Die Reue, sich nicht unter Kontrolle gehabt zu haben, war ihr anzusehen.

»Sind mehrere Ihrer Männer einen Unfalltod gestorben?«, fuhr Anita misstrauisch fort.

Die beiden Frauen standen einander gegenüber und maßen sich mit Blicken. Bei Anita schrillten sämtliche Alarmglocken, während Frau Götz offensichtlich ihre Fassung wiedergefunden hatte.

»Nein, natürlich nicht!«, antwortete sie und wandte sich ab. »Das Ganze ist einfach sehr schmerzhaft. Meist verdränge ich es, jemals verheiratet gewesen zu sein.«

Sie senkte leicht den Kopf und schützte die Augen mit der Hand, als wolle sie aufkommende Tränen verbergen. Ihre Schultern begannen zu zucken, als versuchte sie krampfhaft, ein Weinen zu unterdrücken. Anita war sich sicher, soeben Zeugin einer laienhaften schauspielerischen Darbietung zu sein, während Peter das schutzbedürftige weibliche Wesen am liebsten tröstend in die Arme genommen hätte.

»Waren Sie ganz sicher nur einmal verheiratet?«, fragte Anita mit Schärfe in der Stimme.

Peter musterte seine Vorgesetzte entsetzt, während sich Frau Götz ruckartig wieder umdrehte. Sie starrte die Kommissarin erbost an. Ihre Augen waren gerötet und feucht, ob von echten Tränen oder vom heftigen Reiben in ihnen, vermochte Anita nicht zu sagen.

»Ja, ich bin mir sicher!«, erwiderte Frau Götz. »Ich brauche mir das von Ihnen nicht bieten zu lassen! Wenn ich will, kann ich jederzeit gehen!«

»Stimmt, Sie können gehen. Wir werden Sie dann aber immer wieder aufsuchen, bis wir Antworten erhalten!«

Frau Götz zögerte kurz, ehe sie erwiderte:

»Ich bin nur zu Besuch hier. Bald werde ich Deutschland verlassen!«

»Dann wollen Sie sicher nicht bei Ihrer Rückkehr am Flughafen festgenommen werden, weil Sie sich einer polizeilichen Befragung durch Flucht entzogen haben!«

Anita lächelte die Witwe unschuldig an. Sie pokerte, ahnte aber, dass sie gewinnen würde.

»Was wollen Sie?«, gab Frau Götz schließlich nach.

»Nur ein paar Fragen stellen.«

»Die Polizei hat doch damals schon alles untersucht!«

»Es wurden zwei neue Aussagen gemacht, die Fragen aufwerfen.«

»Zu Jörg?«

Anita zuckte mit keiner Wimper. Etwas an ihrem Gegenüber war entschieden verdächtig. Vielleicht erlaubte Dr. Hennekopf einen Blick in Frau Götz Familienbuch?

»Was für Fragen?«, hakte diese schließlich nach.

»Den Kollegen gegenüber beharrten Sie damals darauf, wegen Ihrer Höhenangst sich Ihrem am Abgrund stehenden Mann nicht genähert zu haben. Uns liegen zwei Aussagen vor, dass Sie sich bereits ein halbes Jahr vor dem Sturz von einer Psychologin wegen ihrer Höhenangst behandeln ließen. Außerdem begannen Sie wenige Wochen nach dem Unfall mit dem Fallschirmspringen.«

Diesmal verzog Frau Götz keine Wimper. Sie überlegte in Ruhe, ehe sie antwortete:

»Ich sehe hierin keinen Widerspruch. Frau Dr. Zabaione wird Ihnen dies sicher bestätigen.«

»Die steht unter Schweigepflicht und wird nicht mit uns sprechen.«

»Kein Problem, ich gebe Ihnen eine schriftliche Schweigepflichtentbindung. Gerne sage ich ihr auch persönlich, dass sie offen mit Ihnen reden soll. Sonst noch was?«

Sollte sie Frau Götz nach ihrem Verhältnis zu Herrn Jennerbier fragen? Es wäre allerdings klüger, hiermit zu warten, bis sie die Esslinger Akten gelesen hatte.

»Weitere Fragen ergeben sich vielleicht noch. Es sei denn, Ihre Psychologin kann alle Bedenken ausräumen.«

»Das kann Frau Dr. Zabaione sicher!«, entgegnete Frau Götz eifrig. »Sie ist eine wunderbare Frau. Das werden sicher auch Sie schnell merken.«

Die Witwe verabschiedete sich. Anita sank zurück auf ihren Stuhl, schloss die Augen und massierte sich die Schläfen.

»Du siehst furchtbar aus«, meinte Peter.

»Danke, das hört Frau doch gerne.«

»Wenn ich nicht wüsste, dass bei dir so was nie vorkommt, würde ich sagen du hast gestern einen über den Durst getrunken.«

»Warum sollte so etwas bei mir nicht vorkommen?«, fauchte Anita.

»Weil ...«

Er brach ab. Schließlich war sie, obwohl sie gut miteinander auskamen, seine Vorgesetzte.

»Weil ich immer so scheißperfekt bin?«

Peter schluckte.

»Antworte!«

»Mensch Anita, tut mir leid, dass ich ...«

»Das braucht dir nicht leidzutun!«, unterbrach sie ihn unwirsch. »Sag mir einfach nur, warum du mir keinen Kater zutraust!«

»Wahrscheinlich, weil du all die Jahre noch nie verkatert zur Arbeit gekommen bist. Kann ich jetzt gehen?«

Anita nickte. Peter verließ eilig ihr Büro. Bitter dachte sie, dass selbst er wegen ihrem scheinbaren Mangel an Fehlern nichts Persönliches mit ihr zu tun haben wollte.

Adrian Götz hatte sich für heute freigenommen. Soeben packte er sein Enduro-Bike auf den Fahrradanhänger, setzte seinen Helm ab und betrat die Zahnradbahn. Dort erwartete ihn die Radlerin mit der ausdrucksstarken Mimik. Sie lächelte ihn hinreißend an, ihre Augen halb geschlossen, auf ihren Bäckchen wunderbare Grübchen und auf ihren Lippen ein Lächeln wie eine Ahnung des Paradieses. Adrian war sich sicher: Männer würden töten, nur um von ihr auf genau diese Art angelächelt zu werden. Trotzdem zögerte er kurz, ehe er auf sie zuging und ihr gegenüber Platz nahm.

»Servus!«, begrüßte sie ihn mit ihrem verheißungsvollen Lächeln. »Auch wieder mit dem Bike unterwegs?«

»Servus«, entgegnete er. Seine Augen suchten den Boden.

»Ich brauch die Bewegung und das Adrenalin«, murmelte er vor sich hin.

»Ich auch!«, entgegnete sie fröhlich. »Bewegung draußen in der Natur ist viel besser, als sich im Studio ständig der Anmache durch dämliche Machos auszusetzen!«

»Studio? Arbeitest du beim Fernsehen?«

»Nein!«

Unter ihrem glockenhellen Lachen zerbröselte seine letzte Abwehrstellung.

»Mit Studio meine ich: beim Training im Fitnessstudio.«

»Ach so! Klar, dass du dort keine Ruhe findest. So wie du aussiehst!«

»Danke für das Kompliment!«

Sie lächelte erneut auf eine Art, die ihn schwindelig machte. Er gab es auf, den Blick von ihren Lippen losreißen zu wollen. Seit über drei Jahren war er von Carmen geschieden. Anscheinend war es Zeit, sich wieder auf eine Frau einzulassen.

»Quatschst du auch manchmal Frauen mit blöden Sprüchen an?«

»Nein!«

»Das dachte ich mir schon! Eigentlich schade, du siehst aus, als wärst du ein netter Mann. Viele Frauen wünschen sich, zur Abwechslung mal mit jemandem wie dir ins Gespräch zu kommen.«

Man ging die ran! In sein Verlangen mischte sich leichtes Unbehagen. War es heutzutage üblich, dass Frauen so aktiv wurden? Wenn er Geheimnisträger wäre, würde er sie jetzt für eine auf ihn angesetzte Spionin halten. Aber in dieser Hinsicht gab es bei ihm nichts zu holen. Es sei denn …

Sie hatte ihn aufmerksam beobachtet. Jetzt legte sie kurz ihre Hand auf seinen Unterarm und meinte:

»Entschuldige bitte! Ich habe dich wohl gerade etwas überfahren. Normalerweise bin ich viel zurückhaltender. Aber du bist mir schon öfters beim Biken ins Auge gestochen.

In meinem bisherigen Leben hatte ich kein Glück mit den Männern. Mein Horoskop prophezeit mir für heute eine entscheidende Begegnung. Als du dann einstiegst und in meine Richtung blicktest …«

Sie seufzte tief.

Ihre Berührung hatte ihn elektrisiert. Sein Puls raste. Viel zu lange hatte ihn kein weibliches Wesen mehr zärtlich berührt. In diesem Augenblick saß er völlig unerwartet einer verführerisch schönen Frau in der Blüte ihres Lebens gegenüber. Offensichtlich interessierte sie sich für ihn. Er schluckte, ehe er fragte:

»Fährst du von Degerloch aus den Woodpecker-Trail runter?«

Sie musterte ihn, zog ihre Augenbrauen in die Höhe, ehe Sie mit einer Gegenfrage antwortete:

»Hast du einen besseren Vorschlag?«

»Besser nicht unbedingt … doch, irgendwie schon. Ich meine, landschaftlich auf jeden Fall und fahrerisch auch nicht ohne, wenngleich halt nicht so steil. Fährst du Enduro oder reines Downhill?«

»Enduro.«

»Super! Kennst du das Dürrbachtal?«

»Nein, klingt aber interessant.«

Sie beugte sich vor. Er schielte durch den leicht aufgezogenen Reißverschluss ihres Trikots auf ihren Brustansatz.

»Der Dürrbach fließt unterhalb des Fernsehturms in Richtung Neckar. Im Sommer veranstalten ein paar Freaks dort manchmal eine Art Rennen, das Dürrbachtal Classic. Dabei geht es aber mehr um die Gaudi und das Saufen, als um sportliche Höchstleistungen. Wenn du willst, kann ich es dir ja mal zeigen.«

»Gerne!«

Am späten Nachmittag trafen die Esslinger Akten ein. Anita konnte es kaum fassen. Da musste Dr. Hennekopf ja einen Boten losgeschickt haben!

Sie rief Peter zu sich. Die Unterlagen zum tödlichen Sturz vom Mörikefels bestanden aus drei schmalen Heftern. Offensichtlich war hier nicht mehr als das Nötigste getan worden. Die SoKo Wilderer hatte hingegen achtundzwanzig dicke Aktenordner zustande gebracht. Hier war zumindest umfangreich ermittelt worden, ob auch gründlich, würde sich zeigen.

»Fängst du mit dem Mörikefels an und ich mit dem Wilderer?«, schlug Peter tapfer vor.

»Gern! Danke!«

Beim Lesen der Akten begann Anita innerlich vor Wut zu kochen. Da hatte ihr ehemaliger Kollege Kemmler es sich einmal mehr so bequem wie möglich gemacht. Seine Schlamperei war unglaublich! Zum einen hatte Frau Götz zunächst bestritten, auch nur in der Nähe des Abgrunds gewesen zu sein und dies mit ihrer Höhenangst begründet. Ein Schuhabdruck in einer kleinen Schlammkuhle direkt am Abgrund entpuppte sich aber als eindeutig zu ihren Sportschuhen gehörig. In der Befragung durch Kommissar Kemmler hatte Frau Götz daraufhin eingeräumt, in ihrem Schockzustand wohl doch noch an den Abgrund gegangen und nach ihrem Mann gesehen zu haben. Welche goldene Brücke mochte der Kollege ihr gebaut haben? Frau Götz Wirkung auf Männer hatte sie schließlich an Peter hautnah mitbekommen.

Viel mehr noch ärgerte sie allerdings der pathologische Bericht.

»Wusste der Trottel nicht einmal, dass es welche zum Aufstecken gibt!«, grummelte sie vor sich hin.

Peter hob den Blick von den Akten und sah seine Chefin fragend an.

»Ich rede von Gummipuffern zum Aufstecken auf Nordic-Walking-Stöcke!«, erklärte sie daraufhin. Ihr war jedoch klar, dass Peter noch immer nichts verstehen konnte. Also holte sie aus:

»Herr Götz schlug nach seinem Sturz mit dem Rücken ungebremst auf dem relativ weichen Waldboden unterhalb des Felsens auf. Hierbei zog er sich diverse tödliche Verletzungen zu. Der Pathologe fand aber auch auf seinem rechten Brustmuskel eine runde Druckstelle von etwa fünfundzwanzig Millimeter Durchmesser, die sich Herr Götz kurz vor seinem Sturz zugezogen haben musste. Der Pathologe wies darauf hin, dass diese beispielsweise durch einen heftigen Stoß mit einem Stock entstanden sein konnte. Die KTU stellte an entsprechender Stelle der Oberbekleidung des Toten Gummipartikel sicher.

Frau Götz hatte Nordic-Walking-Stöcke zum Aufstieg auf den Felsen genutzt. Da diese jedoch eine Metallspitze hatten, schloss Kollege Kemmler aus, dass mit einem dieser Stöcke ein heftiger Stoß ausgeführt worden sein könnte. Dabei habe ich für meine eigenen Stöcke Gummipuffer, die ich je nach Bedarf über die Metallspitze überstülpen oder absetzen kann!«

»Kemmler war halt nicht so sportbesessen wie du«, entgegnete Peter trocken.

»... und die Esslinger KTU auch nicht!«, setzte sie seinen Satz fort. »Das ist aber keine Entschuldigung, sich nicht zumindest zu erkundigen, ob es so etwas gibt oder nicht!«

»Das heißt, die Kollegen haben gepfuscht?«

Anita nickte, ehe sie begründete:

»Zumindest wäre es für Frau Götz ein Leichtes gewesen, nach dem Stoß von den Stöcken die Gummipuffer abzuziehen, fünfzig oder auch mehrere Hundert Meter den Trauf entlangzulaufen und die Dinger hinunterzuwerfen. Die wären den Hang hinab gerollt. Die Chance, die aufzuspüren betrug nahezu null.«

»Und die Staatsanwaltschaft?«

»Die wollten sich ebenfalls Arbeit ersparen und schlossen sich einfach Kemmlers Sichtweise an. Die Sache wurde als selbst verschuldeter Unfall eingestuft und die Akte geschlossen.«

Anita wusste um ihren manchmal nervtötenden Perfektionismus. Sie war sich noch unsicher, was die Druckstelle letztendlich bedeutete. Es erschien ihr zweifelhaft, dass ein Sportler wie Herr Götz untätig auf den Stoß mit dem Stock gewartet haben sollte. Sie selbst traute sich zu, einem Stock auszuweichen oder ihn zu fassen zu kriegen. Was auch immer auf dem Felsen geschehen war: Sie hätte nicht so schnell aufgegeben wie die Esslinger Kollegen!

Anita begann, sich ebenfalls in die Akten der SoKo Wilderer einzulesen. Gegen Abend waren beide Kriminalisten mental erschöpft. Ihre Augen brannten. Aber sie waren durch den Berg an Informationen durch!

»Was fiel dir auf?«, fragte Anita.

»Jeder in Hepsisau schien zu glauben, dass Frau Götz seit

dem Tod ihres Mannes heimlich Jennerbier aufsuchte, um ihn quasi mit Naturalien für seine Falschaussage hinsichtlich des Unfalls ihres Mannes zu entlohnen. Frau Götz nahm sich mit Dr. Kessler einen der teuersten Anwälte Stuttgarts. Der machte schnell klar, dass keiner wirklich Frau Götz erkannt haben konnte.

Kein Wunder, am nächsten dran an die Unbekannte kamen die beiden Radlerinnen. Und die mussten einräumen, diese nur aus erheblicher Entfernung von der Seite oder von hinten gesehen zu haben. Zudem trug die Frau stets ein Kopftuch und eine große Sonnenbrille. Das Video der beiden Damen wurde sichergestellt. Auf ihm war das Gesicht der Unbekannten nur als Fleck zu erkennen. Den Ausschlag gab aber, dass Frau Götz sich zum Zeitpunkt von Herrn Jennerbiers Tod in Uganda aufhielt.«

»Das behauptete sie zumindest.«

»Mensch Anita! Die dortige Polizei befragte das Personal ihrer Lodge ...«

»Was sie sich leicht erkaufen konnte!«

»... und sie reiste im fraglichen Zeitraum über keinen Flughafen ein!«

»Die haben die Schweizer Flughäfen nicht überprüft! Sie kann in Zürich gelandet und mit einem Mietwagen in weniger als drei Stunden vor Ort gewesen sein. Sie trifft sich heimlich mit Herrn Jennerbier, vergiftet ihn, braust zurück nach Zürich und fliegt spätestens am nächsten Tag wieder nach Afrika. Dort steckt sie dem Hotelpersonal oder noch besser dem lokalen Polizeichef ein paar Scheine zu und kauft sich so ein Alibi!«

Peter sah seine Chefin gequält an.

»Warum bist du ihr gegenüber so misstrauisch?«

»Erstens, weil sie uns gestern nicht die Wahrheit sagte. Zweitens wegen dem hier!«

Schwungvoll warf sie die Verbindungsliste von Jennerbiers

Telefonanschluss auf den Tisch. Einige Nummern waren farblich markiert.

»Jennerbier hat am Tag vor seinem Tod, wie auch am Tag, bevor die beiden Hepsisauer Frauen die unbekannte Radfahrerin verfolgten, diese Nummer angerufen. Auch in den Monaten davor, hat er jeweils ein- bis zweimal die Nummer angerufen.«

»Schon klar«, erwiderte Peter genervt, »dass der Jennerbier über diese Nummer mit der unbekannten Radlerin Kontakt aufnahm. Aber es handelt sich um ein ausländisches Prepaidhandy, dessen Besitzer nicht ermittelt werden konnte.«

»Die Prepaidkarte wurde in Kenia gekauft!«

»Und?«

»Kenia ist ein Nachbarland Ugandas. Frau Götz war mehrmals in Uganda.«

Schweigen trat ein. Peter rang mit sich. Sollte er zugeben, dass dies zumindest ein Frau Götz belastendes Indiz war? Ein Indiz, das leider von den Esslingern übersehen oder bewusst nicht beachtet worden war. In die Stille hinein klopfte es energisch an die Tür. Ehe Peter antworten konnte, wurde die Tür aufgerissen. Dr. Hennekopf trat ein.

»Hier sind Sie ja!«

Unaufgefordert nahm er Platz.

»Haben Sie schon erste Ergebnisse?«

Anita brachte ihn knapp und präzise auf den Stand. Er hörte konzentriert zu und fragte schließlich nachdenklich:

»Was schlagen Sie vor?«

»Ich würde gerne in Frau Götz Familienbuch beim Standesamt einen Blick werfen.«

»Warum das denn?«

»Als wir sie gestern befragten, war sie im ersten Augenblick unsicher, wegen welchem tödlich verunglückten Ehemann wir mit ihr reden wollten.«

Peter warf Anita einen vorwurfsvollen Blick zu, den diese

geflissentlich ignorierte. Dr. Hennekopf schaute Anita noch einen Augenblick ungläubig an, hieb dann mit der Faust auf den Tisch und äußerte mit einem freudigen Grinsen:

»Noch ein toter Gatte? Weniger als drei Jahre nach dem Abgang des Ersten? Also ist die Dame eine schwarze Witwe? Das wäre ja ein Hammer! Kein Problem, ich besorge Ihnen den notwendigen Beschluss!«

Nur, wenn du dann endlich aufhörst, mich zu siezen!«, hatte die schöne Bikerin auf Adrian Götzs Essenseinladung erwidert.

Jetzt saß Julia ihm gegenüber und sah sich auf dem Deck der Frauenlob gründlich um. Die Stühle und Sofas aus dunklem Polyrattan waren gut besucht. Der genietete Frachtkahn von 1930 war behutsam seiner neuen Nutzung für Theater und Gastronomie angepasst worden. Gusseiserne Räder für die Ankerkette rosteten unter ihrer roten Farbe vor sich hin. Der Balken des Radars war von Leuchtketten umschlungen und an einem winzigen Kran baumelte schief ein altes Ruderboot. In den Platanen auf dem Neckardamm nebenan krächzten die Cannstatter Papageien, während auf dem Fluss ein leeres Tankschiff gemächlich zurück nach Rotterdam tuckerte. Die Bebauung am gegenüberliegenden Ufer konnte man je nach Sichtweise als zweckmäßig oder hässlich bezeichnen. Angespannt wartete Adrian auf Julias Urteil. Er überlegte fieberhaft, wohin er mit ihr gehen könnte, falls seine Wahl ihr nicht zusagte.

»Witzig, wusste gar nicht, dass es so was hier in Stuttgart gibt«, meinte sie schließlich.

»Wenn es dir nicht gefällt, können wir auch woanders hingehen.«

»Nein, nein! So war das nicht gemeint!«

Sie langte über den Tisch und tätschelte kurz seine Hand.

»Deine Wahl gefällt mir!«

Er hatte erst wenige Stunden mit ihr verbracht. Schon war er süchtig nach ihren Berührungen und ihrem Lachen.

»Ich gehe mit dir auch woanders hin. Ich dachte halt nur, die Frauenlob liegt günstig und …«

»Adrian!«

Sie griff erneut über den Tisch nach seiner Hand und hielt diese sanft. Er schluckte und sah sie an. Ihr Gesichtsausdruck konnte ihn jederzeit von einem Wolf in ein Lamm verwandeln. Sie hielt seinen Blick fest, lächelte ihm aufmunternd zu und meinte:

»Alles ist gut! Es war eine wunderbare Radtour mit dir! Du hast mir heute neue Ecken der Stadt gezeigt. Ich wusste nicht, wie groß der Wald unterhalb des Fernsehturms ist. Nie zuvor hatte ich vom Dürrbachtal und Rohracker gehört. Auch unsere Fahrt neckarabwärts bis hierher war schön!«

»Echt?«

»Ja!«

Er strahlte bei ihren Worten, was ihr ein schlechtes Gewissen verursachte. Schließlich stand sie in seiner Schuld. Im Bestreben diese zu begleichen fragte sie:

»Dir ist es wichtig, es uns Frauen recht zu machen, oder?«

Er errötete, schluckte und erwiderte verunsichert:

»Ist das so offensichtlich?«

Sie nickte.

»Ja«, gab er zu, »ist es.«

»Lass es sein!«, forderte sie ihn auf. »Wir Frauen haben keinen Respekt vor Männern, die es uns recht machen wollen. Im Gegenteil: Wir verachten sie und laufen lieber Typen hinterher, die ihr Ding durchziehen!«

Ihre Worte trafen ihn hart. Beschämt senkte er seinen Blick vor sich auf den Tisch.

»Wow!«, rang er sich mühsam ab. »Du bist echt eine außergewöhnliche Frau!«

Adrian hob seinen Blick wieder und sah ihr in die Augen.

»Jemandem wie dir bin ich nie zuvor begegnet! Aber du hast recht. Mir ist in den letzten Jahren selbst aufgegangen, dass ich meiner Ex-Frau gegenüber viel zu nachgiebig gewesen bin.«

Sein Blick wurde unscharf. Er brütete finster vor sich hin.

»Versinkst du gerade in Selbstmitleid?«

Pikiert sah Adrian sie an. Das war gut so. Sie wollte ihn auf Touren bringen, aber ein Verwöhnprogramm hatte sie für ihn nicht vorgesehen.

»Nein!«, verteidigte er sich. »Nicht, dass du denkst, ich wäre immer so! Zumindest im Job bin ich ein richtig harter Hund!«

»Das glaube ich dir! Ich halte dich für kein Weichei!«

»Bin ich aber!«, widersprach er ihr bitter. »Zumindest Frauen gegenüber bin ich oft ein Weichei! Mein Bruder war hingegen ein richtiger Drecksack. Ihm lagen die Frauen zu Füßen!«

Da war er ja schneller als gedacht auf seinen Bruder zu sprechen gekommen. Zu schnell für ihren Geschmack, sie musste schleunigst das Gespräch wieder in eine andere Richtung lenken:

»Mir ist kalt!«, sagte sie daher.

»Kalt?« Er sah sie verständnislos an.

»Lass uns nach unten gehen.«

»Nach unten?«

»Unter Deck. Kann man da nicht auch sitzen?«

Wie er sie mit halb geöffnetem Mund und null Durchblick anstarrte, sah er wie ein Loser aus.

»Komm einfach mit!«, befahl sie ihm und erhob sich.

Ohne sich umzudrehen, ging sie über Deck an der oberen Bar vorbei nach hinten Richtung Steuerhaus. Dort stieg sie die enge Treppe hinunter und bog nach links ins Schiffsinnere ab. Innen war deutlich weniger los als auf Deck. Sie nahm an einem der großen Tische Platz. Vor einem kleinen Fenster schwappte braunes Neckarwasser. Hatte man deswegen braune Lederpolster gewählt? Gegenüber ihrem Tisch befand sich die Bar. Klassische Schiefertafeln priesen die aktuellen Cocktails an. In Erdfarben gehaltene Bilder harmonierten mit den Ledermöbeln und den alten Dielen des Bodens. Durch einen Durchgang gelangte man von der im ehemals hinteren Laderaum des Kahns eingebauten Bar in den Theatersaal.

»Siehst du hier«, Adrian wies auf eine Reihe von Knubbeln in den schwarzen Wänden. »Der Stahlkahn wurde seinerzeit noch mühsam in Handarbeit aus einzelnen Stahlplatten zusammengenietet. Schweißen beherrschte man damals zwar schon, es wurden aber fast nur Kriegsschiffe so hergestellt.«

»Woher weißt du so was? Bist du Ingenieur?«

Kaum ausgesprochen, ärgerte sie sich über ihre Worte. Sie wusste doch ganz genau, was er war! Andererseits lag diese Frage für eine unbedarfte, ihn soeben kennenlernende Frau nahe. Was jedoch, wenn er je erführe, dass sie ihn mühsam ausfindig gemacht und vieles über ihn schon vorab in Erfahrung gebracht hatte? Würde er ihr dann dieses falsche Theater um Dinge, die sie schon wusste, vorwerfen?

Sie stutzte. Sollte ihr das nicht egal sein? Spätestens jetzt musste sie sich eingestehen, dass sie ihr ursprüngliches Ziel aus den Augen verlor. Durch ihre Beobachtungen aus der Ferne hatte sie zunehmend Gefallen an ihm gefunden.

Nichts von ihren Überlegungen ahnend antwortete Adrian arglos:

»Nein, bin ich nicht. Aber ich interessiere mich für vieles und habe nachgelesen. Sollen wir bestellen?«

Er aß Semmelknödel mit Champions in Sahnesoße, während sie sich durch einen Salat mit lauwarmem Ziegenkäse und Lavendelhonig nur das Mindestmaß der erforderlichen Kalorien zuführte. Zwischen ihnen entstand unbehagliches Schweigen. Er schien sehr mit seinen Gedanken beschäftigt.

Ihr fiel kein unverfängliches Gesprächsthema ein. Schließlich deutete sie auf die Stahlwände und meinte:

»Die haben im Winter sicher horrende Heizkosten.«

»Mhh«, stimmte er mit vollem Mund zu.

Kauend fragte er:

»Bist du Schwäbin?«

Sie zuckte zusammen, wollte Zeit gewinnen und fragte daher gegen:

»Wie kommst du da jetzt drauf?«

»Na wegen deiner Bemerkung zu den Heizkosten. Du scheinst sparsam zu sein.«

Sie wusste nicht, was sie erwidern sollte. War es in seinen Augen gut, sparsam zu sein oder nicht? Außerdem wollte sie mit ihm jetzt ganz sicher nicht darüber reden, wo sie herkam.

»Du hast zwar keinen richtigen Dialekt«, fuhr er fort, »trotzdem vermute ich aufgrund deiner Sprachmelodie, dass du von hier kommst.«

»Stimmt«, erwiderte sie einsilbig.

»Direkt aus Stuttgart?«

»Nein.«

»Einem Vorort?«

»Nicht direkt«, antwortete sie knapp und hoffte, er würde das Thema wieder sein lassen. Adrian war jedoch nicht nur ein neugieriger, sondern auch ein beharrlicher Mann. So fuhr er fort:

»Etwa von der Alb?«

»Auch nicht, eher davor.«

»Du machst es aber spannend! Jetzt sag doch schon, in welchem Kaff du aufgewachsen bist!«

Sie überlegte fieberhaft, welches der zahllosen Städtchen des Umlands sie ihm gefahrlos nennen konnte. Sie wusste noch, dass er in einigen der Städtchen Verwandte besaß, aber nicht mehr, in welchen. Er sah sie während ihrer Überlegungen erwartungsvoll an. Ihr wurde klar, dass sie sich soeben ziemlich verdächtig verhielt. Also antwortete sie aufs Geratewohl:

»Weil der Stadt.«

»Weil der Stadt? Das liegt aber nicht im Alb-Vorland, sondern eher im Schwarzwald!«, erwiderte er überrascht. »Welche Schule hast du dort besucht?«

»Schule? Ich … ich weiß nicht mehr.«

»Du weißt nicht mehr, auf welcher Schule du warst?«, fragte er ungläubig.

Selbst Peter hatte genug für heute und machte Feierabend. Am Pragsattel quetschte er sich in eine überfüllte Bahn. Das olfaktorische Feuerwerk aus ranzigem Männerschweiß, Knoblauch und Parfümerie verursachte ihm Übelkeit. Sollte er aufhören, ein guter Mensch sein zu wollen?

Zahlreiche übrige gute Mitfahrer stiegen am Kommerztempel kurz vor dem Bahnhof aus. Für sie galt es, nicht nur das Klima zu schützen, sondern gleich noch die Wirtschaft anzukurbeln. Er selbst würde erst am Charlottenplatz die Bahn wechseln, um zu seiner unterhalb der Uhlandshöhe liegenden Wohnung zu gelangen. Ein weiterer einsamer Abend lag vor ihm. Der konnte warten! Spontan verließ er am Schlossplatz die U-Bahn.

Betont langsam, so langsam ein Mann eben geht, den nichts und niemand erwartet, stieg er die Treppen zum Tageslicht empor. An dem großen, durch viel Grün strukturierten Platz lagen zwei Schlösser der Stadt. Hektik, Lebensfreude und Vielfalt des großstädtischen Lebens umbrandeten den Polizisten, der in diesem Moment einfach nur Mann war. Auf den Bänken und Rasenstreifen hatten sich Menschen jeden Alters niedergelassen, redeten miteinander oder genossen die körperliche Nähe des jeweils anderen. Er blieb stehen und ließ das bunte Treiben auf sich wirken. Wie gerne er doch ein Teil dessen wäre! Seinen Arm lässig um eine Frau gelegt, lachend ein Ziel ansteuern! Oder noch besser: Ohne Ziel einfach ihre körperliche Nähe spürend, durch die Gegend zu schlendern! Peter malte sich sein potenzielles Glück so schillernd aus, dass es schmerzte. In seinem Leben war keine Frau in Sicht.

Da stockte ihm der Atem. Er glaubte, seinen Augen nicht zu trauen: Keine zehn Meter von ihm entfernt stand die schöne Witwe und tippte etwas in ihr Smartphone! Zögernd trat Kriminalhauptmeister Lutz zwei Schritte auf sie zu, blieb dann aber wieder stehen. Lauerte sie ihm hier auf, um Einfluss auf die Ermittlungen zu nehmen?

»Quatsch, so wichtig bist du für die Ermittlungen nicht!«, sagte er leise zu sich selbst.

In diesem Augenblick hob Sonja Götz den Kopf. Grüne Katzenaugen fingen ihn ein. Sinnliche Lippen verzauberten Peter mit einem hinreißenden Lächeln. Automatisch lächelte er zurück. Ehe ihm bewusst wurde, was er tat, stand er vor ihr.

»Hallo, Herr Kommissar«, begrüßte sie ihn. Ihre feingliedrige Hand mit rot lackierten Nägeln berührte kurz seinen Oberarm.

Ihre Berührung elektrisierte ihn. Sein ausgehungerter Körper verlangte nach mehr.

»Hallo, Frau Götz!«

Er schluckte schwer. Wie sprach man mit einer Frau wie ihr? Sie war im Gegensatz zu ihm reich, äußerst attraktiv, nicht zuletzt zehn Jahre älter und in Liebesdingen sicherlich unendlich viel erfahrener. Ehe das Schweigen peinlich wurde, erlöste sie ihn:

»Genießen Sie Ihren verdienten Feierabend?«

»Äh, ja.«

»Wie genießt ein Kommissar denn seinen Feierabend?«

»Äh …«

Verwirrt stand er da. Wie konnte er vermeiden ihr einzugestehen, dass er keinen Plan hatte? Keck lächelnd half sie ihm:

»Ich würde Sie ja gerne auf ein Gläschen einladen. Aber möglicherweise denken Sie dann, ich will Einfluss auf Ihre Ermittlungen nehmen.«

»Dann lade ich eben Sie ein! Waren Sie schon einmal in Carls Brauhaus?«

Sie willigte ein. Glücklich schwatzend führte Peter sie in Richtung des Lokals. Dabei achtete er nicht auf den Mann, der ihnen folgte.

Das schaffst du gar nicht!«, meinte Bernhard am Telefon.

»Warum sollte ich das nicht schaffen!«, empörte Anita sich.

»Weil, um dies alleine zu Hause zu tun, ein Maß an Verzweiflung gehört, das dir fremd ist.«

Sie schwieg verärgert. Eigentlich hatte sie ihm angerufen, um ihm zu zeigen, dass auch sie ihre Schwächen und Fehler hatte. Und um ihn anzuflehen, zu ihr zurückzukommen.

»Welche Flasche hast du geöffnet?«, fragte er.

»Eine ganz unten aus deinem Weinregal, wo die richtig teuren lagern.«

»Oh.«

Peter hatte mit seiner Bemerkung, sie sei noch nie verkatert zur Arbeit gekommen, Anita auf die Idee gebracht, es einmal zu tun. Dies sollte allerdings nicht Peter, sondern Bernhard merken. Soeben forderte sie ihn auf:

»Wenn du der Meinung bist, dass dieser edle Tropfen zu schade ist, um sich damit schnöde zu besaufen, komm her und teile die Flasche mit mir!«

»Mit dir eine Flasche teilen!« Er schnaubte hörbar. »Genau dies gehört doch zu den frustrierenden Sachverhalten an deiner Seite! Du trinkst maximal ein Achtele und ich den Rest.

Das allein wäre vielleicht noch auszuhalten. Die missbilligenden Blicke, die du mir ab dem zweiten Glas zuwirfst, sind es definitiv nicht.«

»Ich mache mir halt Sorgen um deine Gesundheit!«

»Das brauchst du nicht mehr! Ich kümmere mich wieder selber drum!«

»Bitte komm zurück!«

Nichts außer seinem Atem war zu hören. Immerhin bedeutete dies kein Nein. Also setzte sie nach:

»Dein VfB steigt bestimmt wieder direkt in die erste Liga auf und du …«

Sie brach ab.

»Ich kann ebenfalls zurück an deine Seite und somit wieder in die erste Liga aufsteigen?«, fragte er voller Hohn.

»Entschuldige bitte, das Beispiel war unpassend! Ich habe mich nur gefragt, ob der Abstieg deines Vereins nicht mit dazu beiträgt, dass es dir gerade nicht so gut geht!«

»Das stimmt wahrscheinlich sogar.« Er schnaubte hörbar. »Erst muss ich mir über ein paar Dinge klar werden, dann komme ich vielleicht zurück.«

Anitas Herz machte bei diesem Zeichen der Hoffnung einen Satz. Sie wollte dies weder ihm zeigen, noch weiter in ihn dringen. Also fragte sie:

»Was hast du gestern Abend ohne mich gemacht?«

»Eine neue Marmeladensorte erfunden.«

»Oh! Was für eine?«

»Erdbeer-Parmesan.«

Kommissar Semerenko war während Anitas Abwesenheit in Mannheim fleißig gewesen.

»Haben die im Archiv das Material gleich rausgerückt?«, erkundigte sich Anita Schenk.

»Selbstverständlich nicht!«, antwortete er mit einem Grinsen. »Aber letzten Endes hat sich keiner getraut, unsere Sonderermittlungen offen zu sabotieren.«

»Mussten Sie sich schlimme Dinge anhören?«, fragte sie einfühlsam.

Er zuckte demonstrativ mit den Schultern. Sein Blick wurde düster.

»So schlimm war es nicht«, erwiderte er schließlich. »Meine Familie stammt aus der Ukraine, einem Land, in dem Polizei und Justiz nicht funktionieren. Ich weiß zu schätzen, wie es hier in Deutschland ist. Gerne trage ich meinen Teil dazu bei, dass es so bleibt.«

Bei seinen Worten seufzte Anita innerlich. Wenn Bernhard ihr Tun nur genauso sehen könnte!

»Sind Sie verheiratet?«, fragte sie.

»Bitte?«

»Sie haben richtig gehört.«

Die Sonderermittlerin mit dem Draht nach ganz oben und der junge, hungrige Kommissar sahen einander an. Schließlich meinte er:

»Ihre Frage kommt völlig unerwartet. Ich finde sie auch ziemlich persönlich. Aber aus einem Grund, den ich nicht kenne, scheint meine Antwort für Sie wichtig zu sein. Also antworte ich Ihnen. Ja, ich bin verheiratet.«

»Sieht Ihre Frau es genauso wie Sie? Ich meine, dass Sie Ihre Arbeit hier möglichst korrekt und richtig machen sollen. Wird Ihre Frau dies auch noch so sehen, wenn Sie von Ihren Kollegen ausgegrenzt, gar bis in den privaten Bereich hinein schikaniert oder mit Ihrem Leben bedroht werden? Wenn nachts obszöne Anrufe erfolgen und sie sich womöglich nicht mehr ans Telefon traut?«

Es war ihm anzusehen, wie unwohl er sich fühlte. Er schluckte, dann fragte er:

»Kann das hier so schlimm werden?«

Anita nickte.

»Olena wird auch dann zu mir halten!«, antwortete er mit fester Stimme.

Sie sah ihn weiter an. Er strahlte so eine Sicherheit aus, dass sie ihm glaubte. Neid erfüllte sie.

»Und bei Ihnen?«, fragte er. »Sind Sie auch verheiratet? Wird Ihr Mann zu Ihnen halten?«

Jetzt schluckte sie schwer. Als Anita antwortete, klang ihre Stimme heiser:

»Bis letzte Woche hätte ich diese Frage mit einem klaren Ja beantwortet.«

Semerenko spürte, wie ihm der Boden unter den Füßen weggezogen wurde. Natürlich hatte er gewusst, worauf er sich bei dieser Sonderermittlung einließ. Es stimmte, Olena war ihm hierbei eine Stütze. Viel mehr hatte er aber darauf vertraut, ihm könne an der Seite Kommissarin Schenks nichts passieren.

Sie war eine Legende. Glaubte man den Gerüchten, war sie nicht nur eine brillante Polizistin, sondern sie galt auch als absolut nicht käuflich und aufrecht. Hiervon gab es nicht zu viele in ihren Reihen. Von ihr ausgewählt worden zu sein, erfüllte ihn mit Stolz.

Zur Legende war Kommissarin Schenk geworden, als sie sich auch menschlich als integer erwiesen hatte. Ihr einst engster Mitarbeiter Roland Berger war in eine Situation geraten, die jeder Polizist fürchtete. Eine Situation, in der man sich nur falsch entscheiden konnte, da es kein Richtig gab. Zwei Menschen waren daraufhin durch seine Hand gestorben. Andere Vorgesetzte hätten ihm daraufhin unter vier Augen ihr Verständnis bekundet und ihn anschließend aus Angst um ihre eigene Haut öffentlich geschlachtet. Frau Schenk war hingegen ein persönliches Risiko eingegangen, um ihm einen Ausweg zu ermöglichen.

Der gute und edle Teil der Polizisten, zu denen er sich selbst zählte, verehrte sie seither und hielt zu ihr. Es hieß, deswegen scheue selbst der Innenminister eine Auseinandersetzung mit ihr. Und nun gab ihm dieses Vorbild zu verstehen, dass er sich nicht auf sie verlassen konnte. Oder wolle sie ihn nur testen?

»Was haben Sie in den Aufzeichnungen gefunden?«, wechselte Anita das Thema.

»Ich zeige es Ihnen!«

Semerenko drehte sich dem extragroßen Bildschirm zu. Mit einem Mausklick startete er ein vorbereitetes Video. Die mit Erkennungsnummern versehenen Rücken einer Kette martialisch vermummter Bereitschaftspolizisten erschien. Alle waren mit durchsichtigen Schildern und Schlagstöcken ausgerüstet. Über die Köpfe der Polizisten hinweg sah man einen mit Knüppeln und Steinen bewaffneten Mob. Die Szene zeigte ein erschreckendes Ausmaß roher Gewalt. Anita dachte grimmig, dass den wenigsten behüteten Bürger bewusst war, was es bei uns außerhalb der Fantasiewelt Hollywoods an realen Gewaltexzessen gab. Sie selbst gehörte der privilegierten Minderheit von Polizisten an, die direkt im gehobenen Dienst begonnen hatten. Persönlich war sie daher nie auf solchen Einsätzen gewesen. Ihr war klar, dass genau dies viele Kollegen ihr bei Ihrem Sonderauftrag vorhielten.

»Hier ist er!«, unterbrach Kommissar Semerenko harsch ihre Gedanken.

Er zoomte auf eine mit einem Palästinensertuch vermummte Gestalt und ließ die Szene in Slowmotion laufen. Der Typ stand knapp außerhalb der Reichweite der Schlagstöcke und streckte den Beamten ein Drucklufthorn entgegen. Aus dieser Entfernung kam bei den Beamten vermutlich ein massive Ohrenschmerzen verursachender Lärm mit einem Schalldruck von hundertzwanzig Dezibel an. Sein eigenes Gehör schonte der Typ mit einem Hörschutz wie ihn Bauarbeiter bei der Arbeit am Presslufthammer tragen. Ein Weg, der den Beamten versperrt war. Einer der unter Ohrenschmerzen leidenden

Beamten hob seinen Schlagstock und bewegte sich auf den Typen zu. Dieser hatte nur darauf gewartet. Blitzschnell ließ er das Horn sinken und machte einen Satz rückwärts. Dabei verrutschte das sein Gesicht verbergende Tuch. Semerenko fror das Bild ein. Eindeutig handelte es sich um Herrn Kehl!

»Gut gemacht!«, lobte Anita. »Haben Sie auch schon Polizeihauptmeister Müller entdeckt?«

»Nein, aber er war bei diesem Einsatz dabei. Eigentlich schob er diesen Freitag auf seinem Revier Dienst. Da der Einsatz etwas aus dem Ruder lief, wurde er mit anderen Kollegen kurzfristig als Unterstützung angefordert.«

Na prima, da hatte Kollege Müller sich sicher ganz besonders drüber gefreut!, dachte Anita. Laut sagte sie:

»Was haben Sie über Herrn Kehl noch gefunden?«

»Einiges. Er ist in der Datei *Gewalttäter Sport* als Hooligan registriert.«

Nach einem gemeinsamen Mittagessen mit Kommissar Semerenko fuhr Anita zurück nach Stuttgart. Kaum dort eingetroffen, kam überraschend Dr. Hennekopf in ihr Büro. Ohne Umschweife fragte er:

»Wie sicher sind Sie, dass Frau Götz mehr als einmal verheiratet war?«

»Es ist eine Vermutung aufgrund einer mehrdeutigen Antwort, die sie mir gab«, erwiderte Anita vorsichtig.

»Dann vergessen Sie das mit der Einsicht ins Familienbuch!«

»Woher kommt Ihr plötzlicher Sinneswandel?«

»Dr. Kessler rief bei mir an. Er will unsere Ermittlungsakten zu Frau Götz einsehen. Seinem Eindruck nach handelt es sich bei Ihrer Befragung um eine reine Schikane.«

»Warum sollte ich sie schikanieren?«

»Weil der Schwager, Herr Adrian Götz, Sie dazu anstiftete. Sollte dem so sein und wir leichtfertig Herrn Götzs unberechtigte Vorwürfe unterstützen, beschwert Herr Dr.

Kessler sich über uns. Also frage ich Sie: Welche stichhaltigen Hinweise haben Sie, dass Frau Götz mehrmals verheiratet war und dass dies in Zusammenhang mit einem Verbrechen steht?«

Daher wehte der Wind also! Anita war es egal, mochte der Promi-Anwalt sich beim Polizeipräsidenten Dr. Ludger ruhig über sie beschweren. Der Staatsanwalt war jedoch aus einem anderen Holz geschnitzt. So hielt er plötzlich nichts mehr von ihrem Vorschlag, einen Blick in Frau Götzs Familienbuch zu werfen. Wenige Minuten später blieb Anita frustriert alleine in ihrem Büro zurück.

So schnell gab sie jedoch nicht auf. Vielleicht konnte Adrian Götz ihr weiterhelfen? Es war ohnehin an der Zeit, noch einmal mit ihm zu sprechen. Er erklärte sich zu einer weiteren Befragung bereit und lud sie für den späten Nachmittag in sein Haus nach Heslach ein.

Adrian Götz nannte ein nichtssagendes, in der Gebelsbergstraße liegendes Haus sein Eigen. Trotz der Abwesenheit jeglicher Ästhetik zeugte es von seinem gehobenen Sozialstatus. Er führte die Kommissarin in ein komplett weißes Wohnzimmer, wo sie auf einer weißen Ledercouch Platz nahm.

»Sie nehmen also an«, begann er, »dass Sonja kurz nach Jörgs Tod erneut geheiratet hat?«

Anita nickte.

Sein Gesichtsausdruck verriet ihn. Mit zusammengekniffenen Augen und schmalen Lippen starrte er vor sich hin. Nach einem kurzen Seufzer meinte er:

»Das würde einiges erklären! Ich meine, Jörg verdiente gut, gab das Geld aber schneller aus, als es reinkam. Sonja reist seit Jörgs Tod um die Welt. Ich fragte mich mehr als einmal, wie sie das finanziert.«

»Hatte Ihr Bruder eine Lebensversicherung?«

»Nein!«, er schüttelte entschieden den Kopf. »Von Lebensversicherungen hielt mein Bruder überhaupt nichts.«

»Was wissen Sie über das Leben Ihrer Schwägerin seit dem Tod Ihres Bruders?«

»Nichts. Wir…«, er zögerte, suchte nach passenden Worten, »…waren uns nach Jörgs Tod… sehr nahe, aber dann verschwand Sonja nach Amerika und ich hörte nichts mehr von ihr.«

Anitas Alarmglocken schrillten. Eindeutig war er in die Frau seines Bruders verliebt gewesen. Das Bild aus dem Fotokalender kam ihr in den Sinn, mit der Hand seiner Frau auf der Schulter seines Bruders. Eifersucht war ein mächtiges Mordmotiv. Um einen arglosen Ton bemüht, fragte Anita:

»Wieso kommt eigentlich ihre Schwägerin zu dem Eindruck, dass Sie sie schikanieren?«

»Hat sie den?«

Anita nickte. Herr Götz schluckte, ehe er den Blick beschämt zu Boden senkte.

»Und?«, hakte Anita nach.

Er schwieg. Sie wartete kurz, dann mahnte sie:

»Wir kriegen es ohnehin raus. Es ist besser, wenn ich es zuerst von Ihnen höre.«

»Also gut!«

Er holte tief Luft, warf der Kommissarin einen verunsicherten Blick zu, ehe er begann:

»Sonja und ich weinten beide sehr um Jörg. Eines Abends, wir hielten uns weinend in den Armen… da… wie soll ich es ausdrücken… überkam mich das Verlangen. Dummerweise dachte ich nicht nach, sondern küsste sie. Sonja reagierte entsetzt und verließ fluchtartig mein Haus. Sie rannte vor mir davon!«

Die Bitterkeit in seiner Stimme war nicht zu überhören.

»Bitte glauben Sie mir, ich erschrak damals selbst über mich!«

Er sah die Kommissarin flehentlich an.

»Jedenfalls versuchte ich noch am gleichen Abend und auch in den folgenden Tagen, mich telefonisch bei ihr zu entschuldigen. Leider ignorierte sie mich!«

Er endete. Anita sah ihn regungslos an. Sie wartete auf eine weitere Erklärung, die jedoch nicht kam. Schließlich meinte sie kühl:

»Das erklärt noch nicht, wieso Frau Götz sich von Ihnen schikaniert fühlt!«

Er errötete, senkte erneut den Blick zu Boden. Was für eine Memme! Am liebsten wäre Anita zu ihm gegangen, ihn zu schütteln. Sie wollte sich schon abwenden und gehen, als er endlich kleinlaut zugab:

»Aus meinem Ärger heraus focht ich das Testament meines Bruders an, das Sonja als Alleinerbin vorsah.«

»Mit Erfolg?«

»Natürlich nicht!« Er hob den Blick wieder. »Es gab keinen stichhaltigen Grund, das Testament anzufechten. Ich war einfach so sauer über ihre Zurückweisung und ihre Weigerung, meine Entschuldigung zu akzeptieren.«

»Wann küssten Sie Ihre Schwägerin?«

»Drei Tage nach Jörgs Absturz«, flüsterte er.

»Drei Tage nach dem Tod Ihres Bruders machten Sie sich an seine Frau ran?«

Er schwieg betreten. Anita sah ihn eindringlich an. Dann fragte sie:

»Sie waren nicht zufällig schon vor dem Tod Ihres Bruders in seine Frau verliebt?«

»Nein!«

»Sicher?«

»Ganz sicher nicht! Ich durchlebte damals gerade schwere Zeiten, in denen Jörg meine größte Stütze war! Nicht einmal im Traum hätte ich daran gedacht, mich an seine Frau heranzumachen. Außerdem …«

Er brach unvermittelt ab. Es wirkte, als müsse er sich selbst bremsen, nicht zu viel zu verraten.

»Außerdem?«, drängte Anita daher.

Er zögerte, seufzte, senkte seine Schultern und fuhr dann endlich fort:

»Sie werden es vermutlich ohnehin herausbekommen: Jörg benahm sich Sonja gegenüber wie der letzte Drecksack. Er behandelte sie richtig mies und«, seine Stimme wurde bitter, »sie stand darauf! Ich wäre daher nie auf die Idee gekommen, bei ihr auch nur die kleinste Chance zu haben. Diese Annahme erwies sich an jenem Abend dann ja auch als zutreffend.«

Anita musterte ihn intensiv. Offensichtlich hatte er Sonja Götzs Zurückweisung bis heute nicht verwunden. Anita traute ihm ohne Weiteres zu, ihr aus seinem gekränkten Ego heraus Schaden zufügen zu wollen. Hatte er sie deshalb beschuldigt, seinen Bruder ermordet zu haben? War das Ganze in Wahrheit doch nur ein Unfall?

»Ich weiß jedenfalls nicht«, fuhr er fort, »ob Sonja erneut heiratete. Meine Tochter Annika hat das beste Verhältnis von uns allen zu ihrer Patentante. Wenn Sie wollen, können Sie gerne mit ihr sprechen. Sie ist oben in ihrem Zimmer.«

»Haben Sie mit Ihrer Tochter nicht über Ihre Schwägerin gesprochen?«

»Annika ist gerade etwas schwierig. Sie redet nur das Allernotwendigste mit mir.«

Anita sah ihn fragend an. Er zuckte resigniert mit den Achseln und sagte:

»Das mit der Kindererziehung läuft nicht immer so, wie man es sich wünscht.«

»Gut, dann versuche ich mein Glück bei Annika. Ich würde aber auch gerne mit Ihrer Frau sprechen.«

»Dann machen Sie das! Ich weiß allerdings nicht, wo sie sich gerade aufhält.«

»Sie wissen nicht, wo Ihre Frau sich befindet?«

»Meine Ex! Wir sind geschieden.«

»Seit wann?«

»Einige Wochen vor Jörgs Tod wurden wir geschieden.«

»Wann genau?«

»Wozu wollen Sie das wissen?«, fragte er patzig. »Untersuchen Sie lieber den Tod meines Bruders, statt mir blöde Fragen zu stellen!«

»Genau das tue ich gerade!«, entgegnete Anita ruhig. »Sie trennen sich von Ihrer Frau, beim tödlichen Unfall Ihres Bruders hat angeblich Ihre Schwägerin ihre Finger mit im Spiel und die setzt sich unmittelbar darauf nach Amerika ab. Alles passiert innerhalb weniger Wochen und klingt für meinen Geschmack nach einer ganzen Menge Familiendrama. Da frage ich mich schon, wie die Dinge miteinander zusammenhängen!«

»Ich weiß nicht, wovon Sie reden!«, presste er hervor. »Die Dinge hängen nicht miteinander zusammen!«

»Sie meinen, Ihre Schwägerin wäre so oder so nach Amerika gegangen?«

»Nun, das vielleicht nicht!«

Er starrte Anita wütend an. Sie musste in Erfahrung bringen, was Sonja Götz nach Amerika geführt hatte. Vielleicht gab es dort jemanden, dem ihr Ehemann im Weg gewesen war?

»Wollen Sie nun mit Annika wegen ihrer Patentante reden oder nicht?«, unterbrach der Hausherr ihre Gedanken. In diesem Augenblick hörte man die Haustür ins Schloss fallen. Herrn Götzs Lippen wurden schmal, entspannten sich jedoch sogleich wieder. Seufzend meinte er:

»Jetzt ist Annika weg, da müssen Sie wohl ein andermal wiederkommen.«

Anita wollte sich eben verabschieden, als Herr Götz unvermittelt fragte:

»Haben Sie eigentlich jemanden auf mich angesetzt?«

»Wie meinen Sie das?«, erwiderte sie argwöhnisch.

Er zögerte kurz, ergänzte dann aber:

»Eine attraktive Frau, die mich gezielt anspricht und aushorcht.«

Anita antwortete schmunzelnd:

»Mit solchen Methoden arbeiten wir nicht! Vielleicht findet die Dame Sie ja einfach attraktiv?«

Die Kommissarin verabschiedete sich. Sie saß kaum im Auto, als Peter anrief.

»Was ist?«, fragte sie.

»Das Handy ist wieder aktiv!«

Sie rätselte kurz, von welchem Handy er wohl sprach. Dann fragte sie aber zielsicher nach:

»Das Gerät, von dem aus Herr Götz die anonyme SMS erhielt?«

»... und auf welches Herr Jennerbier vor seinem Tod regelmäßig anrief!«, setzte Peter ihren Satz fort.

»Wo?«

»Hier in Stuttgart.«

»Am Bopser?«, fragte sie in der Hoffnung, Sonja Götz mit dem Handy in Verbindung zu bringen.

»Nein, nicht bei den reichen Leuten, eher bei den Armen: in Untertürkheim, am Neckarufer. Ich bin mit ein paar Kollegen in Zivil auf dem Weg dorthin.«

»Ich stoße zu euch! Wartet nach Möglichkeit mit dem Zugriff, bis ich bei euch bin.«

»Machen wir. Vermutlich wurde es ohnehin einfach nur im Gebüsch entsorgt.«

Sobald Anita aus der Tür war, schlüpfte Adrian Götz in seine Sportklamotten und fuhr zum Marienplatz hinunter. Er redete sich ein, er brauche jetzt Bewegung zum Stressabbau. Das war allerdings höchstens die halbe Wahrheit.

Eine Viertelstunde später stieg er in Degerloch gedankenverloren aus der Zacketse. Er holte gerade sein Enduro-Bike vom Anhänger, als hinter ihm:

»Servus, willst du mit?«, ertönte.

Adrian sah sich überrascht um. Offensichtlich meinte der junge Mann ihn.

»Servus, äh, nein, vielen Dank für das Angebot, aber ihr seid mir zu schnell!«

»Kein Problem! Cooles Bike!«

Adrian freute sich über das Kompliment, während der unter seiner dicken Schutzausrüstung verborgene junge Mann in die Pedale trat und mit seinen drei Kumpels davonraste.

Seit Adrian täglich mehrmals auf seinem Enduro-Bike durch den Wald von Degerloch nach Heslach hinunter cruiste, wurde er plötzlich von den anderen Radlern wahrgenommen. Vielleicht war die Einladung des Jungen nicht ganz ernst gemeint, aber auf jedem Fall ein Zeichen des Respekts. Erhielt er diesen zurecht? Ein bisschen kam Adrian sich dem Jungen gegenüber wie ein Betrüger vor.

Ob er sie heute endlich wiedersehen würde? Allein der Gedanke ließ sein Herz schneller klopfen. Es war schon komisch, erst hatte Julia ihn so offensiv angesprochen, dann war sie mit einer ziemlich fadenscheinigen Begründung und für ihn völlig überraschend vom Theaterschiff geflüchtet. Warum hatte er Trottel es versäumt, sie nach ihrer Telefonnummer zu fragen? Andererseits war er sich sicher, dass sie ihm diese nicht gegeben hätte. Würde er ihr jemals wieder begegnen?

Die Zacketse verkehrte im Viertelstundentakt und konnte jeweils zehn Fahrräder bergauf transportieren. Der Anhänger war zwar voll beladen gewesen, aber außer Adrian und den vier jungen Männern keine Downhill-Fahrer. Adrian musste sich nichts mehr beweisen und kannte seine Grenzen. Daher hatte er wie üblich die anderen Radler fahren lassen, um anschließend die Strecke für sich zu haben. Verglichen mit den jungen Radlern fuhr er ein gemächliches Tempo.

Trotzdem liebte er das Spiel mit der latenten Gefahr und die Gelegenheit, sein Geschick zu zeigen. Voll freudiger Anspannung betätigte er die Hydraulik, um den Sattel zum Downhill-Fahren abzusenken. Dann setzte er über den Bordstein der letzten Straße und schoss die erste, steile Rampe hinab. Hier zu sehr zu bremsen hätte unweigerlich einen Sturz zur Folge. Sobald die Strecke jedoch wieder weniger steil wurde, zog er ziemlich stark an den Bremshebeln. Die beiden hydraulischen Scheibenbremsen seines Bikes verlangsamten zuverlässig seine Fahrt. Geschickt balancierte er das Rad auf dem schmalen Pfad über kleinere Felsbrocken und Holzknüppel, als hinter ihm ein lauter Warnruf ertönte.

Ein Brocken von einem Downhiller schoss wenige Zentimeter an ihm vorbei abwärts. Nanu? Wo kam der her? Mit wild pochendem Herzen verlangsamte Adrian seine Fahrt noch weiter. Die meisten Radler kamen mit der Zacketse, manche allerdings auch mit der U-Bahn. Enduristen radelten gar die Strecke aufwärts, was mit einem reinen Downhill-Bike gar nicht möglich war. Letzteres kam allerdings eher selten vor. Meist ging man fair miteinander um und Rowdys wie der Typ eben waren Adrian bisher kaum begegnet. Vielleicht hatte der schlicht und einfach sein Bike nicht mehr unter Kontrolle gehabt?

In diesem Augenblick ertönte von vorne die typische Geräuschkakofonie eines heftigen Sturzes.

Also doch mal wieder einer, der sich überschätzt hatte! Adrians Herz schlug vor Aufregung bis zum Hals. Es war nicht der erste Sturz eines Downhillers, den er mehr oder weniger live miterlebte. Angespannt hielt er an und lauschte. Ringsum herrschte Totenstille. Selbst die Vögel waren verstummt. Seltsam, normalerweise waren die Stürze von Schreien und Stöhnen begleitet. Ob er sich getäuscht hatte?

Oder war der Radler weiter entfernt als gedacht gestürzt? Langsam fuhr Adrian weiter. Auch hinter der nächsten Kurve war von dem Fahrer nichts zu sehen. Adrian wollte gerade wieder Gas geben, als er den grotesk verrenkten Körper liegen sah. Er hatte nie zuvor einen Toten gesehen. Trotzdem war er sich sicher, dass der Mann nicht mehr lebte. Als Adrian der Ursache des tödlichen Sturzes gewahr wurde, setzte sein Herzschlag für einen Augenblick aus. Zitternd fingerte er sein Handy hervor.

Herman saß vor sich hin pfeifend am Ufer und hielt seine selbst gebastelte Angel in den Neckar. Die Abendsonne schien. Mit etwas Glück würde er wieder einen Karpfen für ein leckeres Mahl angeln. Es sei denn, die anderen würden ihm wieder verbieten wollen, selbst für seine Nahrung zu sorgen. Aber auch das wäre nicht schlimm. Nur die Stärksten überlebten. Er grinste. Das stimmte nicht ganz. Möglicherweise waren die anderen stärker, aber er war cleverer und schneller als sie. Nicht die Stärksten, sondern die Cleversten überlebten!

Hatte er sich eine gute Stelle ausgewählt? Vor ihm erstreckten sich, eingezwängt zwischen dem meterhohen Zaun des ältesten Autobauers der Welt und dem zu einem Kanal reduzierten Fluss, ein Radweg und ein enger, zum Neckar steil abfallender Grünstreifen. Beides erschwerte eine bei Bedarf notwendige Flucht. Daher missfiel ihm der Mann. Etwa fünfzig Meter abwärts querte ein schmaler, auf die Fernwärmerohre des Kraftwerks aufgesetzter Steg den Fluss. Dort stand reglos der Mann und starrte in seine Richtung. In diesem Augenblick gesellte sich eine Frau zu ihm und beide starrten in seine Richtung.

Herman besaß die Instinkte eines Wildtieres. So spürte er die Einkreisungsversuche eines Raubtierrudels. Ohne auch nur einen Augenblick nachzudenken, ließ er seine Angel fallen, war in drei kurzen Sätzen den Abhang zum Radweg oben und kletterte den Zaun der Automobilfabrik empor. Zu seiner Verblüffung sah er aus den Augenwinkeln, dass flussauf und flussab je drei Personen ausschwärmten und so den schmalen Uferstreifen abriegelten. Er meinte sogar, Pistolen in ihren Händen zu erkennen.

Er hatte es doch schon immer gewusst! Die anderen waren nicht nur einfache Angler! Oben auf dem Zaun angelangt hörte er laute Rufe:

»Polizei! Stehen bleiben!«

Darauf fiel Herman nicht herein! Schon war er auf der anderen Seite unten und rannte zwischen Zaun und Fabrikhalle flussaufwärts an den drei Männern mit ihren Pistolen vorbei. Der Zaun hinderte die daran, ihn zu ergreifen. Herman grinste schadenfroh. Zwei der Männer steckten soeben ihre Waffen wieder ein und erklommen ebenfalls den Zaun, während der dritte außen auf dem Radweg neben ihm herrannte. Als Herman wieder nach vorne sah, traten aus einer Tür vier Werkschützer und versperrten ihm den Weg. Verzweifelt schlug er einen Haken. Einer von der Security bekam ihn trotzdem zu fassen. Sie rissen ihn unsanft auf den Boden. Grob fesselten sie seine Hände auf den Rücken. Lederummantelte Hände der über den Zaun gekletterten Polizisten durchwühlten seine Taschen.

»Hier ist es!«, rief einer der Beamten triumphierend und zog das Handy hervor.

Verwirrt dämmerte Herman, dass die Männer sich gar nicht für sein Angeln interessierten. Die wollten das Handy! Hatte sie ihn also doch hereingelegt?

Im eisernen Griff der Polizisten musste er am Zaun entlang in Richtung Fußgängersteg laufen. Dort befand sich ein Werkszugang, durch dessen Drehkreuz er nach draußen befördert wurde. Der Mann und die Frau erwarteten ihn bereits.

»Grüß Gott, ich bin Kriminalhauptkommissarin Schenk. Sie sind vorläufig festgenommen!«, begrüßte ihn die Frau.

Er starrte ihr ins Gesicht. Kurz meinte er, durch ihr Fleisch die hässliche Fratze des Teufels durchschimmern zu sehen. Ein heftiges Schütteln erfasste seinen Körper.

»Was ist?«, fragte Anita und musterte ihn genau. »Geht es Ihnen nicht gut?«

»Doch.« Herman schluckte.

»Sind sie sicher?«

Er nickte schwach.

»Vielleicht sollten wir Sie zuerst lieber von einem Arzt …«

»Nein!« Er bäumte sich auf. »Kein Arzt! Rufen Sie meinen Anwalt! Er weiß, was zu tun ist.«

»Wer ist ihr Anwalt?«

»Dr. Kessler.«

Anitas Augen wurden groß. Sie warf Peter einen fragenden Blick zu, den dieser mit einem Achselzucken quittierte.

»Sind Sie sicher?«, fragte sie.

»Ja.«

»Der aus dem Schellenrain?«

»Ja! Sagen Sie ihm, Herman braucht ihn, und er wird kommen!«

Anita zauderte. Warum sollte der Promianwalt der Stadt einen Penner vertreten?

»Bringt ihn aufs Präsidium und lasst ihn sein Glück bei Herrn Kessler versuchen!«, wies sie die Beamten an.

Diese nickten knapp und führten Herman die Treppe des Stegs hinauf. Anita und Peter blieben zurück. Stumm sahen sie den Polizisten hinterher. Mittlerweile hatte sich eine kleine Menschengruppe versammelt, die von den übrigen Beamten auf Abstand gehalten wurde.

»Frau Kommissarin!«, rief einer der Zuschauer lautstark und hob seine Hand. »Ich kann Ihnen etwas zu dem Mann sagen!«

Auf Anitas Zeichen ließen die Beamten den Mann zu ihr durch.

»Was wissen Sie über ihn?«

»Er nervt uns Angler damit, ohne Erlaubnis zu angeln. Wir bezahlen unsere Scheine teuer und der fängt uns die Fische weg! Rüdiger hat schon mehrmals versucht, ihn festzunehmen. Aber er ist ihm jedes Mal entkommen. Angeblich haust der Penner dort oben«, er wies in Richtung der über dem Tal thronenden Wangener Höhe, »in einem riesigen Schrebergarten. Dort baut er alles Lebensnotwendige selbst an. Sogar Hühner soll er dort halten. Kaninchen und Fische fängt er sich wild. Die Kaninchen jagt er im Wald mit einem Bogen.«

»Aha!«, erwiderte Anita. »Und wie soll er zu diesem Garten gekommen sein?«

»Ganz einfach: Er hat ihn sich gekauft.«

»Gekauft? Mit welchem Geld?«

»Der lebt zwar wie ein Penner, ist aber eigentlich Millionär. Sein Vater hatte die größte Anwaltskanzlei der Stadt. Er erbte als Einzelkind alles.«

»Wie hieß sein Vater denn?«

Als der Mann den Namen nannte, begriff Anita. Dr. Kessler würde aufs Präsidium kommen. Was hatte dieser Herman mit den beiden Todesfällen zu tun?

In diesem Augenblick klingelte ihr Handy. Ein offensichtlich kurz vor einem Nervenzusammenbruch stehender Herr Götz behauptete in wirren Worten, soeben knapp einem Mordanschlag entronnen zu sein. Anita beorderte die ganze Maschinerie in den Wald unterhalb Degerlochs, ehe sie sich selbst auf den Weg dorthin machte.

Sind Sie sicher?«, fragte er.

Carmen sah den untersetzten Mann missmutig an. Er war ihr empfohlen worden. Angeblich war er einst Polizist gewesen.

»Ich bezahle Sie dafür, Dinge herauszufinden. Nicht dafür, mir lästige Fragen zu stellen!«, wies sie ihn zurecht.

»Ich meine ja nur!« Er zuckte mit den Achseln. »Finde ich diese Dinge tatsächlich heraus, wünschen sich die meisten meiner Auftraggeberinnen, ich hätte es nicht getan.«

»Ich bin mir sicher!«

»Es ist Ihr Geld. Apropos Geld: Ich arbeite nur gegen Vorkasse.«

»Wieso das?«

»Weil leider zu viele Kundinnen, gerade weil ich meinen Job gut mache, hinterher unzufrieden sind. Sie können sich darauf verlassen: Ich täusche Ihnen nichts vor, sondern finde für Sie die Wahrheit heraus.«

Sie überlegte, fügte sich aber schließlich.

»Wie viel?«

»Einhundert Dollar, in bar.«

»Reicht das? Oder kommt da noch mehr drauf?«

»Keine Sorge, hundert reichen. Es ist übersichtlich bei uns und ich weiß genau, was ich zu tun habe.«

Er entblößte überraschend weiße Zähne. Sein Gebiss strahlte sie an.

Hundert Dollar war für ihren Auftrag beschämend wenig Geld. In Deutschland würde ein Privatermittler dafür kaum auch nur mit ihr reden. Sie wusste dies, weil sie erst kürzlich einen Auftrag vergeben hatte. Trotzdem zauderte sie. Nicht etwa, aus Angst vor der Wahrheit. Es ärgerte sie zwar, aber mittlerweile waren hundert Dollar für sie viel Geld geworden.

»Soviel habe ich nicht dabei. Ich könnte Ihnen zwanzig …«

»Nein!« Erneut entblößte er sein strahlend weißes Gebiss. »Kommen Sie wieder, wenn Sie das Geld haben. Dann fange ich noch am gleichen Tag an.«

Anita betrachtete das straff über den Pfad gespannte Seil. Es befand sich genau auf der Höhe des Halses eines Radfahrers. Karl-Heinz Campos, der Leiter der Kriminaltechnik trat mit einer Lupe und einer Schieblehre bewaffnet neben sie. Nach wenigen Sekunden meinte er:

»Handelsübliche Perlonschnur von vier Millimetern Durchmesser. Sie sieht nagelneu aus, wurde vermutlich erst vor Kurzem gekauft. Mit etwas Glück und viel Fleiß finden wir den Käufer.«

»Wer tut so etwas und vor allen Dingen warum?«, fragte Anita noch immer einigermaßen fassungslos.

»Da kann ich vielleicht helfen«, meldete sich eine Stimme hinter ihr.

Überrascht drehte Anita sich um. Ein auf den ersten Blick als Hüter des Waldes erkennbares Mannsbild stand ihr gegenüber.

»Gestatten, Gerd Dührkopp, ich bin für den Wald hier zuständig!«, stellte er sich ungefragt vor.

»Was wissen Sie über den Anschlag?«, fragte Anita.

»Leider befürchtete ich schon lange, dass so etwas passiert«, erwiderte er sichtlich betroffen. »Obgleich ich natürlich hoffte, dass die Sache glimpflich ausgeht! Wie schrecklich, wegen so einer Nebensächlichkeit ein Menschenleben beklagen zu müssen!«

»Worauf genau warteten Sie schon lange?«

»Nun ja, ein kleiner Teil der Wanderer und Spaziergänger fühlt sich durch die Mountainbikefahrer gestört, besonders durch die Downhiller. Eigentlich ist es auch verboten, auf so schmalen Wegen wie dem hier zu fahren, aber ...« Er brach ab. Statt weiterer Worte zuckte er mit den Achseln, ehe er fortfuhr: »In der Praxis versuchen wir, ein erträgliches Miteinander der Waldbesucher zu organisieren. Ich meine, die meisten Bürger haben Verständnis für das Hobby der jungen Leute! Klar, erreichen uns immer wieder Klagen. Hin und wieder hören wir von hässlichen Szenen, die sich zwischen Fußgängern und Radfahrern ereignen. Wir versuchen bei den Spaziergängern um Verständnis dafür zu werben, dass die Radfahrer Wege wie diesen, die den meisten Fußgängern ohnehin zu steil sind, für ihr Hobby nutzen. Deswegen wurde er auch extra als Downhillstrecke ausgewiesen. Auf weniger steilen, landschaftlich reizvollen Wegen wie dem Dürrbachtal, versuchen wir hingegen die Radfahrer rauszuhalten.«

»Wie versuchen Sie das?«, fragte Anita misstrauisch.

»Nicht so!« Entrüstet wies er auf das Seil. »Wir legen im Dürrbachtal möglichst viele Äste hintereinander diagonal über den Weg. Fußgänger können da spielend drübersteigen, für Radfahrer ist das hingegen äußerst lästig. Jedenfalls ging es bei uns hier in Stuttgart bisher einigermaßen friedlich zu. Auf dem Kappelberg wurde hingegen kürzlich so etwas …«, erneut zeigte er auf das Seil, »… auf Halshöhe über eine Strecke gespannt.«

Weiter wusste der Förster nichts von Interesse zu berichten. So stieg Anita wieder zur Forststraße hinunter. Da niemand beim Spannen des Seils beobachtet worden war, mussten sie hoffen, mithilfe der Kriminaltechnik den Käufer der Schnur zu ermitteln. Anita beschloss, diese Aufgabe Peter zu übertragen. Mochte er es organisieren, dass eine Anzahl Beamter die infrage kommenden Baumärkte systematisch abklapperte.

Sie selbst hätte jetzt am liebsten Feierabend gemacht. Eine telefonische Nachfrage ergab jedoch, dass Dr. Kessler sie bereits im Präsidium erwartete. Auf der Forststraße parkten außer ihrem eigenen Dienstwagen zahlreiche weitere Einsatzfahrzeuge. Sie wollte soeben in ihr Auto einsteigen, als sie laut gerufen wurde. Suchend blickte sie um sich und erkannte Herrn Götz, der sichtlich blass um die Nase, eifrig winkend auf sie zulief. Noch ehe er sie erreicht hatte, rief er lautstark und sichtlich erregt:

»Der Anschlag galt mir! Sie wollte mich umbringen!«

»Wer wollte Sie umbringen?«, fragte Anita zurück.

Adrian Götz erreichte sie und stand, durch ihre Frage aus dem Konzept gebracht, vor ihr. Schließlich erinnerte er die Kommissarin:

»Vorhin fragte ich Sie doch, ob Sie jemanden auf mich angesetzt hätten?«

Anita nickte. So berichtete er bis ins kleinste Detail von seiner Begegnung mit Julia. Die Kommissarin hörte aufmerksam zu und fasste schließlich zusammen:

»Sie vermuten also, die Frau sprach Sie gezielt an. Weil ihre Begegnung nicht so verlief, wie die Dame es sich erhoffte, will diese Julia Sie jetzt umbringen?«

»N…nein! So meine ich das nicht!«

»Wie dann?«

»Ich weiß auch nicht. Sie kommt mir halt verdächtig vor.«

»Welchen Grund sollte diese Julia haben, Sie umzubringen? Und vor allen Dingen, warum tat sie es nicht gleich, ohne Sie vorher anzusprechen?«

»Keine Ahnung!«

Er hob mit verzweifeltem Gesichtsausdruck seine Schultern. Sie musterte ihn einige Sekunden. »Tut mir leid Herr Götz, aber das erscheint mir alles viel zu vage!«

»Das Seil wurde unmittelbar vor mir gespannt!«, rief er hinter ihr her. »Die jungen Männer dort hinten sind wenige Minuten vor mir den gleichen Trail gefahren und bezeugen bei Ihren Kollegen gerade, dass bei ihrer Fahrt noch kein Seil gespannt war!«

»Woher sollte der Täter oder meinetwegen auch die Täterin gewusst haben, dass Sie hinter den anderen kommen?«

»Julia beobachtet mich schon seit Wochen und weiß, dass ich immer die anderen vorfahren lasse. Mithilfe einer versteckten Kamera zwischen Haltestelle und Waldrand ist es leicht möglich, die Fahrer vor mir zu identifizieren. Nachdem der Letzte von denen durch ist, schnell das Seil gespannt und zack!«

Er machte eine makabre Bewegung entlang seines Halses. Anita sah ihn nachdenklich an. Schließlich meinte sie:

»Wir werden selbstverständlich Ihre Angaben bei unseren Ermittlungen berücksichtigen.«

Die Kommissarin ließ ihn stehen und machte einen Schritt auf ihren Wagen zu.

»Moment!«, rief er hinter ihr her. »Erinnern Sie sich an die SMS, die ich erhielt? In der stand, dass mein Bruder ermordet wurde?«

Anita blieb erneut stehen und wandte sich ihm zu. Erregt fuhr er fort:

»Die erhielt ich hier im Wald, kurz, nachdem die Frau mich zum ersten Mal angesprochen hat!«

Das war nun allerdings wirklich interessant. Die Daten des Netzbetreibers hatten eindeutig ergeben, dass die SMS aus der Funkzelle abgesandt worden war, in der sich auch der Empfänger befunden hatte. Gab es also doch eine Unbekannte, die mit der Sache zu tun hatte?

Auf dem Präsidium bat Dr. Kessler darum, zunächst Anita alleine zu sprechen. Er erklärte ihr:

»Herman ist psychisch krank und nicht geschäftsfähig. Ich bin als sein gesetzlicher Betreuer bestellt. Mit der Polizei hat er bisher nur schlechte Erfahrungen. Er wird Ihnen kaum was Sinnvolles sagen können. Daher würde ich vorschlagen, dass Sie mich zunächst einmal alleine mit ihm reden lassen!«

Auch das noch! Ein unzurechnungsfähiger Verdächtiger hatte in diesem Fall gerade noch gefehlt!

»Er ist nicht nur Ihr Mandant, sondern Sie haben ein persönliches Verhältnis zu ihm, oder?«, fragte Anita.

»Es ist kein Geheimnis, dass ich meinen Aufstieg zum Teilhaber in der prominentesten Kanzlei der Stadt Herman zu verdanken habe. Er ist der Sohn meines ehemaligen Chefs und Förderers.«

»Dann liegt Ihnen vermutlich daran, dass er nicht mit zwei ungeklärten Todesfällen und einer Brandstiftung in Verbindung gebracht wird.«

Der Anwalt sah die Kommissarin ernst an. Herman lebte mit einem Maß an Freiheit, das jenes der Durchschnittsbürger weit übertraf. Sollte er als psychisch Kranker mit Brandstiftung oder Gewalt gegen Menschen in Verbindung gebracht werden, würde sich dies drastisch und nachhaltig ändern. Anita umriss in knappen Worten, worum es ging. Der Anwalt hörte aufmerksam zu und mutmaßte dann:

»Herman wird das Handy gefunden haben.«

»Das ist eine Möglichkeit«, erwiderte Anita ruhig. »Dann würde uns interessieren wann und wo er es gefunden hat. Vor allen Dingen aber: Wie kam er an die PIN? Wir wissen bereits eine Menge über das Handy. Es wäre von ihrem Klienten nicht klug, uns falsche Angaben zu machen. Beamte durchsuchen in diesem Augenblick seine Wohnung. Wir werden seinen E-Mail-Verkehr überprüfen. Falls er in seinem eigenen Interesse zur Aufklärung des Ganzen beitragen will, sollte er dies rasch tun.«

Der Anwalt nickte zustimmend, ehe er sich zu seinem Klienten begab. Eine halbe Stunde später bat er Anita, jetzt mit Herman in seinem Beisein zu reden. Dieser knetete nervös seine Hände. Zuckungen liefen immer wieder durch seinen hageren Körper. Mit auf dem Tisch gesenkten Blick begann er leise:

»Ich habe das Handy erst letzte Nacht von einer Frau geschenkt bekommen. Sie verriet mir auch die PIN dazu.«

»Wie heißt die Dame?«

»Carrie.«

»Ich vermute, es handelt sich nicht um den echten Namen der Dame«, mischte der Anwalt sich ein.

»Wie lernten Sie Carrie kennen?«

»Carrie rief bei mir an und fragte, ob sie mich besuchen soll. Ich erlaubte ihr zu kommen.«

»Moment mal, die rief Sie einfach so an?« Der Kommissarin war ihre Skepsis anzuhören. »Woher hatte sie Ihre Nummer?«

Er zuckte mit den Schultern.

»Eine andere … Dame wird Hermans Nummer weitergegeben haben!«, mischte sich der Anwalt ein und sah Anita dabei eindringlich an. Seinen Blick ignorierend fuhr die Kommissarin fort:

»Herman, das ist sehr wichtig für uns! Wir müssen diese Dame finden. Falls ein Freund von Ihnen die Dame kennt und ihr Ihre Nummer gab, hilft uns das!«

Hermans Blick erlosch. Seine Gesichtszüge erschlafften zur ausdruckslosen Maske. Seine verkrampft angehobenen Schultern zeugten von seiner Anspannung. Dr. Kessler lehnte sich aus dem Gesichtsfeld seines Klienten zurück und schüttelte kurz den Kopf. Anita beschloss, die erneute Warnung des Anwalts ernst zu nehmen.

»Wie läuft das zwischen Carrie und Ihnen ab?«

Ihr Versuch, einen anderen Weg zu gehen, löste bei ihm keine erkennbare Reaktion aus. Anita wollte soeben nachhaken, als er doch noch antwortete:

»Wir treffen uns einmal im Monat. Bevor sie kommt, bade ich, rasiere mich, gehe zum Friseur und ziehe mir saubere Kleidung an. Carrie besucht mich in meiner Hütte. Wir machen Liebe. Dann geht sie wieder. Meist hat sie es eilig, nach der Liebe von mir wegzukommen. Ihr zuliebe tue ich so, als würde ich das nicht merken.«

Klang nach einer Prostituierten. Normalerweise würde Anita jetzt sehr konfrontativ vorgehen. Bei Herman entschied sie sich jedoch, behutsam zu sein.

»Wie lange kennen Sie Carrie schon?«

»Seit zwei Jahren.«

»Bekommt Carrie für ihre… Besuche Gel…, äh Ge… schenke von Ihnen?«

»Ich helfe ihr bei ihrem Lebensunterhalt. Deshalb lege ich jedes Mal einen Umschlag für sie bereit.«

»Wie kommunizieren Sie mit Carrie?«

Herman sah sie erstaunt an, ehe er antwortete:

»Genau wie mit Ihnen auch: mit Worten.«

Anita lächelte.

»Das ist eine kluge Antwort. Wenn Carrie gerade nicht in Hörweite ist, wie übermitteln Sie dann Ihre Worte?«

»Ach das meinen Sie!« Erneut zuckte er mit den Schultern. »Ich schreibe ihr eine SMS.«

»Hier hat mein Mandant«, ergänzte Dr. Kessler, »die Handynummer der Dame aufgeschrieben.«

Er reichte Anita die in krakeliger Handschrift auf einen Zettel notierte Nummer. Die Kommissarin wollte nur einen kurzen Blick darauf werfen, glaubte jedoch, ihren Augen nicht zu trauen. Misstrauisch sah sie den arglos drein blickenden Herman an. Entweder war der Typ verdammt dreist, oder von dieser Carrie eiskalt abserviert worden, ohne es bemerkt zu haben. In möglichst normalem Tonfall fragte sie:

»Sie sagten vorhin, Carrie habe Ihnen das Handy geschenkt?«

»Stimmt.«

»Wie lief das genau ab?«

Seine Gedanken schweiften zurück in die letzte Nacht:

E*s war soweit. Bei ihrer ersten Zuckung war Herman hellwach, besaß er doch die Instinkte eines Wildtieres. Ihm entging auch dieses Mal nicht, wie sie sich in Zeitlupe bewegte, behutsam seinen Arm von ihrem Körper nahm und sich zur Seite des Bettes rollte. Um ihr einen peinlichen Abschied zu* *ersparen, ließ er erneut seine Augen geschlossen und tat so, als schliefe er fest.*

Leise raschelnd zog sie sich ihre Kleidung wieder an. Ein Geräusch, das ihn fast genauso erregte, wie die Situationen, in denen sie ihre Kleidung ablegte. Er hörte den Reißverschluss ihrer Handtasche, als sie diese öffnete. Hoffentlich kam sie auch ein bisschen zu ihm, weil sie ihn mochte und nicht nur wegen des Geldes.

Gleich würde er hören, wie sie den Umschlag mit seinem Geld darin knicken und in der Handtasche verstauen würde. Als das Geräusch ausblieb, öffnete er vorsichtig ein Auge. Sie hielt ein kleines Gerät in der Hand und starrte es nachdenklich an. Wo kam das auf einmal her? Es sah aus wie ein kleines Handy aus dem Zeitalter vor den Smartphones. Er sah, wie sie das Gerät behutsam in den Papierkorb unter seinem Schreibtisch legte. Wollten sie ihn abhören? Der Schreck fuhr durch seine Glieder. Laut rief er:

»Was machst du da?«

Sie fuhr herum, starrte ihn erschrocken an.

»Ich dachte, du schläfst!«, stammelte sie.

»So? Und meinen Schlaf wolltest du ausnutzen, um eine Wanze zu deponieren? Für wen arbeitest du?«

Er erhob sich aus dem Bett, ging drohend auf sie zu. Sein sehniger, raubtierhafter Körper gefiel ihr eigentlich. In diesem Augenblick flößte er ihr Angst ein. Etwas glomm in seinen Augen, das sie noch nie zuvor gesehen hatte.

»... nein!«, stotterte sie, »ich habe doch nur mein altes Handy weggeschmissen.«

»Du lügst!«

Er baute sich vor ihr auf. Gleich würde er sie an der Gurgel packen und zuschlagen.

»Nein! Sieh doch ...«, sie bückte sich, holte das Handy aus dem Papierkorb, schaltete die Lampe auf dem Schreibtisch an. »... es ist nur ein Handy!«

Ihre Hand zitterte, als sie es ihm entgegenstreckte. Er achtete nicht darauf, sondern nahm das Gerät aus ihrer Hand, betrachtete es eingehend aus allen Richtungen.

»Funktioniert es noch?«

»Ja.«

Er schaltete es ein. Das Gerät forderte ihn auf, die PIN einzugeben. Sie nannte ihm die Zahlen. Das Gerät loggte sich ins Netz ein. Er tippte probehalber seine eigene Nummer ein, woraufhin sein Telefon klingelte. Nach zweimaligem Klingeln unterbrach er die Verbindung.

»Tatsächlich, ein altes Handy! Warum wirfst du ein Gerät weg, das noch einwandfrei funktioniert?«, fragte er streng.

»Es ist uralt. Ich habe es viel zu lange aus sentimentalen Gründen aufgehoben. Als ich meine Handtasche öffnete, fiel es mir zufällig in die Hand. Da dachte ich …« Sie brach ab.

»Was dachtest du?«

»Werfe es gleich weg, sonst schleppst du es nur weitere Jahre umsonst mit dir herum.«

»Man wirft nichts weg, das noch einwandfrei funktioniert!«, belehrte er sie.

»Es ist aus Afrika, von einem afrikanischen Mobilfunkanbieter. Ich weiß nicht einmal, wie ich die Karte wieder aufladen kann!«

»Afrika!«

Sein Blick änderte sich erneut, wurde ehrfurchtsvoll.

»Aus welchem Land?«, fragte er.

»Ich bin mir nicht sicher, Uganda, glaube ich.«

»Uganda!«

Seine Gedanken drifteten weit weg. Ein seliges Lächeln breitete sich in seinem Gesicht aus. Herman wirkte entspannter, als sie ihn je zuvor erlebt hatte. Nicht einmal nach dem Sex hatte er einen auch nur annähernd so friedvollen Eindruck auf sie gemacht. Plötzlich verdüsterte sich sein Gesicht wieder, Angst glomm in seinen Augen.

»Willst du es haben?«, fragte sie hastig. »Ich schenke es dir!«

»Echt? Ein Geschenk?«

Er strahlte übers ganze Gesicht. Plötzlich stand kein furchterregender Mann mehr vor ihr, sondern ein fünfjähriger Junge an seinem Geburtstag. Herman war noch viel durchgeknallter, als sie bisher gedacht hatte. Sie war nicht lebensmüde. Ihre Entscheidung, ihn nie wieder zu besuchen, war richtig!

Seine Erzählung war so detailgenau gewesen, dass Anita die Szene bildlich vor sich gesehen hatte. Jetzt sah Herman sie erwartungsvoll an. Sie ließ ihn ein bisschen schmoren, dann fragte sie:

»Ist Carrie eigentlich blond?«

»Ja!«

Mit den Worten: »Ist das Carrie?« legte sie ein Bild vor ihn hin.

Herman starrte das Bild erschrocken für einige Sekunden an. Anita war sich sicher, dass er die Frau auf dem Bild erkannte. Er begann jedoch erst langsam, dann immer schneller den Kopf zu schütteln und flüsterte:

»Nein! Andere Frau!«

Er wirkte sehr erregt, war nicht mehr zu beruhigen, sodass er schließlich nach draußen gebracht wurde.

»Musste das sein?«, fragte Dr. Kessler verärgert.

»Haben wenigstens Sie die Frau erkannt?«, entgegnete Anita.

»Ja, habe ich! Wie kommen Sie darauf, dass Frau Götz diese Carrie sein könnte?«

»Ich wollte nur ausschließen, dass sie es ist. Schließlich suchen wir das Handy dieser Carrie in Verbindung mit dem Tod des Gatten der Witwe Götz.«

Missmutig sah der Anwalt die Polizistin an. Er war sich sicher. Frau Schenk hatte nur herausfinden wollen, ob Herman

Frau Götz kannte. Leider hatte er sich durch seine Reaktion verraten.

»Ihnen ist doch hoffentlich klar«, wandte er sich an die Kommissarin, »dass die Beschuldigungen des Herrn Götz meiner Mandantin gegenüber auf persönliche Motive beruhen und haltlos sind!«

»Sie mussten vor zwei Jahren Frau Götz schon einmal gegen Mordvorwürfe in Schutz nehmen! Die damaligen Vorwürfe sind nicht von Herrn Götz erhoben worden.«

»Sie halten meine Mandantin doch nicht etwa für eine Schwarze Witwe, die ein Männchen nach dem anderen verspeist? Wollten Sie deshalb Einblick in ihr Familienbuch? Um sehen zu können, ob es noch mehr Opfer gibt?«

»War Frau Götz anschließend noch einmal verheiratet? Starb ihr zweiter Mann ebenfalls vorzeitig?«

»Das weiß ich nicht!«, entgegnete er gereizt.

»Dann fragen Sie Ihre Mandantin danach! Übrigens spielt das bei Ihrem Mandanten sichergestellte Handy auch im Todesfall von Herrn Jennerbier eine Rolle. Das Handy stammt aus Kenia, einem Nachbarland Ugandas. Frau Götz benannte damals zu ihrer Entlastung ugandische Zeugen.«

»Das beweist gar nichts!«

»Noch nicht, ist aber auf jeden Fall ein Indiz. Kannten Herr Jennerbier und Herman sich?«

»Wie kommen Sie denn jetzt darauf?«, entgegnete der Anwalt überrumpelt.

»Es würde erklären, wieso Carrie nach Herrn Jennerbiers Tod plötzlich bei Herman anruft. Vielleicht hat er ihr ja Hermans Nummer gegeben?«

»Spekulation, nichts als Spekulation! Mein Mandant hat Ihnen die Handynummer dieser Carrie gegeben. Damit können Sie die Unbekannte ermitteln. Dann wird sich die Sache aufklären.«

»Nein, so einfach wird sich die Sache nicht aufklären lassen!«

»Warum nicht?«

»Die von Herman genannte Handynummer ist die Nummer des bei Ihrem Mandanten gefundenen Handys!«

»Ach?«

Er überlegte kurz. Anita sah ihm dabei zu.

»Nun, das widerspricht letztlich den Angaben meines Mandanten nicht.«

Anitas Lippen wurden schmal, ehe sie erwiderte:

»Nein und seine Angaben passen perfekt zu den Informationen der Telefongesellschaft. Insofern ist er momentan aus dem Schneider. Sollte sich allerdings zeigen, …«

Sie machte eine Kunstpause und sah Dr. Kessler gewichtig an, ehe sie fortfuhr:

»… dass Herman und Frau Sonja Götz sich kennen oder sich auch nur vor Zeugen begegnet sind, wird er uns erneut einiges erklären müssen. Außerdem kommt mir in dem ganzen Fall Uganda zu häufig vor, um dies noch mit Zufällen erklären zu können. Herman war nicht zufällig auch schon einmal dort?«

»Viele Leute waren schon in Uganda!«, erwiderte Dr. Kessler unverbindlich und erhob sich. Dass er und Herman sich dort erstmals begegnet waren, er diesem Umstand gar seine Teilhaberschaft in einer der renommiertesten Kanzleien der Stadt verdankte, verschwieg er der Kommissarin.

Auch dieser lange Arbeitstag fand sein Ende. Anita war zu kaputt, um sich selbst noch etwas zu kochen. Also stoppte sie auf der Heimfahrt bei Mai & Sushi, einem Asia-Lokal und nahm sich ein in Alu verpacktes Reisgericht mit schwarzen Bohnen mit. Es schmeckte nicht schlecht, auch wenn es natürlich lange nicht mit Bernhards Kochkünsten mithalten konnte.

Anschließend zog sie sich Gammelklamotten und warme Socken an, entzündete zwei Kerzen und machte es sich auf der Couch bequem. Die Weinflasche und ein Glas standen bereit.

Sie schenkte sich ein, trank einen Schluck. Erstaunt stellte sie fest, dass der Wein tatsächlich hintereinander drei unterschiedliche Aromen auf Zunge, Gaumen und in der Nase entfaltete. Nach einem weiteren Schluck rief sie Bernhard an.

»Und? Hast du es geschafft?«, begrüßte er sie.

»Was?«

»Dich zu besaufen natürlich.«

»Nein.«

»Hab ich doch gleich gesagt.«

Seine Worte ärgerten sie, aber nur ein bisschen. Innerlich sah sie sein gutmütig lächelndes Gesicht vor sich. Was sie doch gäbe, es tatsächlich zu sehen!

»Beim zweiten Glas bin ich auf dem Sofa eingeschlafen.«

»Auf dem Sofa? In Klamotten und ohne Zähneputzen?«

»Ja.«

»Das ist dir in unserer Ehe nie passiert!«

War es auch jetzt nicht. Aber sie musste dringend was für ihr Image tun. Zu ihm sagte sie:

»Du tust mir halt gut.«

Ihren Worten folgte kurzes Schweigen. Sie hoffte, er ginge auf ihre Worte ein. Stattdessen fragte er:

»Wie war dein Tag?«

»Es gab einen weiteren Mord. Ein Mountainbiker ist…«

»Davon habe ich gehört. Dieser Hass zwischen verschiedenen Bevölkerungsgruppen erschüttert mich. Wie kann man sich als Spaziergänger nur derart über Radfahrer aufregen?«

»Vielleicht war das nicht einfach ein Spaziergänger.«

»Was willst du damit sagen?«

Natürlich durfte sie mit ihm nicht über derart heikle Details reden. Früher hätte sie es auch nicht getan. Aber sie wollte ja ihr Image verbessern. Also sagte sie:

»Um Haaresbreite hätte es den Mann erwischt, der wegen des Sturzes vom Mörikefels Anzeige erstattete.«

»Du meinst, die beiden Morde hängen zusammen?«

»Möglicherweise.«

Erneut breitete sich Schweigen aus. Anita wollte auf keinen Fall, dass Bernhard jetzt schon auflegte. Also überwand sie sich und erzählte:

»Heute Vormittag war ich in Mannheim …«

»Wegen den faschistischen Polizisten?«, unterbrach er sie. »Die musst du unbedingt drankriegen!«

»Dann hilf mir und komm zurück!«

»Was habe ich damit zu tun?«

»Merkst du eigentlich, wie unfair du dich mir gegenüber aufführst? Du verlangst wie Präsident Ludger, der Innenminister und viele andere von mir, dass ich meinen Job möglichst perfekt erledige. Du erwartest wie alle anderen Bürger, dass unser Staat reibungslos funktioniert. Selbst bist du allerdings nicht bereit, dazu beizutragen!«

»Was kann ich denn schon dazu beitragen?«

»Mich emotional unterstützen und mir den Rücken freihalten! Du weißt ganz genau, was ich wegen der dortigen Sonderermittlung an Schmähungen, Beleidigungen und Drohungen aus unseren Reihen erhalten werde. Ich bin kein Panzer und auch kein Eisblock, an dem alles abprallt! Komm zurück, koche für mich, höre mir zu und nimm mich tröstend in die Arme.«

Am nächsten Morgen fertigte Adrian Götz äußert geduldig gemeinsam mit einem Spezialisten der Polizei ein Phantombild jener ominösen Julia an. Später erkannte Herman darin die Frau wieder, von der er das Handy geschenkt bekommen hatte. Ihm gegenüber hatte sie sich jedoch nicht als Julia, sondern als Carrie ausgegeben. Vermutlich war keins von beidem ihr wahrer Name. Einmal mehr steckten die Ermittlungen in einer Sackgasse. Die Unbekannte war vorsichtig gewesen.

Würden sie die Dame je aufspüren? Immerhin stellte Karl-Heinz mit seinen Leuten in Hermans Bett blonde Haare von ihr sicher. Auch wenn sie sich nicht viel davon versprach, ließ Anita das Phantombild der Unbekannten veröffentlichen.

Die Kommissarin beschloss, die Ermittlungen zunächst auf den tödlichen Anschlag im Wald zu konzentrieren. Handelte es sich hierbei tatsächlich um einen gezielten Anschlag auf Adrian Götz? Oder hatte dieser sich rein zufällig in der Nähe befunden? War diese ominöse Julia darin verwickelt oder nicht?

Für elf Uhr hatte die Kommissarin Peter und Karl-Heinz zu sich bestellt. Wie immer trafen die beiden pünktlich bei ihr ein.

»Was haben wir?«, eröffnete Anita als Dezernatsleiterin die Sitzung.

»Am Startpunkt des Woodpecker-Trails hing tatsächlich eine Funkkamera in den Bäumen«, berichtete Karl-Heinz.

»Heißt das, der Anschlag galt doch gezielt Herrn Götz?«

»Schwer zu sagen. Jedenfalls wurde die Kamera nicht erst kürzlich dort angebracht. Die hing schon länger dort. Jemand schuf sich die Möglichkeit, aus der Ferne die Einfahrt des Trails zu beobachten. Tat er dies, um Herrn Götz zu überwachen? Oder einfach nur, um die Dauer der Wartezeit am Trail abschätzen zu können? Ich weiß es nicht. Du glaubst gar nicht, wo heutzutage Leute überall eine Kamera aufhängen.«

»Zumindest bedeutet die Kamera aber, dass der Anschlag tatsächlich Herrn Götz gegolten haben kann.«

»Stimmt.«

»Hast du schon was über das verwendete Seil herausgefunden?«

»Es wird in Deutschland ausschließlich über eine Baumarktkette und drei Onlinehändler vertrieben.«

Karl-Heinz stöberte in einem Stapel Papiere.

»Wir haben uns von allen vier Händlern Listen ihrer Käufer

der letzten sechs Monate erstellen lassen«, fuhr Peter fort. »Je nachdem wie weit wir zeitlich zurückgehen und räumlich über die Stadtgrenzen hinaus, umfassen die Listen einige Dutzend oder einige Tausend Käufe.«

Anita überlegte. Befand sich in den ihnen zur Verfügung gestellten Datenbanken der Name des Mörders? Vielleicht war dem so, vielleicht aber auch nicht. Der Mord an einem vierunddreißigjährigen, alleinstehenden Mann erregte wenig mediale Aufmerksamkeit. Mountainbiker galten eher als Rüpel, denn als schutzwürdige Opfer. Die Öffentlichkeit interessierte sich für die Aufklärung dieses Mordes nicht stärker als für die übrigen im Dezernat anliegenden Fälle von Gewalt im Milieu sozialer Randgruppen wie Junkies, Säufern, Hartz-IV-Familien und Migranten, bei denen sich durch Desillusionierung und Überforderung eine übermäßige Frustration aufbaute.

Trotz zunehmender Verrohung der Gesellschaft war von ihrem Dezernat Personal abgezogen worden, um es zur Bekämpfung des Terrors einzusetzen. Dementsprechend konnte sie kaum personelle Ressourcen einsetzen. Es gab einfach zu viel Arbeit für zu wenige Leute. Bei einer spektakulären Kindstötung würde ihnen von oben schier unbegrenzt Personal zur Verfügung gestellt. So konnten sie nur wenige Namen wirklich überprüfen und mussten genau überlegen, welches Vorgehen am ehesten Erfolg versprach.

Dies und noch einiges mehr ging Anita durch den Kopf, ehe sie schließlich sagte:

»Herr Götz gibt an, weder Feinde noch einen blassen Schimmer zu haben, was diese Julia eigentlich von ihm will.«

»Vielleicht ist Herr Götz gar nicht so harmlos, wie er sich gibt«, erwiderte Peter. »Was ist, wenn er gemeinsam mit Jennerbier und seinem Bruder etwas Schreckliches getan hat, für das sich die Unbekannte rächt?«

»Du meinst, sie hat vor drei Jahren seinen Bruder und im Jahr drauf Jennerbier ermordet?«

Peter nickte.

»Und jetzt ist Adrian Götz dran?«

»Warum nicht?«

»Ich frage mich nur, warum sie so lange mit ihm gewartet haben sollte.«

»Vielleicht aus dem gleichen Grund, aus dem sie ihm die SMS sendete: um ihm Angst einzujagen. Adrian Götz soll wissen, dass sein Bruder keinen Unfalltod starb, sondern ermordet wurde. Er soll sich fragen, ob der Mord mit ihrer früheren Tat zusammenhängt, ob er als Nächstes an der Reihe ist.«

Alle drei ließen sich Peters Worte durch den Kopf gehen. Schließlich seufzte Anita und meinte:

»Es hilft alles nichts, wir wissen nach wie vor zu wenig. Für eine bloße Drohung war das Seil zu gefährlich. Bevor wir ins Blaue schießen, sollten wir lieber dem Naheliegenden nachgehen. Förster Dührkopp soll eine Liste mit den Namen aller Bürger erstellen, die sich bei ihm über Mountainbikefahrer beschwerten. Die Liste gleichen wir dann mit den Kundenlisten der Internethändler und des Baumarktes ab. Vielleicht haben wir ja Glück!«

»Die Liste enthält allerdings nur die Namen von Kunden, die sich bei der Bezahlung zu erkennen gaben«, merkte Peter an. »Barzahler ohne Kundenkarte beim Baumarkt sind nicht erfasst.«

»Versucht es trotzdem. Vielleicht haben wir ja Glück.«

Die Männer gingen ihre Aufträge erledigen. Anita wollte sich eben den Mannheimer Akten widmen, als ihr Telefon klingelte. Das Display zeigte an, dass die Nummer unterdrückt war. Vorsorglich drückte sie eine Taste, damit das Gespräch aufgezeichnet wurde.

»Schenk.«

»Du Fotze! Was bildest du dir eigentlich ein!«, quäkte eine künstlich verzerrte Stimme. »Wir wissen, wo du wohnst …«

»Ich weise Sie darauf hin, dass unser Gespräch aufgenommen wird. Wir werden auch Ihren Anruf zurückverfolgen und …«

»Du hältst mich wohl für blöde! Genau das ist dein Problem, dass du uns alle für blöd …«

Anita legte auf. Sich das anzutun war sinnlos. Sie atmete tief ein und schloss die Augen. Es hatte also begonnen. Jetzt würde es so schnell kein Ende nehmen. Ihre Durchwahl war in keinem öffentlichen Verzeichnis erfasst. Aber für Querulanten aus den eigenen Reihen war dies natürlich kein Problem.

Die Kommissarin leitete ihre Durchwahl auf die Telefonzentrale um und informierte die dortigen Beamten, was zu tun war. Vorsorglich tat sie das Gleiche mit der bisher von ihr genutzten Mobilnummer. Die Zentrale würde die Dreckspatzen für sie herausfiltern. Dann aktivierte sie eine ihrer mobilen Ersatznummern, die bisher noch niemand kannte. Vorläufig würden nur wenige Personen, denen sie absolut vertraute, die Nummer erhalten.

Allein schon um sich abzulenken, wäre sie gerne losgefahren und hätte jemanden befragt. Aber das stand noch nicht an. Zur Vorbereitung der in Mannheim anstehenden Befragungen galt es, die entsprechenden Akten zu lesen und sich Notizen zu machen.

»Ich kann, weil ich will, was ich muss«, murmelte sie mehrmals vor sich hin, um sich zu motivieren. Seit dem Abitur hatte dies funktioniert. Jetzt tat es dies nicht mehr. So war Anita froh, wenigstens später noch einen Termin außerhalb zu haben.

Kurz vor dem Marienplatz in Heslach, wo der tosende Verkehr der Bundesstraße das Viertel zerschneidet, führte linker Hand die Römerstraße an einer Kirche vorbei steil den Berg hinauf zu den Villen der Privilegierten in Halbhöhenlage. Im unteren, den einfachen Leuten vorbehaltenen Teil, befand sich Kommissarin Anita Schenk auf der Suche nach der Beratungsstelle von *Frauen helfen Frauen*. Ein Schild an einem heruntergekommenen Gründerzeithaus wies auf die Beratungsstelle hin. Anita betrat die schmale Zufahrt zum Hof. Durch drei hintereinander geparkte Kleinwagen war diese kaum passierbar. Irritiert stellte sie am Seiteneingang des Hauses fest, dass es dort weder eine Klingel noch einen sonstigen Hinweis auf *Frauen helfen Frauen* gab. Sie zwängte sich gerade zurück Richtung Straße, als hinter ihr die Tür geöffnet und laut gefragt wurde:

»Sind Sie die Polizistin?«

Anita drehte sich um und entgegnete:

»Dann müssen Sie die Psychologin sein.«

Die beiden Frauen gaben sich die Hand. Anita folgte der Psychologin in ein kleines, zum Hinterhof gelegenes Beratungszimmer. Was der Beratungsstelle an Geld fehlte, machten die Frauen mit Herzblut wett. So war es ihnen gelungen, aus einfachen Möbeln, bei denen Massivholz und klare Farben dominierten, eine Atmosphäre zum Wohlfühlen zu erzeugen. Den Plakaten an den Wänden und den Rücken der Bücher sah man an, worum es hier ging: Jede einzelne Frau in ihren Rechten und in ihrer Persönlichkeit zu stärken.

»Ich war ziemlich überrascht«, führte Anita das Gespräch aufs Thema, »dass Frau Götz Sie tatsächlich von Ihrer Schweigepflicht entbunden hat.«

»Ich auch.«

»Wie erklären Sie es sich?«

Die Psychologin zuckte mit den Schultern.

»Und? Werden Sie mir nun nur Gutes über Ihre Klientin berichten?«

»Ich werde Ihnen sachlich und wertneutral wiedergeben, was Frau Götz mir berichtet hat. Ganz sicher gehöre ich nicht zu den *Pietcong*, die sich blindlings und einseitig für ihre Klienten verkämpft. Wollten Sie das von mir hören?«

Anita lächelte. Sie mochte Frau Zabaione.

»Übrigens«, fuhr diese fort, »ist die mit ihrem Verhalten einhergehende Vertrauensseligkeit durchaus typisch für Frau Götz.«

»Warum war sie bei Ihnen in Behandlung?«

»Weil sie sich von ihrem Mann trennen wollte.«

Anita blieb vor Überraschung der Mund offen stehen.

»Kam sie von vorneherein mit dem Wunsch, sich von ihrem Mann zu trennen?«

Die Psychologin nickte.

»Nicht ursprünglich zur Behandlung ihrer Höhenangst?«

»Wer hat Ihnen das erzählt?«

»Ein Freund ihres toten Mannes.«

Frau Zabaione zögerte kurz, sagte dann aber:

»Sagen wir mal so: Die Beratung startete etwas ungewöhnlich. Frau Götz wollte bei ihrer Anmeldung bei niemand anderem als mir einen Termin. Ich arbeite einen Tag die Woche aus persönlicher Überzeugung bei *Frauen-helfen-Frauen*. Die übrige Zeit arbeite ich in meiner Praxis, wo ich mich auf die Behandlung von Ängsten spezialisiert habe. Vermutlich wusste Frau Götz dies und wollte deswegen zu mir.

Schon beim ersten Gespräch sagte sie mir, ihr Ziel bestehe darin, sich von ihrem Mann zu trennen. Sie wisse aber, dass dies ein langer Weg für sie sei, den sie ohne meine Hilfe nicht schaffen werde. Damit sie ungestört zu mir kommen könne, solle ich den nächsten Termin in meine Praxis verlegen. Sie komme dann gemeinsam mit ihrem Mann und ich solle diesen zu ihren Höhenängsten befragen. Ich hatte Bedenken, diesen Weg zu gehen. Sie bat mich so flehentlich darum, dass ich mich trotzdem darauf einließ.«

»Wollen Sie damit sagen, sie brauchte die *Erlaubnis* ihres Mannes, zu Ihnen zu kommen?«

»Es mag seltsam klingen. Aber nach Jahren der Beziehung mit einem Mann wie Herrn Götz sind Frauen oft so verunsichert, dass sie sich kaum etwas ohne sein Einverständnis zu tun trauen.«

»Aber etwas zu schummeln, um diese zu erlangen, ist möglich?«

»Je stärker die Kontrolle, desto kreativer werden die Menschen. Das war übrigens nicht die einzige ...«

Die Psychologin brach unvermittelt ab und hielt die Hand vor den Mund.

»... Schummelei ihrem Mann gegenüber?«, setzte Anita den unterbrochenen Satz fort.

»Ich bin mir nicht sicher, ob ich Ihnen das jetzt sagen soll.«

»Hat Frau Götz Ihnen verboten, mir bestimmte Dinge zu sagen?«

»Nein!«

Frau Zabaione schüttelte mit Entschiedenheit den Kopf.

»Dann sagen Sie es doch einfach.«

»Also gut. Mir war schon klar, dass beim Gespräch mit ihrem Mann ein gewisses Maß an Schauspielerei gefragt sein würde. Was dann tatsächlich geschah, brachte mich an den Rand meiner Schlagfertigkeit. Bei unserem ersten Termin prahlte Herr Götz völlig überraschend, als er meinen Prospekt im Briefkasten gefunden habe, sei ihm sofort klar gewesen, dass er seine Frau zu mir schicken müsse. Wenn diese ihre Ängste endlich los wäre, sehe das gemeinsame Leben schließlich viel schöner aus. Da geriet ich dann doch ziemlich ins Schwimmen und fragte mich sogar, ob ich bei Frau Götz eine Paranoia übersehen hätte.«

Irritiert sah die Kommissarin die Psychologin an.

»Das verstehe ich jetzt nicht.«

»Es gibt Flyer meiner Praxis, aus denen eindeutig mein Schwerpunkt in der Angstbehandlung hervorgeht. Allerdings liegen die nur hier in der Beratungsstelle und in meiner Praxis aus.«

»Wie kam er dann …«, Anita hielt mit offenem Mund inne. Nach kurzem Nachdenken setzte sie neu an: »Wollen Sie damit sagen, Frau Götz schob ihrem Mann den Flyer unter, um ihn auf die Idee zu bringen, sie zu Ihnen zu schicken?«

Die Psychologin nickte.

»Samstag war der einzige Wochentag, an dem er den Briefkasten leerte. Sie deponierte den Flyer freitags darin. Samstags ging er nach dem Frühstück mit ihr Shoppen. Auf der Heimfahrt in seinem Porsche jammerte sie, wie gerne sie ihm eine bessere Frau wäre, die mit ihm klettern gehen würde. Wenn sie doch nur irgendwie ihre Angst loswerden könnte. Ihre Worte noch im Ohr, fiel ihm der Flyer meiner Praxis in die Hand.«

»Das heißt, Frau Götz manipulierte ihren Gatten äußerst geschickt!«

»Nachdem er sie von Beginn ihrer Beziehung an manipuliert hatte! Man könnte sagen, dank ihrer Intelligenz hat sie von ihm gelernt und so einen Ausweg gefunden.«

Die Szene auf dem Präsidium kam Anita in den Sinn. Sie hatte gleich das Gefühl gehabt, Zeugin eines Schauspiels zu sein. Peter war hingegen auf Frau Götz hereingefallen, hatte sich von ihren zur Schau gestellten Gefühlen manipulieren lassen.

»Was hielt Frau Götz davon ab, einfach ihren Mann zu verlassen? Wozu brauchte sie Ihre Hilfe dabei?«

»Hauptsächlich ihre Angst, ohne ihn bedeutungslos zu sein und mit dem Leben nicht zurecht zu kommen. Die Arbeit mit mir vergewisserte sie ihrer Bedeutung.«

Anita war enttäuscht. So gesehen machte es keinen Sinn, dass Frau Götz ihren Mann umgebracht haben sollte.

»War sie auch nach dem Tod ihres Mannes noch bei Ihnen in Behandlung?«

»Ja.«

»Wie war sie da drauf?«

»Ihre Trauer schien mir tief und echt zu sein. Andererseits überraschte mich, wie stabil und gefasst sie war. Sie konnte besser zuhören, begriff Dinge, die ich ihr vorher einige Male vergeblich zu erklären versucht hatte, wie beispielsweise die Angstverstärkung durch Vermeidung.«

»Was ist das?«

»Angenommen Sie haben vor etwas Angst, beispielsweise vor Höhe. Jetzt verlangt jemand von Ihnen, dass Sie sich genau dieser Höhe aussetzen …«

»Beispielsweise mein Ehemann!«, warf Anita ein.

»Was glauben Sie, macht Ihre Angst, je näher Sie dem Zeitpunkt kommen?«

»Sie wird größer.«

»Genau! Was passiert mit Ihrer Angst, wenn Sie sich im letzten Augenblick entscheiden, die Konfrontation mit dem Angstauslöser zu vermeiden?«

»Ich mich also nicht der Höhe aussetze?«

»Genau.«

Anita überlegte. Schließlich meinte sie:

»Sie wird kleiner?«

»Langsam und nur wenig kleiner?«

»Wenn ich mit der Höhe gar nicht mehr konfrontiert werde, zumindest für diesen Augenblick nicht, wird sie sehr schnell viel kleiner werden!«

»… oder auch ganz verschwinden! Sie sind gut!«, lobte die Psychologin Anita mit einem strahlenden Lächeln. »Angst zu haben ist kein angenehmer Zustand. Daher verstärkt deren Verschwinden im Sinne einer Belohnung die Vermeidung und führt dadurch auf Dauer zu mehr Höhenangst. Das nennt man dann negative Verstärkung.«

»Das ging mir jetzt zu schnell!«

»Okay! Angenommen Sie haben Kopfschmerzen: Würden Sie das als positiv bezeichnen?«

»Natürlich nicht!«

»Eben, Schmerz ist etwas Negatives. Wenn Sie eine Tablette nehmen, verschwindet der Schmerz, also etwas Negatives verschwindet. Da Sie dies in Zusammenhang mit der Tablette bringen, erhöht sich dadurch die Wahrscheinlichkeit, dass Sie das nächste Mal bei Kopfschmerzen erneut eine Tablette nehmen. Das nennt man negative Verstärkung. Positive Verstärkung wäre hingegen, dass Sie eine Droge zu sich nehmen, die bewirkt, dass Sie sich ausgesprochen wohlfühlen, also etwas Positives erleben. Angenommen Ihre Schmerzen treten immer in Stresssituationen auf. Bewirkt die Einnahme von Tabletten dann, dass Sie künftig Stress eher meiden, um weniger Kopfschmerzen zu bekommen?«

»Nein, es führt nur dazu, dass ich häufiger Tabletten einnehme!«

»Richtig! Sie sind eine intelligente Frau!«

»Aber dann hat Herr Götz ja genau das Richtige von seiner Frau verlangt!«, fiel Anita überrascht auf.

»Sie meinen, indem er sie immer wieder dazu brachte, sich der Höhe auszusetzen?«

»Ja.«

Frau Zabaione sah die Kommissarin ernst an.

»Nein, hat er nicht! Er hätte es erreichen können. Länger der Konfrontation mit der Höhe aussetzen, dann an ihrer Seite bleiben, sie zärtlich umarmen und streicheln, bis sie sich an die Höhe gewöhnt und sie ihre Angst vor der Höhe verloren hat. Schließlich ist nicht die Höhe an und für sich gefährlich, sondern der Sturz aus eben jener. Herr Götz hat seine Frau immer nur ganz kurz in die Höhe gezwungen, sodass sie einen Peak, also eine besonders intensive Ausprägung ihrer Angst, erlebte. Dann ließ er sie schnell wieder die Höhe vermeiden. Somit wurde ihre Höhenangst permanent negativ verstärkt. Trotzdem generierte er sich als ihr Held und Retter, obwohl er vermutlich genau wusste, was er tat! Er verstärkte ihre zahlreichen Ängste bewusst!«

»Dann war Herr Götz ein Sadist?«

Die Psychologin wiegte nachdenklich den Kopf hin und her, ehe sie antwortete:

»Herr Götz benötigte wegen seinen eigenen Unsicherheiten und Ängsten eine möglichst kleine und unterlegene Frau. Diesbezüglich ähnelt sein Verhalten dem eines Sadisten. Aber ich habe keine Hinweise darauf, dass er es genoss, sie durch eigenes Tun leiden zu lassen oder auch nur sie leiden zu sehen. Er zeigte auch sehr zärtliches und fürsorgliches Verhalten. Ich glaube daher, er war einfach nur ein schwacher Mann mit einem mickrigen Selbstwert.«

Anita nahm diese Einschätzung zur Kenntnis, wollte aber noch wissen:

»Was erfuhren Sie über das Verhältnis von Frau Götz zu ihrem Schwager?«

»Zu Adrian Götz?«

Anita nickte.

»Sie glaubte, dass dieser hinter ihr her sei.«

»Seit wann?«

»So ziemlich von ihrer ersten Begegnung an. Aber ich warne Sie: Frau Götz glaubte das von so ziemlich jedem Mann und empfand dies als bedrohlich. Deshalb wünschte sie sich auch ihren Ehemann als Beschützer möglichst permanent an ihrer Seite. Ich schwankte mehrmals, ob ich Frau Götz eine abhängige Persönlichkeitsstörung diagnostizieren soll.«

Anita wohnte nicht weit von der Römerstraße entfernt. Also entschied sie sich für einen ungewöhnlich frühen Feierabend. Gerade jetzt durfte sie sich nicht gehen lassen! Also joggte sie erst eine große Runde durch den Wald. Dann duschte sie und bereitete Spaghetti mit Gorgonzolasoße sowie einen Feldsalat zu. Ohne Appetit aß sie. Auch der Wein schmeckte ihr heute nicht. Eilig brachte sie die Küche in Ordnung, ehe sie sich endlich mit dem restlichen Wein auf dem Sofa bequem einrichtete.

Das Telefon läutete lange. Keiner hob ab. Sie legte auf und wählte erneut. Das Gleiche wiederholte sie mit seiner Mobilnummer. Offensichtlich weigerte sich Bernhard, ihren Anruf entgegenzunehmen. Wütend pfefferte sie ihr Telefon auf das Tischchen.

Auf dem Rücken liegend, die Hände hinter dem Kopf verschränkt, starrte sie an die Decke. Jede Ehe kennt auch schlechte Tage. Eigentlich war es zu früh, ihn schon abzuschreiben. Dennoch machte es sie rasend, wie sehr ihre emotionale Ausgeglichenheit vom Wohlwollen eines anderen Menschen abhing. Sie verspürte den starken Impuls in sich, ihre Gefühle für Bernhard zu bekämpfen. Es würde ihr gelingen, besaß sie hierin doch reichlich Übung. Unter dem Strich ginge es ihr dennoch schlechter, als wenn Bernhard zu ihr zurückkehrte.

Wieso verspürte sie solche Panik, sobald sie ihre emotionale Unabhängigkeit in Gefahr wähnte? Rückwärts ließ sie ihre bisherigen Liebeserfahrungen Revue passieren. Allzu viele waren es nicht. Dennoch versetzte sie allein die gedankliche Beschäftigung damit in Unruhe. Sie verspürte den Impuls, sich lieber in ihre Akten zu vertiefen oder bis zur Erschöpfung durch den Wald zu rennen, als sich ihrem Liebesleben zu widmen. So hatte sie es in ähnlichen Situationen all die Jahre vor ihrer Ehe getan. Zugleich gab es eine Stimme in ihr, die auf keinem Fall zu dem Leben vor Bernhard zurückkehren wollte.

Trotz eines massiven, körperlich deutlich spürbaren Widerwillens griff sie erneut nach dem Telefon. Seit über zehn Jahren hatte sie seine Nummer nicht mehr gewählt. Eigentlich hatte sie sich geschworen, ihn nie wieder anzurufen.

Am nächsten Morgen meldete sich eine nervös an ihren Daumen reibende Frau auf dem Präsidium. Anita erkannte sie anhand des Phantombilds sofort. Herr Götz hatte diesbezüglich gute Arbeit geleistet.

»Wie heißen Sie wirklich?«, begrüßte Anita die junge Frau. »Ihr richtiger Name lautet vermutlich weder Julia noch Carrie!«

»Nein!«, seufzte diese. »Gerne hieße ich Carrie und würde ein ähnlich aufregendes Leben wie sie in Manhattan führen. Aber leider bin ich nur Eva Ströbele und komme aus Kirchheim unter Teck.«

»Haben Sie Herrn Götz letzten Sonntag die SMS bezüglich des Todes seines Bruders gesendet?«

Adrian Götz hatte sie als Schönheit bezeichnet. Trotz ihres sorgfältigen Make-ups erschien die Blondine Anita hingegen unscheinbar. In diesem Augenblick nickte sie und räumte ein:

»Ja, habe ich. Leider traute ich mich nicht direkt hierher. Das wäre besser gewesen.«

»Wie kommen Sie darauf, dass Herr Götz ermordet wurde?«

»Am besten erzähle ich Ihnen, wie ich in die Sache hineingeriet. Es begann an einem Samstag nach Jörg Götzs Sturz vom Mörikefels:«

In der Kirchheimer Marktstraße starrte Eva in ein Schaufenster, dessen Auslage sie auswendig kannte. Das Angebot des schwäbischen Juweliers war, verglichen mit den Metropolen der Welt, äußerst bescheiden. Trotzdem würde das eine oder andere Stück sie glücklich machen. Beispielsweise stünden ihr die süßen Ohrstecker mit echten Brillanten sicherlich gut. Aber selbst an die war nicht zu denken. Sie seufzte leise. Würde sie sich je High Heels von Manolo Blahnik oder einer ähnlich coolen Marke leisten können?

»Entschuldigen Sie!«, ertönte es in diesem Augenblick hinter ihr. Eva drehte sich um. Ein übergewichtiger Mann in der Lodentracht des Jägers stand ihr gegenüber. Auf seinem Kopf thronte ein alberner Hut samt Feder. Sein Gesicht wurde von einem ungepflegten Bart weitgehend verborgen.

»Können Sie Rad fahren?«, fragte der Hutträger in diesem Augenblick.

»Klar!«, erwiderte sie überrascht.

»Gratuliere! Dann können Sie sich heute Nachmittag in zwei Stunden diese beiden Scheine hier verdienen.«

Mit seiner Rechten hielt er zwei Hunderter hoch. Misstrauisch sah sie ihn an. Sie verspürte den Impuls zu gehen. Stattdessen hörte sie sich fragen:

»Was muss ich dafür tun?«

»Mit dem Rad von Bissingen nach Hepsisau und wieder zurück fahren. Es geht da über einen Berg. Schaffen Sie das?«

Eva überlegte. Um sich in Form zu halten, fuhr sie zweimal wöchentlich mit ihrem Mountainbike durch die Gegend. Die von ihm beschriebene Strecke war sie noch nicht gefahren. Aber die Anhöhe hinter der Limburg war weder besonders lang noch steil.

»Klar!«, erwiderte sie daher.

»Haben Sie ein Kopftuch?«

»Ja!«, antwortete sie überrascht.

»Eine Sonnenbrille?«

»Ja…«

»Eine schwarze Radlerhose?«

»Ebenfalls, was…«

»Ein pinkes Fahrradtrikot?«

Eva schluckte. War der Typ pervers? Wollte er ein abartiges Spiel mit ihr abziehen? Sie überlegte erneut, ihn einfach stehen zu lassen. Andererseits war sie doch neugierig, was er eigentlich von ihr wollte. Und dann waren da noch die beiden grünen Scheine. Unwillkürlich starrte sie auf den Köder in seiner Hand.

»Keine Angst, ich werde Sie nicht anrühren!«, meinte er mit gutem Timing. »Sie sollen mit Ihrem Auftritt nur meine Ex-Frau eifersüchtig machen.«

»Das ist Ihnen zweihundert Euro wert?«

»Hat Ihnen noch nie ein Mann richtig wehgetan?«, entgegnete er.

Oh doch, mehr als einer und mehr als einmal, dachte sie. Ihr kam in den Sinn, was sie selbst schon an albernen Dingen getan und an Zeit und Energie investiert hatte, um den Typen was heimzuzahlen. Oder auch getrieben von der Hoffnung, sie nachträglich noch eifersüchtig machen zu können.

»Okay, ich mach's!«, sagte sie entschlossen.

Eva Ströbele unterbrach ihre Erzählung für ein tiefes Seufzen. Ihr Blick verlor sich in weiter Ferne. Anita ließ ihr Zeit. Schließlich sammelte Frau Ströbele sich wieder, sah die Kommissarin an, räusperte sich und fuhr fort:

»So blöd bin ich in die Sache hineingeraten! Was glauben Sie, wie oft ich mich hinterher fragte, wieso er an jenem Tag ausgerechnet mich ansprach?«

»Wahrscheinlich quatschte er wahllos infrage kommende Frauen an.«

Eva Ströbele schüttelte entschieden den Kopf.

»Nein! Das hat er nicht! Eberhard war ein geduldiger Jäger, der in mir zielsicher die gesuchte Beute erkannte. Er stellte mir eine Falle und stattete sie mit dem richtigen Köder aus. Wären es vier Fünfziger gewesen, hätte es nicht funktioniert. Die waren mir schließlich aus meiner eigenen Börse vertraut. Die beiden grünen Scheine entfalteten jedoch ihre Magie und seine Falle schnappte zu!«

Soso, die Falle schnappte über ihr, dem armen Opfer, zu! Anita war ein solches Gebaren nur allzu vertraut. Eine weitere Verdächtige, die sich bei einer polizeilichen Befragung als Opfer inszenierte! Seltsam war einzig, dass Frau Ströbele durch ihr bisheriges Geständnis den Verdacht auf sich lenkte, Herrn Jennerbier ermordet zu haben.

»Wann wurde Ihnen klar, dass Sie nicht einfach nur seine Ex-Frau eifersüchtig machen sollten?«

»Viel zu spät! Das erkannte ich erst Tage, nachdem Eberhard in seinem Haus verbrannt war.«

»Was haben Sie mit seinem Tod zu tun?«

»Nichts! Eberhard beging Selbstmord!«

»Das soll ich Ihnen glauben?«

»Hören Sie mich bitte zumindest bis zum Ende an! Im Radio hörte ich zum ersten Mal, dass er in seinem Haus verbrannte. Spontan dachte ich, endlich hat er seinem Leiden ein Ende gesetzt. Eberhard hatte Krebs. Durch meine Besuche bei ihm wurde ich Zeugin seines Verfalls. Daher verspürte ich zunächst einfach nur Erleichterung, dass es vorbei war, sowohl für ihn als auch für mich. Ein bisschen fragte ich mich auch, ob er es wenigstens geschafft hatte, seine Ex durch meine bezahlten Auftritte eifersüchtig zu machen. Dann wurde plötzlich die Radfahrerin im pinken Trikot, also ich, polizeilich gesucht! Da geriet ich total in Panik!«

»Wieso gingen Sie nicht zur Polizei und klärten die Sache auf?«

»Das sagt sich so einfach!« Mit einem bedächtigen Nicken fuhr Frau Ströbele fort: »Die überbezahlten Besuche bei Eberhard hatten etwas mit mir gemacht! Eberhard hielt zwar Wort und fasste mich nie an. Anfangs hatte ich noch Angst vor ihm, aber die legte sich. Meistens unterhielten wir uns die Stunde, die ich bei ihm verbrachte, sehr angeregt. Er war in früheren Jahren viel in Afrika unterwegs gewesen und konnte spannend davon erzählen.

In den Tagen meiner Besuche war er ein einsamer, kranker Mann. Ich hatte das Gefühl, mit meinen Besuchen eine gute Tat zu tun. Das war aber nur die eine Seite. Auf der anderen Seite plagte mich mein schlechtes Gewissen, weil ich für meine Besuche viel Geld von ihm nahm.

Freilich redete ich mir ein, er sei reich, da komme es nicht darauf an. Aber ich merkte schnell, dass dies nicht stimmte. Eberhard war pleite, mental am Ende. Was er an Geld auftrieb, gab er sofort wieder für Schnaps aus. Außerdem führten die grünen Scheine dazu, dass ich selbst meinen engsten Freundinnen nie von meinen Besuchen bei ihm erzählte. Ich hatte panische Angst, selbst die würden mir nicht glauben und mich für eine Nutte halten. Wer glaubt auch schon, dass ein Mann wie Eberhard einer jungen Frau für einen Besuch so viel Geld bezahlt, ohne sie anzufassen?

Wenn er mich sehen wollte, rief er auf dem Handy an. Ich musste sofort kommen. Mehrmals musste ich deswegen meinen Freundinnen gegenüber Lügen und Ausreden erfinden. Die Verfolgung durch die zwei Hepsisauer Weibsbilder bestärkte mich in der Annahme, dass alle Frauen mich für ein Flittchen hielten! Eine Aussage bei der Polizei hätte mein Kirchheimer Leben auf peinlichste Weise jäh beendet!«

Entsprachen ihre Worte der Wahrheit? Dann hatte der alte Jäger die junge Frau in eine perfide Falle gelockt. Im Augenblick tendierte Anita dazu, ihr zu glauben.

»Und als Frau Götz in Verdacht geriet? Hätten Sie sich

da nicht zugunsten einer Unschuldigen endlich zu erkennen geben müssen?«

»Hätte ich das? Als sie unter Verdacht geriet, war ich zunächst einfach nur erleichtert. Dann begann ich zu begreifen, wozu Eberhard das Ganze inszeniert hatte: Die Falle galt ihr! Er wollte, dass die Polizei sie für seine Mörderin hielt und sie ins Gefängnis musste!«

Anita musste zugeben, dass es fast so gekommen wäre. Insofern waren die Behauptungen Frau Ströbeles nicht ganz aus der Luft gegriffen.

»Ich erkläre mir das Ganze so«, fuhr Frau Ströbele eindringlich fort. »Eberhard hat gemeinsam mit Frau Götz deren Mann ermordet! Danach lief die Sache dann anders, als er es sich vorgestellt hatte. Deswegen sann er auf Rache. Sollte ich mich wegen einer Mörderin ins gesellschaftliche Aus begeben?«

Anita überlegte. Es gehörte ein gehöriges Maß an Sadismus dazu, einen solchen Aufwand zu betreiben, um einen Menschen leiden zu lassen. Denn unter permanenter Angst gelebt und gelitten hatte Frau Götz mit Sicherheit, nachdem Sie von der Fahndung nach der Radlerin mit dem pinken Trikot erfuhr. Fragte sich nur, warum die Esslinger Kollegen sie nicht befragt hatten. Zumindest stand nichts davon in den Akten. Aber auch diese Ermittlungen hatte Kemmler geleitet. Sie wusste leider zu gut, wie schlampig und vorurteilsbeladen er gearbeitet hatte. Wobei sie ihm auch zutraute, dass er die Dame der Gesellschaft *off records* befragt hatte. Falsch verstandene Ritterlichkeit und der Wunsch, zu denen da oben dazuzugehören, waren bei Ermittlungen fatal.

Jetzt lag es an ihr und ihren Leuten, Jennerbiers Motiv Frau Götz gegenüber herauszufinden. Vorerst galt es ohnehin, noch etwas anderes zu klären:

»Das Handy…«

»…gab mir Eberhard, um mir mitzuteilen, wann ich ihn

besuchen sollte. Ich hatte strikte Anweisung, es sonst nicht zu benutzen.«

»Hat Herr Jennerbier Ihnen etwas über die Herkunft des Handys verraten?«

Frau Ströbele runzelte die Stirn. Sie dachte angestrengt nach.

»Ich glaube, er sagte so etwas wie: Das hat mir eine Freundin von einer Safari mitgebracht.«

Anita und Peter sahen sich an. Hatte Sonja Götz ihm das Handy mitgebracht? War er davon ausgegangen, mit dem Handy eine eindeutige Spur zu ihr legen zu können? War sie dann am Ende doch schlauer als er gewesen?

»Wie haben Sie eigentlich diesen Herman kennengelernt?«, fragte Peter schließlich.

»Der war sozusagen Eberhards Abschiedsgeschenk...«

»Die beiden Männer kannten sich?«, fragte Anita überrascht.

»Ja! Nach der Verfolgung durch die beiden Weibsbilder wollte ich Eberhard nicht mehr besuchen. Er meinte, es sei auch nicht mehr notwendig. Falls ich trotzdem weiterhin mir etwas Taschengeld verdienen wolle, könne er mich einem Freund in Stuttgart weiterempfehlen. Mir war zu dem Zeitpunkt längst klar, dass ich in Kirchheim absolut geliefert wäre, sollte je etwas herauskommen. Außerdem träumte ich schon lange davon, eines Tages in New York zu leben. Stuttgart ist zwar nicht ganz dasselbe...

Ach noch etwas: Bei unserem letzten Telefonat meinte Eberhard, eines Tages würde ich vielleicht eine Waffe brauchen, eine ganz bestimmte sogar. Er verriet mir daraufhin das Versteck seiner Flinte. Damals war ich mir sicher, nie ein Gewehr in die Hand zu nehmen. Seit einiger Zeit frage ich mich, ob er nicht etwas anderes meinte.«

Versonnen sah sie vor sich hin.

»Nämlich was?«, forderte Anita sie zum Weiterreden auf.

»Vielleicht dachte er, ich bräuchte die Waffe, um meine Unschuld zu beweisen. Oder auch die Schuld von Frau Götz?«

»Das kann ich mir schwer vorstellen«, entgegnete Anita. »Schließlich wurden weder Herr Jennerbier noch Herr Götz erschossen.«

Eine Pause trat ein. Anita und Peter hatten die junge Frau gefragt, was zu fragen war. Da fasste Eva Ströbele sich ein Herz und fragte nun ihrerseits:

»Weiß Adrian mittlerweile, dass die SMS von mir stammte?«

Anita musterte die junge Frau eingehend, ehe sie antwortete:

»Er glaubt, eine gewisse Julia habe ihm die SMS gesendet.«

»Oh!«

Frau Ströbele errötete.

»Er ist weiterhin felsenfest davon überzeugt, dass diese Julia versucht hat, ihn umzubringen.«

»Ihn umzubringen?«

Die Arme erblasste sichtlich.

»Ist Adrian etwas passiert?«

»Nein, er hat großes Glück gehabt! Ein anderer Mensch ist an seiner Stelle tot! Zumindest gehen wir derzeit davon aus.«

»Also geht es Adrian gut?«, fragte sie mit hoffnungsvollem Blick.

Anita fragte sich, wie weit das Interesse der jungen Frau an Adrian Götz reichte. Schließlich bejahte sie die Frage mit einem Nicken. Das Wesentliche war gesagt. Frau Ströbele verabschiedete sich. Anita wollte soeben mit Peter das Gehörte durchsprechen, als es an ihrer Tür klopfte. Frau Ströbele steckte noch einmal den Kopf herein.

»Was gibt es noch?«, fragte Anita nicht übermäßig freundlich.

»Äh … es muss doch niemand erfahren, dass ich mich gegen Bezahlung mit Männern traf? Ich meine, schließlich habe ich mit dem Ganzen abgeschlossen! Deswegen warf ich das verdammte Handy auch bei Herman in den Papierkorb! Sie dürfen über die Sache ohnehin mit niemandem reden, oder?«

»Momentan sehe ich keinen Grund, mit Herrn Götz hierüber zu reden. Sollte es zu einem Prozess gegen wen auch immer kommen, kann die Sache hingegen durchaus von Interesse sein.«

Frau Ströbele schluckte sichtlich. Mit einem knappen Nicken verabschiedete sie sich erneut. Anita wartete kurz, ob die Befragte noch einmal zurückkehrte. Dann fragte sie Peter:

»Was hältst du von ihrer Aussage?«

»Klingt für mich ziemlich schräg und abgedreht, eigentlich viel zu schräg und abgedreht für eine Lüge.«

»Du glaubst ihr also?«

Peter nickte.

»Ich auch. Lass uns zusammenfassen, was wir bisher haben: Jörg Götz stirbt beim Sturz vom Mörikefels. In unmittelbarer Nähe ist seine Frau Sonja Götz, die sich bei der anschließenden polizeilichen Befragung in Widersprüche verheddert. Als Motiv könnte man vermuten, dass sie unter ihrem despotischen Mann litt und eine Scheidung für sich nicht als Ausweg aus ihrer Ehe ansah. Durch seinen Tod steht sie finanziell gut da. Sie reist seither durch die Welt. Wobei ich mir noch nicht im Klaren bin, ob dies zur Einschätzung ihrer Psychologin passt.«

»Was meinte die?«

»Dass Jörg Götz ein schwacher Mann war, der die Ängste seiner Frau förderte, statt sie zu bekämpfen. Sonja Götz hatte ihrer Meinung nach hingegen möglicherweise eine abhängige Persönlichkeitsstörung. Ach ja, dann hat sie mir noch erklärt, wie Angstvermeidung die Angst verstärkt!«

»Das hätte ich dir auch erklären können!«, erwiderte Peter stolz. »Schließlich habe ich deswegen kürzlich in der Königstraße eine Banane an der Hundeleine spazieren geführt!«

Anita sah Peter irritiert an. Wollte er sie verarschen? Das traute sie ihm eigentlich nicht zu. Andererseits konnte er das mit der Banane aber auch unmöglich ernst gemeint haben. Eine unangenehme Pause entstand.

»Weiter haben wir Herrn Jennerbier«, fuhr Peter fort. »Der war ebenfalls beim Absturz mindestens in Sichtweite. Obwohl er die Staatsmacht nicht leiden konnte, rief er die Polizei. Tat er dies vielleicht nur, um den Verdacht von sich abzulenken? Jennerbier war ein schwieriger Charakter, der nichts mehr zu verlieren hatte und Jörg Götz dafür hasste, dass der ihm das Wichtigste seines zum damaligen Zeitpunkt beschissenen Lebens nahm: seine Jagd. Außerdem betrieb Jennerbier nach Jörg Götzs Tod einen immensen Aufwand, um Sonja Götz Schwierigkeiten zu bereiten. Da frage ich mich, warum er seinerzeit nicht einfach aussagte, sie habe ihren Mann vom Felsen gestoßen?«

»Vielleicht erpresste er sie mit seinem Wissen?«, mutmaßte Anita. »Frau Götz zahlte ihm etwas Geld, bis Kollege Kemmler die Untersuchungen rasch mit dem Ergebnis eines Unfalltodes abschloss. Dann reiste sie plötzlich durch die Welt und zahlte nicht mehr weiter. Aus Rache dachte er sich dann diesen perfiden Plan aus.«

»Woher nahm er das Geld, um Frau Ströbele zu bezahlen?«

»Vielleicht waren es die Reste ihrer ersten Zahlung?«

»Das kann ich mir nicht vorstellen!« Peter schüttelte zur Bekräftigung seiner Worte den Kopf. »Das Geld hätte er gleich versoffen, es sich nicht über ein Jahr hinweg einteilen können. Warum plante er die monatlichen Besuche von Frau Ströbele nicht im Voraus, sondern ruft sie jeweils kurzfristig an?«

»Du meinst, er bekam das Geld selbst erst kurzfristig? Herr Jennerbier kannte sich gut genug, um zu wissen, wenn Frau Ströbele nicht gleich käme, würde er das Geld komplett versaufen?«

Peter nickte. Dann meinte er:

»Das würde bedeuten, jemand bezahlte ihn dafür, Frau Götz in Schwierigkeiten zu bringen!«

Anita ließ sich diese Möglichkeit durch den Kopf gehen, fand sie aber zu kompliziert. Meist führten die einfachen Wege zum Ziel. Eine Racheaktion von Herrn Jennerbier erschien ihr daher wahrscheinlicher. Zurückgewiesene Männer waren zu vielem fähig. Vielleicht hatte er nie im Auftrag eines anderen gehandelt, sondern aus seinem psychopathischen Innenleben heraus Jörg Götz ermordet und dann ein perverses Spiel mit dessen Witwe getrieben?

Peter erhob sich, um das Büro seiner Vorgesetzten zu verlassen. Als er bereits in der Tür war, rief diese hinter ihm her:

»Sag mal, die Banane: Hast du die wirklich in der Fußgängerzone spazieren geführt?«

Als Antwort schenkte Peter ihr ein Lächeln. Vor Kurzem hätte er sich das noch nicht getraut.

Einen Tag, nachdem sie ihm die vereinbarten hundert Dollar in bar gebracht hatte, stand der Schnüffler vor der Tür ihres Bungalows. Allein der Umstand, dass er hier auftauchte und sie nicht telefonisch in sein Büro einlud, beantwortete ihre Frage.

Carmens Eingeweide verkrampften sich. Hätte sie ihm doch nur nie diesen unseligen Auftrag erteilt! Wider besseres Wissen hatte sie gehofft, dass Toni sie wirklich liebe und ihr treu war.

»Wollen Sie etwas trinken?«, fragte sie.

»Nein, danke.«

Der Schnüffler legte einen braunen, billig aussehenden Umschlag vor ihr auf den Tisch.

»Sind da Beweisfotos drin?«, fragte sie.

Er nickte.

»Von ihr?«

Erneutes Nicken.

»Ich glaube, dann brauch ich vorher eine Stärkung. Sind Sie sicher, dass Sie nichts wollen?«

»Ja, bin ich. Aber tun Sie sich keinen Zwang an.«

In ein Wasserglas schenkte sie sich reichlich Schnaps ein. Diesen stürzte sie in einem Zug hinunter. Es brannte höllisch, aber das war gut so, hoffte sie doch, dass dieser Schmerz sie vor der schlimmeren seelischen Pein ablenken würde.

Mit leicht zitternden Händen griff sie nach dem Kuvert. Es war nicht verschlossen, die Lasche nur umgelegt. Ein Stapel gestochen scharfer Fotos glitt in ihre Hand. Zuoberst das Foto einer jungen Frau. Ein brutaler, durch nichts zu betäubender Stich der Eifersucht traf sie. Die Frau war nicht nur ausnehmend hübsch, sondern besaß kluge, dunkle Augen.

»Ist sie das?«

Die Frage war überflüssig. Der Schnüffler nickte trotzdem.

Carmen hatte ihre Fähigkeit, sich etwas vorzumachen, perfektioniert. Trotzdem war selbst ihr klar, dass sie gegen diese Traumfrau keine Chance hatte.

Vermutlich würde sich der Besuch des Schnüfflers zu Toni rumsprechen und ihn warnen. Würde er daraufhin einfach abtauchen, sich nie mehr bei ihr blicken lassen? Oder würde er sich hertrauen, ihr so wenigstens die Genugtuung verschaffen, ihm eine ordentliche Szene zu bereiten und ihn in die Wüste zu schicken?

Was heißt hier, Sie haben keine Kapazitäten frei?«, fragte Anita Schenk genervt.

»Falls es Ihnen entgangen sein sollte«, erklärte Kommissar Schlüter vom Führungsstab der Bereitschaftspolizei in

Göppingen: »Seit vier Tagen wird in Aalen ein achtjähriges Mädchen vermisst.«

Anita hatte dies nicht mitbekommen, nahm aber zurzeit auch kaum Nachrichten wahr. Sie wusste, was das verschwundene Kind bedeutete: Die Kollegen wurden von einer Flut von Hinweisen überrollt, die fast ausnahmslos in Sackgassen führten. Dennoch mussten sie alle abarbeiten. Für Anita war Aalen weit weg, die Göppinger Kollegen waren aber zuständig.

»Tut mir leid«, fuhr ihr Kollege fort. »Ihr Fall liegt schon Jahre zurück. Falls es die versteckte Waffe noch gibt, liegt die in ein paar Wochen auch noch dort! Ich melde mich bei Ihnen, sobald wir wieder Kapazitäten freihaben.«

Sie verabschiedeten sich förmlich voneinander. Ein paar Wochen! Der hatte leicht reden. In diesem Augenblick klingelte ihr Telefon erneut. Frau Ströbele war dran und meinte:

»Mir ist noch was eingefallen.«

»Was?«

»Ich weiß nicht, ob es wichtig ist, aber bei unserem letzten Telefonat meinte Eberhard, die Lösung des Ganzen läge in Afrika. Damals dachte ich, der sei einfach nur betrunken und rede sinnloses Zeug. Aber eigentlich wirkte er bei dem Telefonat klar auf mich. Vielleicht wollte er mir damit etwas Wichtiges sagen?«

Anita bedankte sich und legte auf. Afrika? Dr. Ludger würde ihr nie und nimmer eine Dienstreise dorthin genehmigen! Vorher musste sie ohnehin Herrn Götz fragen, was er über Verbindungen seiner Schwägerin und seines Bruders mit Afrika wusste. Wenn sie selbst nicht hinfliegen durfte, könnte sie stattdessen ja … Ehe Anita den Gedanken zu Ende führen konnte, platzte Peter in ihr Büro.

»Die Liste des Försters mit Bürgern, die sich über Mountainbikefahrer beschwerten, ist endlich eingetroffen.«

»Und?«

»Leider gar keine Übereinstimmung mit den Käufern der Perlonschnur.«

»Haben sich Zeugen gemeldet?«

Er schüttelte den Kopf.

»Also eine Sackgasse?«

Peter nickte. Anita seufzte. Das wäre auch wirklich zu einfach gewesen.

»Immerhin fährt Herr Götz den Woodpecker-Trail fast täglich, manchmal auch mehrmals. Da ist es nicht so unwahrscheinlich, dass die Falle beinahe ihn erwischt hätte«, meinte Peter abschließend.

Er war täglich die Strecke gefahren? Anita schmunzelte, da sie den Grund hierfür ahnte. Ob Frau Ströbele dem Ruf ihres Herzens schon weiter gefolgt war?

Am Abend klingelte eine aufgeregte junge Frau an einem gesichtslosen Haus in der Gebelsbergstraße. Ahnungslos, wer das sein mochte, da seine Tochter Annika unterwegs war, öffnete Adrian die Tür. Überrascht rief er aus:

»Julia?«

Ihre Schultern hingen herab, ihr Blick war auf den Boden gesenkt und ihr Gesicht drückte absolute Zerknirschung aus.

»Nein, nicht Julia! Mein echter Name ist Eva, Eva Ströbele. Ich glaube, ich schulde dir einige Erklärungen. Darf ich reinkommen?«

Ohne zu zögern, ließ er sie ein. Im Wohnzimmer nahmen sie einander gegenüber Platz. Eva begann damit, sich alles, was sie belastete, von der Seele zu reden. Adrian hörte gebannt zu. Als sie geendet hatte, saßen sie sich eine Zeit lang schweigend gegenüber. Dann fasste Adrian zusammen:

»Du bist dir also sicher, dass meine Schwägerin meinen Bruder durch diesen Wilderer ermorden ließ?«

»Es sieht für mich zumindest danach aus. Warum sonst sollte sich Eberhard solche Mühe gegeben haben, deine Schwägerin unter Verdacht zu bringen, Jörg ermordet zu haben?«

Eva hoffte inständig, Adrian würde nie herausbekommen, dass sie sich gegen Bezahlung noch mit einem anderen Mann getroffen hatte. Einem Mann, dessen Körper ihr gefallen hatte und bei dem sie weitergegangen war. Adrian hatte momentan jedoch ganz andere Dinge im Kopf.

»Warum spioniertest du hinter mir her?«

Er sah sie dabei mit einem vorwurfsvollen Blick an, der sie betreten wegsehen ließ. Sie schluckte schwer. Dann begann sie zögernd:

»Das ist diffizil zu erklären. Als ich realisierte, dass ich mich aus Geldnot in etwas hatte hineinziehen lassen …« Eine Geldnot, dachte sie bitter bei sich, die letztendlich nur auf meinem zu exquisiten Geschmack beruhte.

»Ich wollte einfach kapieren, was da ablief. Über die Medien erfuhr ich viel über den Absturz deines Bruders und den Verdacht gegen deine Schwägerin. Sie war abgetaucht und du warst als einziger Lebender für mich greifbar. Aus Neugierde suchte ich dein Haus. Morgens wartete ich darauf, dich mal aus der Ferne zu sehen. Ich sah dich dann tatsächlich in dein Auto steigen und davonfahren. Deine Nachbarin beobachtete wiederum mich dabei und sprach mich an. Wir unterhielten uns über dich. Von ihr erfuhr ich vieles, unter anderem, dass du oft samstagnachmittags mit deinem Bike durch den Wald fährst. Am Marienplatz konnte ich dich auflauern, ohne Verdacht zu erregen. Je länger ich das tat, ohne dich anzusprechen, desto schuldiger fühlte ich mich.«

»Schuldig? Woran?«

Ihr Gesicht drückte eine solche Hilfsbedürftigkeit aus, dass er sie soeben schützend in den Arm nehmen wollte, als sie sagte:

»Du sahst so unglücklich aus. Ich dachte immer, der Tod deines Bruders sei Teil deines Unglücks. Ich wusste Dinge über seinen Tod, die ich dir so lange vorenthielt!«

Anita hatte noch vom Büro aus versucht, bei Bernhard anzurufen. Wie erwartet nahm er erneut nicht ab. Seine Weigerung, auch nur wenige Minuten am Telefon mit ihr zu sprechen, ärgerte und frustrierte sie. Gestern Abend, am Telefon, hatte sie die Einladung zum Abendessen im Schwarzwald nicht annehmen wollen und offen gelassen, ob sie heute käme. Jetzt sagte sie zu.

Wenigstens gibt es noch einen Mann, dachte sie bitter, der sich ehrlich freut mich zu sehen.

Ihre Gefühle hinsichtlich des bevorstehenden Treffens waren gemischt. Ganz sicher hatte sie jedoch keine Lust auf einen weiteren einsamen Abend. Außerdem suchte sie Antworten auf drängende Fragen. So steuerte sie ihren Wagen durch den Berufsverkehr über die Bundesstraße 295 in den Schwarzwald. Via Calw und Wildbad erreichte sie Kaltenbronn. Um die Begegnung hinauszuzögern, entschied sie sich zunächst für einen Spaziergang auf dem Hohloh. In den letzten Tagen hatte es merklich abgekühlt, und so war der Parkplatz fast leer. Anita stieg aus und sog die frische, kühle Luft tief ein. Den Kopf leicht gesenkt lief sie Richtung Aussichtsturm. Der Blick von dort war ein weiteres Mal überwältigend. Dank der klaren Luft reichte er Richtung Süden bis zu den schneebedeckten Gipfeln der Berner Alpen. Da kamen sich die norddeutschen Flachlandbewohner so weltläufig vor, glaubten, ihr Horizont sei weiter als hier im Süden. Dabei war in Wirklichkeit deren Horizont meist kaum fünf Kilometer entfernt, während sie hier soeben zweihundertfünfzig Kilometer weit sehen konnte! Anita genoss den Fernblick noch einige Minuten. Dann seufzte sie und begab sich wieder auf den Abstieg. Es brachte nichts, die Begegnung länger vor sich herzuschieben.

Das Haus ihres Vaters lag ein Stück unterhalb des Ortes, nicht weit vom Wald. Haus und Garten waren ziemlich heruntergekommen. Anita verspürte Gewissensbisse. Ihr Vater konnte altershalber beides nicht mehr instand halten. Sie als einziges Kind hätte sich um ihn kümmern sollen.

Kaum hatte sie den Motor ausgemacht, als sich die Haustür öffnete. Eine gebeugte, hagere Gestalt mit schlohweißem Haar erschien. Auf der Straße hätte sie ihn nicht erkannt. Ihre Gewissensbisse verstärkten sich. Durch den zugewucherten Garten ging sie ihm entgegen. Seine dunkelbraune Hose war fleckig, seine hellbraune Wolljacke schäbig. Vermutlich erhielt er nie Besuch, sah ihn nie jemand in diesem Aufzug. Als sie ihm ein angedeutetes Küsschen auf die Backe hauchte, ertrug sie seinen Geruch nach altem Mann und Urin kaum.

»Ich habe dir dein Lieblingsessen gekocht«, sagte er mit brüchiger Stimme.

»Danke Papa, aber eigentlich bin ich hier um Antworten zu erhalten.«

»Die bekommst du. Schließlich hielt mich die letzten Jahre nur die Hoffnung, dir diese Antworten geben zu dürfen, noch am Leben.«

Da war er wieder, sein Zynismus. Wie sie diesen hasste! Trotzdem marterten seine Worte ihr Gewissen.

»Aber vorher«, fuhr er fort, »gibt es erst einmal Schlesisches Himmelreich.«

»Okay.«

Nach dem Verschwinden ihrer Mutter hatten ihr Vater und sie auf sich allein gestellt ein äußerst enges Verhältnis gepflegt. Er hatte als Vierjähriger das Trauma der Vertreibung aus Masuren erlitten und war mit seiner Mutter in Freudenstadt gestrandet, zumindest körperlich. Mental war er nie in der BRD angekommen, sondern hatte sich zeit seines Lebens im Zustand eines aus dem Paradies Vertriebenen befunden. Als kleines Mädchen hatte auch sie geglaubt, es gebe ein fernes Land, in dem das Leben viel besser sei.

In jener Zeit war Schlesisches Himmelreich tatsächlich ihr Lieblingsessen gewesen. Es hatte ihr Trost vermittelt und die Hoffnung, es könne auch für sie eines fernen Tages wieder ein besseres Leben geben. Das war über dreißig Jahre her.

In der Küche schöpfte er ihr reichlich Dörrobst und Schweinebauch auf den Teller. Sie konnte es nicht fassen, diese seltsame Kombination einmal tatsächlich gemocht zu haben.

Ihr Vater löcherte sie während des Essens mit Fragen nach ihrer Arbeit und ihrem Privatleben. Anita beantwortete diese knapp bis einsilbig. Dann war das Essen endlich vorüber. Ihr Vater meinte:

»Also gut, lass uns in die Stube gehen. Dort beantworte ich deine Fragen, soweit ich es vermag.«

Sie folgte ihm in den kaum genutzten Raum. Auf dem Couchtisch stand eine geöffnete Zigarrenkiste. Die Sperrholzschachtel enthielt den größten Schatz ihres Vaters: alte Schwarz-Weiß-Aufnahmen. Das oberste Foto verursachte ihr körperliche Übelkeit.

»Nimm es weg!«, fuhr sie ihn an. »Darüber will ich heute nichts hören!«

Was bildete er sich ein? War doch dieses Foto, genau genommen eine andere vergilbte Aufnahme des gleichen Motivs, erst die Ursache ihres sozialen Todes in der achten Klasse des Gymnasiums gewesen und Jahrzehnte später ihres Zerwürfnisses mit ihrem Vater.

»Es ist deine Geschichte und du wirst dich ihr eines Tages stellen müssen!«, keifte er zurück.

»Vielleicht eines Tages, aber sicher nicht heute!«

Sie standen einander gegenüber und funkelten sich an. Ein Johari-Fenster öffnete sich. Ihr inneres Auge verließ ihren

Körper und ließ sie die Szene von außen betrachten. Sie sah Vater und Tochter, die sich nicht nur in ihrer Konfliktbereitschaft glichen.

Noch in der Nacht war Anita zurück in ihre Wohnung gefahren. Im Auto war ihr die Unwahrscheinlichkeit der Erfüllung ihrer Hoffnung bewusst gewesen. Trotzdem hatte sie sich gewünscht, Bernhard im ehelichen Bett vorzufinden. Enttäuscht machte sie sich eine Wärmflasche und kroch alleine unter die Decke.

Am Samstag schlief sie lang. Dann ging sie, was sich ihrer Meinung nach bisher für sie allein nicht gelohnt hatte, zum Bäcker. Anschließend frühstückte sie ausgiebig. Statt aufs Präsidium zu fahren, arbeitete sie am Frühstückstisch Akten durch. Ein leerer Tag lag vor ihr. Sie überlegte, einen Ausflug auf die Alb zu machen. Vielleicht einen Spaziergang durch die Wacholder-Heide des Randecker Maars? Sie schüttelte ihr Haupt. Im jetzigen Stadium würde sie die Ermittlungen ohnehin nicht aus dem Sinn bekommen. Trotzdem musste sie raus, ihr fiel die Decke auf den Kopf. Nach kurzem Überlegen rief sie bei Herrn Götz an. Dieser hatte Zeit und so machte sie sich auf den Weg.

»Machen Sie Fortschritte?«, wurde sie von ihm empfangen.

»Ich berichte Ihnen gleich davon. Wo finde ich Ihre Tochter?«

»Treppe hoch, dann erste Tür rechts. Ich habe Annika Ihr Kommen angekündigt.«

An der Tür prangte ein knallgelbes Schild mit der Aufschrift: *Eintritt für Erwachsene verboten!*

Anita klopfte, woraufhin umgehend »Herein!« ertönte.

Die Kommissarin trat ein. Auf dem Bett lag bäuchlings eine pausbäckige, blondierte Jugendliche mit gelangweilten

Augen, die auf ihr Smartphone blickte. Ihre knappe Jeansbluse entblößte ein Dekolleté. Als Mutter würde Anita sich unweigerlich Sorgen um das junge Ding machen.

»Hallo!«, grüßte Anita freundlich.

»Hallo«, kam es gelangweilt zurück.

Annika machte keinerlei Anstalten, ihr Smartphone wegzulegen.

»Darf ich mich setzen?«, fragte Anita.

»Wenns sein muss.«

Anita nahm an einem Schreibtisch Platz, auf dem ein aufgeschlagenes Englischbuch lag. Sie ließ ihren Blick durch das Zimmer gleiten. Die üblichen Poster von Teenie-Idolen fehlten. Stattdessen zierten Plakate von Berkley und der University of California die Wände.

»Willst du zum Studium nach Kalifornien?«

»Mh.«

»Ist deine Mutter dort?«

»Nö.«

»Weiß du, wo deine Mutter ist?«

»Mh.«

»So? Dein Vater sagt, er wisse es nicht.«

»Der tut nur so!«, antwortete Annika zornig. Erstmals sah sie an ihrem Smartphone vorbei die Kommissarin an. »Dem ist es peinlich, dass sie sich von seinen Unterhaltszahlungen das Leben mit einem Loverboy finanziert!«

»Und du?«, entgegnete Anita ruhig. »Ist dir das nicht peinlich?«

Sie zuckte mit den Achseln, ehe sie erwiderte:

»Jeder muss selbst wissen, wie er leben will.«

»Auf Veranlassung deines Vaters untersuchen wir den Tod deines Onkels Jörg neu.«

»Jörg war ein Psycho! Und obendrein ein Arschloch!«

»Wie kommst du darauf?«

»Der hat sich dran aufgegeilt, Tante Sonja leiden zu lassen.«

»Deine Tante hat ihn immerhin geheiratet. Vielleicht mochte sie es ja, sich von ihm so behandeln zu lassen?«

»Nein!«

»Bist du sicher?«

»Ja! Sie mag eigentlich Männer wie Dave, die aufmerksam ihr gegenüber sind, sie mit Respekt behandeln! Wahre Gentleman eben!«

»Hast du Dave persönlich kennengelernt?«

»Klar!« Sie nickte eifrig mit dem Kopf. »Vor drei Jahren verbrachte ich die Sommerferien bei ihm. Er erzähle irre Geschichten von seiner Zeit in Berkley. Deshalb will ich nächstes Jahr auch dorthin!« Mit dem Finger zeigte sie auf das Plakat der amerikanischen Elite-Uni. Ihr Gesicht nahm einen verträumten Ausdruck an.

»Warst du auf der Hochzeit der beiden?«

»Nein«, Annika schüttelte betrübt den Kopf. »Vor ihrer Heirat musste ich wieder zurück in die langweilige Schule.«

»Na, dann hat deine Tante ja doch noch Glück in Liebesdingen gehabt.«

»Eben nicht!« Annikas zuvor betrübter Blick wurde traurig. »Dave ist noch auf ihrer Hochzeitsreise beim Fallschirmspringen verunglückt.«

Nachdenklich verließ die Kommissarin das Jugendzimmer. Diese Sonja Götz war also tatsächlich mindestens zweimal verheiratet gewesen. Auch ihr zweiter Gatte war in den Tod gestürzt. Also doch eine Schwarze Witwe?

Adrian hatte Kaffee gekocht und beim Bäcker eine Auswahl an Kuchen besorgt. Eine einzelne Aster erhob sich aus einer schlanken Vase auf der mit weißem Porzellan gedeckten Kaffeetafel. Der Hausherr stand davor und sah der Kommissarin erwartungsvoll entgegen.

Anita war es nicht gewohnt, dass jemand sich so viel Mühe gab und dementsprechend gerührt. Er schenkte ihr Kaffee ein, während sie ihm von der Sackgasse ihrer Ermittlungen bezüglich des toten Radfahrers berichtete. Er hörte aufmerksam zu. Als sie geendet hatte, fragte er:

»Heißt das, Sie werden den Täter nie schnappen?«

»Falls es tatsächlich ein Irrer war, der irgendeinen Mountainbiker treffen wollte, stehen unsere Chancen schlecht. Es sei denn, es meldet sich doch noch ein Zeuge.«

»Und wenn der Anschlag auf dem Woodpecker-Trail mir galt?«

»Wer aus Ihrem Umfeld besitzt ein Motiv?«

»Mich zu ermorden?«

Sie nickte.

»Sie meinen jemand, den ich persönlich kenne?«

»Falls es ein gezielter Anschlag auf Sie war, ist hiervon auszugehen.«

Diese Frage hatte er sich bisher noch nicht gestellt. Der Schock war ihm anzusehen. In seinem Gesicht arbeitete es. Schließlich antwortete er sichtlich verstört:

»Da fällt mir niemand ein.«

Sie glaubte ihm nicht. Seine Verstörung konnte nur bedeuten, dass er auf eine ihm unangenehme Antwort gestoßen war.

»Haben Sie gemeinsam mit Ihrem Bruder und Herrn Jennerbier etwas angestellt, für das sich jemand an Ihnen dreien rächen will?«

»Nein!«

»Sicher?«

»Ich kannte Herrn Jennerbier nicht einmal, bin ihm nie in meinem Leben begegnet!«

Er zeigte seine Verärgerung deutlich. Unbeeindruckt fuhr Anita fort:

»Haben Sie einen Geschäftspartner über den Tisch …«

»Nein!«
»Wie sieht es mit Lebensversicherungen …«
»Habe ich keine!«
»… oder Ihrem Testament aus?«
»Mein Geld erhält weitgehend meine Tochter Annika.«
»Was heißt weitgehend?«
»Ein kleiner Teil geht auch an meine geschiedene Frau.«
»Klein? Wie klein?«
»Klein eben!«, entgegnete er gereizt.
Sie musterte ihn auffordernd. Er blickte stur zurück.
»Also fällt Ihnen niemand ein?«, meinte sie schließlich.
Er nickte unwillig. Die Kommissarin beschloss, es dabei bewenden zu lassen, zumindest vorläufig. Um seine Stimmung wieder etwas aufzulockern, meinte sie:
»Vor dieser Julia brauchen Sie übrigens keine Angst zu haben.«
Amüsiert registrierte sie sein Erröten.
»Das habe ich zwischenzeitlich auch gemerkt«, entgegnete er verlegen.
Anita sah ihn lächelnd an, zog ihre Augenbrauen fragend in die Höhe. Schließlich durfte man nicht nur als Kommissarin, sondern auch als Frau neugierig sein.
»Sie hat sich bei mir gemeldet und alles erklärt!«, fuhr er daraufhin fort.
Anita war sich sicher, dass Frau Ströbele etwas für sich behalten hatte. Aber das sah sie ihr nach. Stattdessen sagte sie:
»Wenigstens wissen Sie Bescheid, dass wir vorläufig nichts weiter unternehmen können.«
»Warum nicht?«, fragte er missmutig.
»Die Akte Ihres Bruders wurde seinerzeit von der Esslinger Staatsanwaltschaft mit einem selbst verschuldeten Unfall als Todesursache geschlossen. Ich lehnte mich schon weit aus dem Fenster, die Ermittlungen neu aufzunehmen. Letztendlich lässt sich dies nur mit einer Prellung unklarer Herkunft

auf dem Brustkorb Ihres Bruders begründen. Die Prellung könnte von einem Stoß mit einem Stock stammen, durch den der Absturz verursacht wurde. Dann läge Fremdverschulden und somit Mord vor.

Diesen Verdacht konnten wir leider nicht weiter erhärten. Wir haben mehr als genug zu tun. Daher müssen wir unsere Ermittlungen in Bezug auf Ihren Bruder vorläufig wieder einstellen. Sollten sich neue Hinweise ergeben, werden die Ermittlungen natürlich sofort wieder aufgenommen.«

Nun, das stimmte nicht ganz. Eine Spur würden sie noch weiter verfolgen. Aber die Suche nach Jennerbiers Waffe erschien ihr wenig Erfolg versprechend und würde erst stattfinden, wenn die Göppinger Bereitschaftspolizei wieder ausreichend Kapazitäten freihatte. Das konnte dauern. Besser, sie schraubte seine Erwartungen herunter.

»Aber Eva ist sich doch sicher«, entgegnete er verzweifelt, »dass meine Schwägerin diesen Wilderer anheuerte, um Jörg ermorden zu lassen!«

»Hierbei handelt es sich um nichts weiter, als eine Vermutung Frau Ströbeles! Derzeit gehen wir davon aus, dass es sich bei Herrn Jennerbiers Tod um einen Suizid handelt. Er war schwer krebskrank und hatte nur noch kurze Zeit zu leben. Außerdem war er pleite und die Bank war kurz davor, sein Haus zu pfänden.«

»Von Eva weiß ich, dass er viel Geld und Mühe darin investierte, seinen Tod meiner Schwägerin in die Schuhe zu schieben. Warum sollte er dies getan haben, wenn Sonja keinen Dreck am Stecken hat?«

»Mysteriös ist das schon, aber es ist kein Beweis für was auch immer.«

»Wo bleibt da die Gerechtigkeit!«, rief er gequält aus.

Adrian Götz brütete düster vor sich hin. Anita bedauerte, dass er ihr keine Vorwürfe machte. Dann wäre es ihr ein Leichtes, sich jetzt zu verabschieden. So brachte sie es nicht fertig. Ganz unprofessionell litt sie an seinem ungestillten Verlangen nach Gerechtigkeit mit.

»Was hätte es wohl gekostet, den Wilderer für den Mord an Jörg zu engagieren?«, fragte er schließlich.

Anita zögerte, antwortete aber schließlich wahrheitsgemäß: »Außerhalb der organisierten Kriminalität sind sogenannte Killer meist Dilettanten. In England hat vor ein paar Jahren ein Jugendlicher für weniger als zweihundert Pfund gemordet. Herr Jennerbier würde in das Schema eines solchen Dilettanten durchaus reinpassen.«

»Wie tröstlich!«, meinte Adrian sarkastisch. »Sonja hätte ihn also zum Schnäppchenpreis als Killer engagieren können!«

»Es gibt aber noch eine andere Möglichkeit.«

»Nämlich?«

»Ihre Schwägerin galt als sehr ängstlich und ... äh ... unterwürfig.«

»Ich bin nicht blind und habe durchaus gesehen, was zwischen Jörg und Sonja ablief!«

»Die beiden waren häufig in Hepsisau ...«

»Klar, Jörg hatte dort schließlich eine Jagd gepachtet!«

»Die zuvor Herrn Jennerbier auf Ihres Bruders Betreiben hin von den Behörden abgenommen worden war! Der Mann hatte mit seinem Leben weitgehend abgeschlossen. Ihr Bruder nahm ihm mit der Jagd sein Wichtigstes. Vielleicht stieß Herr Jennerbier aus eigenem Antrieb ihren Bruder vom Felsen. Ihre Schwägerin war zufällig Zeuge. Herr Jennerbier zockte dann, ob er sie einschüchtern und noch was aus ihr rausholen kann.«

»Das klingt mir äußerst gewagt!«

»Herr Jennerbier war ein Spieler, der sein ganzes Erbe verzockte. Wenn sich die Witwe in ihrer ersten Panik darauf einließ und der Polizei gegenüber eine Falschaussage machte, war es hinterher nicht mehr so einfach für sie, da wieder rauszukommen.«

»Womit hätte er Sonja schon Angst machen können?«, fragte er sarkastisch. »Zu drohen, er erschießt sie? Ich bitte Sie!«

»Vielleicht mit der Drohung der Polizei gegenüber auszusagen, Sie habe ihn zu diesem Mord angestiftet?«

»Das ist doch lächerlich!«

»Für einen Menschen mit ihrem Selbstbewusstsein schon. Eine unsichere Person lässt sich davon durchaus einschüchtern.«

Es war Herrn Götz anzusehen, dass er das Gehörte erst einmal verarbeiten musste. So genehmigte Anita sich noch einen Träubleskuchen mit Baiser. Professionell wäre es, spätestens jetzt zu gehen. Schließlich konnte aus dieser Diskussion nichts Gutes erwachsen. Diese Dinge gehörten mit ihrem Team diskutiert.

Aber die liebevoll gedeckte Kaffeetafel war in diesem Moment eine Insel im Meer der Einsamkeit. Und Anita verstand, dass Herr Götz Gewissheit haben wollte. Schließlich äußerte ihr Gastgeber seufzend:

»Klingt für mich ganz schön pervers.«

»Aber möglich! Zumindest sehen es Staatsanwalt und Richterin so. Daher wird es keinen Haftbefehl gegen Ihre Schwägerin geben.«

»Warum nicht?«, fragte er widerwillig. »Sie verdächtigen Sonja soeben doch, einen Killer auf meinen Bruder angesetzt zu haben!«

»Nein! Wir halten dies für eine von mehreren Möglichkeiten. Und offen gesagt: Ohne ein äußerst unwahrscheinliches Geständnis Ihrer Schwägerin wird sich nach drei Jahren nichts mehr beweisen lassen. Ich bedauere, dies sagen zu müssen: Was auch immer Ihre Schwägerin getan haben mag, es wird für sie keine juristischen Konsequenzen haben.«

Er erhob sich. Fassungslos stand er vor ihr, starrte mit offenem Mund auf sie herab. Anita fühlte Reue. Die Worte waren ihr rausgerutscht. Allerdings entsprachen sie ihrer ehrlichen Auffassung.

»Ist das Ihr Ernst?«, fragte er schließlich leise.

Sie nickte.

»Das kann doch nicht sein!«, brauste er auf. »Ich muss doch irgendetwas tun können!«

»Finden Sie sich damit ab! Das ist das Beste, was Sie tun können!«

»Und das Zweitbeste?«

»Besteht ebenfalls darin, sich damit abzufinden, dass Ihr Bruder möglicherweise ermordet wurde und sein Mörder mittlerweile ebenfalls tot ist!«

»Aber ...«

»Nichts aber! Ich gehe jetzt! Tschüss!«

Sie wandte sich ab und setzte sich Richtung Ausgang in Bewegung.

»Wenn Sie nichts weiter für mich tun, wende ich mich halt an einen Privatdetektiv!«, rief er hinter ihr her.

Sie verlangsamte ihre Schritte, zögerte, blieb stehen und drehte sich um:

»Das bringt doch nichts! Verwenden Sie Ihr Geld für was Sinnvolleres!«

»Sinnvoller als Gerechtigkeit?«

Da war er wieder, der Begriff oder genauer das hinter ihm stehende Ideal, das sie als Pubertierende empört, Jahre später zur Polizei gebracht hatte und sie bis heute antrieb. Anita bemühte sich, äußerlich möglichst ruhig zu bleiben. Im Wissen, dass ihr dies nicht gelingen würde, versteckte sie ihre Erregung unter Aggressivität:

»Was hoffen Sie zu finden? Ein Tagebuch Ihrer Schwägerin, in dem sie notierte: Heute habe ich Herrn Jennerbier als Killer für meinen Mann angeheuert? Eine Rechnung von Jennerbier für einen Auftragsmord mit Steuernummer und freundlichen Grüßen?«

Er lächelte auf eine äußerst sympathische und gewinnende Weise, ehe er erwiderte:

»Frau Kommissarin, Sie besitzen ja Humor! Wer hätte das von einer deutschen Polizeibeamtin gedacht.«

Anita entspannte sich wieder, lächelte ebenfalls. Sie mochte diesen Mann. Er spürte ihre Offenheit und fragte:

»Können Sie mir nicht einen besonders guten Privatdetektiv empfehlen? Einen, bei dem mein Geld nicht ganz so schlecht angelegt ist?«

Sie zögerte. Ihr war kürzlich selbst schon der Gedanke gekommen, jemand anderen mit den Ermittlungen in Afrika zu beauftragen. Schließlich meinte sie:

»Ich kann Ihnen keinen Privatdetektiv empfehlen. Aber der beste Kollege den ich je hatte, Roland Berger, ist frühzeitig aus dem Dienst ausgeschieden. Seither lebt er mit seiner Frau in der Türkei. Ich könnte ihn fragen, ob er nicht etwas Abwechslung braucht und Lust auf eine Reise nach Afrika hat.«

»Wunderbar, tun Sie das!«, entgegnete Adrian Götz. Ein Strahlen lag in seinem Gesicht.

Du hast was?«, rief Anita ungläubig in den Hörer.

»Heute beim Joggen mit einem Schaf darüber diskutiert, ob ich ihm ein Bier spendiere oder nicht«, erwiderte Roland ruhig. »Genau genommen war es kein Schaf, sondern ein Lamm. Es bat mich um ein Bier. Ich räumte meine grundsätzliche Bereitschaft ein, ihm eins zu spendieren. Aber da ich glaube, seine hinter ihm stehende Mutter schicke ihn vor und es das Bier umgehend an seine Mutter weitergeben werde, spendierte ich ihm keins. So diskutierten wir eine Weile miteinander.«

Anita schwieg peinlich berührt. Offensichtlich stand es um den psychischen Gesundheitszustand ihres ehemaligen Kollegen besorgniserregend schlecht. Roland war wegen seiner labilen Psyche vorzeitig pensioniert worden. Dass es so weit mit ihm gekommen war, hatte sie allerdings nicht erwartet.

In diesem Augenblick dröhnte sein schallendes Lachen durch den Äther. Roland fuhr fort:

»Keine Sorge Anita, ich habe mich nicht wirklich mit einem Lamm unterhalten. Die ganze Unterhaltung fand nur in meiner Fantasie statt. Das Nichtstun ist nix für mich. Wenn es so weitergeht, rede ich eines Tages wirklich noch mit Schafen. Was ist der Grund deines Anrufs? Hast du eine Arbeit für mich?«

»Arbeitest du nicht mehr als Sicherheitschef im Hotel?«

»Nein, nach allem, was passiert ist und was Omar für mich und Melek getan hat, kann ich den Job nicht mehr gut machen. Ich stehe zu tief in Omars Schuld. Sobald ich im Hotel wieder anfinge, würde Omar im Gegenzug Gefälligkeit um Gefälligkeit von mir einfordern, bis ich einer dieser korrupten Sicherheitsfuzzis wäre. Da fange ich lieber erst gar nicht wieder an!«

»Was machst du dann den lieben langen Tag?«

Er seufzte schwer:

»Für einen Schwaben ist es kaum auszuhalten, aber ich tue den ganzen Tag über praktisch nichts. Melek ist mittlerweile Junior-Managerin in einem anderen Hotel. Sie geht total in ihrer Arbeit auf, ist kaum noch zu Hause und verdient gutes Geld. Gemeinsam mit meiner Pension geht es uns finanziell mehr als gut. Aber ich langweile mich hier zu Tode.«

Anita zögerte. Es klang so, als wäre er über ihren Auftrag mehr als froh. Andererseits …

»Du hast doch was für mich, oder?«, drängte er.

»Eigentlich schon, aber …«

»Keine Sorge, ich bin mental absolut gesund! Lass hören!«

Anita zögerte. Andererseits war ihr Auftrag einer jener Sorte, die eine gewisse Verrücktheit benötigte. So schob sie ihre Bedenken beiseite. Knapp umriss sie ihren aktuellen Fall, bis hin zu Herrn Götzs Suche nach einem Privatermittler. Roland hörte aufmerksam zu. Als sie geendet hatte, meinte er:

»Ich komme mir so überflüssig vor, dass ich gerne den Auftrag übernehme. Nur hast du selbst gesagt, dass sich der Mordauftrag kaum beweisen lassen wird. Was soll es also bringen, nach Afrika zu fliegen?«

»Im Hinblick auf einen möglichen Mordauftrag Frau Götzs an ihrem Mann nichts. Aber du könntest dort auf etwas ganz anderes stoßen, für das Frau Götz viel härter bestraft werden könnte ...«

Anita erläuterte es ihm. Roland hörte gebannt zu. Nachdem Anita geendet hatte, herrschte kurzes Schweigen. Schließlich meinte Roland:

»Die Sache hört sich unglaublich an, vor allen Dingen unglaublich spannend! Ich übernehme den Auftrag! Sag Herrn Götz, er soll mich anrufen. Wir werden uns dann schon einig.«

»Bist du sicher?«

»Ja.«

»Willst du Melek nicht wenigstens vorher fragen, was sie davon hält?«

»Nein, auf keinem Fall! Ich komme mir jetzt schon wie ein Weichei und Pantoffelheld vor! Da werde ich gerade noch meine Frau fragen, ob sie mir ein Abenteuer in Afrika erlaubt!«

»Immerhin ist es Afrika. Falls meine Vermutungen zutreffen, steckt die dortige Polizei in der Sache mit drin. Die werden nicht begeistert sein, wenn du ankommst und Fragen stellst. Wenn du denen auf die Füße trittst, fackeln die nicht lange!«

»Keine Angst!«, meinte Roland. Anita konnte sein grinsendes Gesicht förmlich vor sich sehen. »Ich habe schon eine Idee, wie ich die Sache anfange, ohne in Schwierigkeiten zu geraten.«

Am nächsten Morgen fuhr Anita wieder im ICE nach Mannheim. Dieses Mal hatte sie einige Beamte zur Befragung einbestellt. Polizeihauptmeister Müller war noch nicht darunter. Der Kommissarin war klar, dass dies den Unmut unter den Mannheimer Polizisten zusätzlich erhöhte. Aber es war wichtiger, eine Arbeit sauber zu erledigen, als Beliebtheitswettbewerbe zu gewinnen.

Beim Betreten *ihres* Mannheimer Büros roch sie es sofort. Anita brauchte nicht lange zu suchen. Das Objekt war mitten auf ihrem Schreibtischstuhl platziert. Sie schluckte kurz, dann hob sie den Telefonhörer ab. Es überraschte sie nicht, von Präsident Varnholts Sekretärin abgewimmelt zu werden.

»Richten Sie Herrn Varnholt aus«, blaffte Anita kühl, »dass er den Drehstuhl in meinem Büro austauschen lassen soll!«

Ohne eine Antwort abzuwarten, knallte sie den Hörer auf die Gabel. In diesem Augenblick betrat Kommissar Semerenko durch die offenstehende Tür ihr Büro.

»Was ist mit Ihrem Stuhl?«, fragte er neugierig.

Offensichtlich hatte er durch die Tür ihr Telefonat mit Varnholts Sekretärin verfolgt. Vermutlich war er der Einzige im Gebäude, der nicht Bescheid wusste. Das Gefühl ausgeschlossen zu sein war viel schlimmer, als der Gestank und der unappetitliche Anblick des Sitzmöbels. Ohne ihn einer Antwort zu würdigen, schob sie das stinkende Teil an ihm vorbei in den Flur. Mochten andere sich darum kümmern.

»Oh Gott!«, entfuhr es einem fassungslosen Semerenko. »Wer hat Ihnen das angetan?«

»Das werden wir vermutlich nie herausfinden!«, meinte Anita grimmig. »Wobei das auch nicht wichtig ist. Lassen Sie uns stattdessen lieber heute unseren Job ganz besonders gründlich tun! Warten die Herren schon auf uns?«

Semerenko nickte und sah sie besorgt an. Seinen Blick ignorierte sie geflissentlich. Wie so oft drückte sie entschlossen ihr Kreuz durch und demonstrierte nach außen Stärke.

Die Atmosphäre der Golden Safari Lodge strotzte vor Testosteron. Roland fühlte sich auf Anhieb wohl. Gestern war er nach Einbruch der Dunkelheit angekommen. Jetzt genoss er ein cholesterinverseuchtes, fleischlastiges Frühstück.

Wohlig gesättigt schlenderte er anschließend über das weitläufige Gelände in Richtung der Rezeption. Der klimatisierte Raum war über und über mit Jagdtrophäen zugepflastert. Die Lodge signalisierte noch in den kleinsten Details, dass man hier nicht nur Mann, sondern politisch völlig unkorrekt ein Kerl sein durfte. Ein in heimatlichen Gefilden nicht mehr akzeptiertes Selbstverständnis. Ein dunkelhäutiger Gentleman mit grauen Schläfen leistete hinter dem Tresen Dienst.

»Guten Morgen«, grüßte Roland.

»Guten Morgen Sir, was kann ich für Sie tun?«

»Könnte ich wohl mit Ihrem Sicherheitschef sprechen?«

Der Mann legte seine Stirn in Falten.

»Haben Sie ein Problem mit Ihrer Sicherheit, Sir?«

»Nein, nein! Ich war selbst Sicherheitschef in einer großen Hotelanlage und würde gerne von Kollege zu Kollege mit ihm sprechen. Natürlich nur, wenn seine Zeit ein Gespräch erlaubt!«

»Ich rufe Mister Campell an und frage ihn, einen Moment bitte!«

Der Mann tat wie versprochen, benutzte hierfür aber eine Sprache, von der Roland kein Wort verstand. Schließlich meinte er:

»Der Chief unserer Security nimmt sich gerne Zeit für Sie. Allerdings ist er sehr beschäftigt. Sie können tagsüber ruhig mit auf eine Safari oder auch den Tag am Pool verbringen. Mister Campell wird Sie dann am Abend in Ihrem Bungalow besuchen.«

»Vielen Dank!«

Roland hatte nichts anderes erwartet. Vor ihrem Treffen würde Herr Campell seine Personalien so weit als möglich überprüfen. Allein über Google würde der Security-Chef genug über ihn finden, um neugierig auf das abendliche Treffen zu sein. Roland beschloss, den Tag für eine Safari im Land Rover zu nutzen.

In der Savanne sichtete Roland zahllose Wildtiere. Hierzu musste er nicht einmal den Geländewagen verlassen. Die Hitze und die holprige Fahrt ermüdeten ihn. So genoss er nach der Rückkehr in die Lodge eine erfrischende Dusche.

Beim Sundowner auf der Veranda vor seinem Bungalow fuhr ein offener Land Rover vor. Zwei Kerle, ein kleiner, untersetzter Weißer und ein hochgewachsener, schlanker Schwarzer, stiegen aus. Der Weiße erwies sich als Mister Campell, in dessen Adern vermutlich rein britisches Blut floss. Den Schwarzen stellte er einfach als Mister Kyambadde vor, keine Rangbezeichnung, keine Funktion. Roland ahnte: Kyambadde war Campells Verbindungsmann zur örtlichen Polizei, ein gutes Zeichen.

»Darf ich Ihnen einen Whiskey anbieten?«, fragte Roland. Er wies auf den Glenmorangie. Diesen in der knappen Zeit vor seinem Abflug in der Türkei zu bekommen, war nicht leicht gewesen.

Campells Augen leuchteten beim Anblick dieser Köstlichkeit auf. Roland war sich sicher, dass der Brite bereitwillig weiteren Einladungen von ihm folgen würde.

»Gerne Sir!«, antwortete Campell Platz nehmend.

Roland versorgte seine Gäste mit Whiskey und kaltem Wasser. Sie hoben die Gläser. Nach einem brennenden Schluck starrten sie einige Minuten sinnierend in Richtung der glutrot hinter den Hügeln der Savanne untergehenden Sonne. Leichthin meinte Roland:

»Sie haben hier das Paradies.«

Keiner der Männer reagierte. Schließlich nahm Campell genüsslich einen kleinen Schluck des schottischen Whiskeys und antwortete:

»Für Touristen erweckt es am Anfang den Eindruck.«

»Und für Sie?«

»Für mich ist es eine heiße, staubige Gegend, in der selbst banale Dinge wie Rasierklingen schwer zu bekommen sind, ganz zu schweigen von so etwas Exquisitem wie diesem Whiskey.«

»Was ist für Sie das Paradies?«

»Ich bin ein einfacher Mann. Eine willige Frau mit Kurven an den richtigen Stellen kommt dem Paradies ziemlich nah.«

Mit Sicherheit wartete in Campells Haus mindestens eine solche auf ihn, vermutlich eine Schwarze. Sonst würde es ihn kaum noch hier halten.

»Nun Sir, was kann ich für Sie tun?«, beendete Campell das Geplänkel.

»Ich arbeitete in der Türkei als Security-Chief einer großen Hotelanlage. Hier haben Sie eine Kopie meines Arbeitszeugnisses.«

Er schob ein in Englisch verfasstes Papier über den Tisch in Richtung der beiden Männer. Wie selbstverständlich war Kyambadde es, der es aufnahm und aufmerksam las.

»Aufgrund persönlicher Verwicklungen möchte ich in keinem türkischen Hotel mehr arbeiten. Der Job als Security-Chief gefällt mir hingegen gut. Daher sehe ich mich gerade auf der Welt um, wo ich gerne tätig werden würde. Vielleicht könnten Sie mir etwas über die Art der Anforderungen und die Aufgaben hier in Afrika verraten?«

»Von welcher Art von Verwicklungen reden Sie?«, fragte der Brite.

Roland lächelte ihn an. Campell wusste mit Sicherheit, von welchen Verwicklungen er sprach. Aber gut, er wollte die Sache von ihm erzählt bekommen.

»Bis vor zwei Jahren arbeitete ich als Kommissar der deutschen Kriminalpolizei. Das entspricht einem Detective der englischen Polizei. In einer extremen Situation traf ich in

Sekundenbruchteilen eine Entscheidung, die zwei Menschen das Leben kostete, aber meines rettete. Daraufhin waren Killer der serbischen Mafia hinter mir her.

Um mir zu helfen, fragte meine Freundin hinter meinem Rücken um Schutz bei der türkischen Halbwelt in Bodrum nach. Diese gewährten ihn ihr. Auch mir gaben sie einen wichtigen Tipp. Sollte ich jemals wieder in einem türkischen Hotel arbeiten, wird die Mafia im Gegenzug eine Gefälligkeit nach der anderen von mir einfordern. Sie können sich vorstellen, dass ich unter diesen Umständen dort nicht mehr als Security-Chief arbeiten will.«

Die beiden ungleichen Kerle hatten sich seine Ausführungen höflich angehört. Jetzt taten sie so, als dächten sie darüber nach. Schließlich meinte Campell:

»Die türkische Mafia stellt für eine Tätigkeit hier kein Problem dar. Sie haben die Chance, hier neu anzufangen. Gute Leute werden immer gebraucht.«

»Was ist der Job der Security hier?«

»Wie überall auf der Welt: Für die Sicherheit der Gäste zu sorgen.«

»Wodurch ist die bedroht?«

»Nun, die Besonderheit hier sind die wilden Tiere. Mit denen haben Sie sicher noch keine Erfahrung gesammelt, oder?«

»Nein, bedauere!«, Roland lächelte.

»Kein Problem, dafür gibt es Leute und so schwer ist das nicht. Ansonsten gibt es natürlich auch hier kriminelle Elemente, die wir vom Gelände fernhalten wollen. Darin dürften Sie über Erfahrung verfügen.«

»Klar! Wie sieht es mit kriminellen Mitarbeitern aus? Sowohl innerhalb der Security, als auch allgemein?«

»Das ist kein Problem. Die Stammesältesten wählen die Leute für uns aus und garantieren für deren Ehrlichkeit.«

»Das klingt super, da habe ich in Bodrum leider so manches erlebt«, Roland lächelte chauvinistisch. Der Brite erwiderte sein Lächeln, während sich im Gesicht des Schwarzen kein Muskel rührte.

»Wir haben hier auch schon einiges erlebt«, entgegnete Campell. »Erst vor zwei Tagen kehrte einer unserer Guides von einem Bootsausflug mit seiner Gruppe zurück. Ein in der Lodge verbliebener Gast stellte entsetzt fest, dass seine Ehefrau unterwegs vergessen worden war.«

»Echt?«

»Klar.«

»Und?«

Campell zuckte gelangweilt mit den Schultern, ehe er antwortete:

»Der Guide erhielt ein Donnerwetter, ehe er auf die Suche nach ihr geschickt wurde. Er fand sie am Bootsanleger eines kleinen Dorfes. Es war mittlerweile dunkel und kalt. Die Dame war einigermaßen verzweifelt, ansonsten aber unversehrt. Dies ist nicht ganz selbstverständlich, wenn man bedenkt, dass sie von den Frauen des Dorfes mit Steinen beworfen wurde.«

»Warum das?«, fragt Roland entsetzt.

»Die Schwarzen dachten, die Weiße wolle einer von ihnen den Mann wegnehmen.«

Campell warf seinem dunkelhäutigen Begleiter einen herausfordernden Blick zu, den dieser ignorierte.

»Okay«, räumte Roland ein. »Sie haben hier auch Schwierigkeiten mit dem Personal. Wie hat der Guide die Sache erklärt?«

»Die Dame sei zu lange auf der Toilette gewesen. Deshalb habe sie die Abfahrt des Bootes verpasst.«

»Wie sieht es mit Unfällen aus?«

Die beiden breitschultrigen Männer warfen sich einen kurzen Blick zu. War er zu schnell vorgeprescht? Alles andere war nur Geplänkel gewesen, um unauffällig auf tödliche Unfälle unter den Touristen sprechen zu kommen. Die beiden wussten, dass er für die Stuttgarter Polizei tätig gewesen war. Sie konnten sich ausrechnen, dass er noch immer Kontakte dorthin besaß. Falls die beiden die aus Stuttgart stammende Sonja Götz schützten, konnte ihm seine vorschnelle Frage zum Verhängnis werden. Möglichst zwanglos fuhr er fort:

»Sie glauben gar nicht, was ich in Bodrum alles erlebte: Angefangen bei Verkehrsunfällen mit zwei oder vier Rädern und mit oder ohne Alkohol, über Schlägereien unter den Gästen und schweren Tauchunfällen hin zum tödlichen Sturz einer Ehefrau vom Balkon. Alles sollten wir so klären, dass die unbeteiligten Gäste möglichst wenig davon mitbekamen und die Beteiligten unbehelligt wieder heimreisen konnten. Wie sieht es bei Ihnen aus? Ich kann mir vorstellen, dass es in der Wildnis da draußen zum einen oder anderen schweren Unfall kommt?«

»Sie werden es kaum glauben, aber bei uns hier passieren mit Gästen keinerlei Unfälle.«

»Echt? Dann wäre es ja ein ruhiger Job. Ist das nur hier in der Golden Safari Lodge so, oder gilt das in ganz Uganda?«

»Ob es für das ganze Land gilt, kann ich Ihnen nicht sagen, aber hier bei uns auf jedem Fall. Auto oder Motorrad fahren unsere Gäste nicht selbst und Risikosportarten wie Tauchen sind nicht im Angebot.«

»Nicht? Ich dachte, ich hätte irgendwas von Fallschirmspringen gehört?«

Jetzt wagte er sich weit vor. Fragen zu stellen war eben sein Risikosport. Er war definitiv nicht der Typ, der Gefahren übermäßig mied.

Campell schwenkte den letzten Rest Whiskey in seinem Glas, hob es an seine Lippen und kippte die goldbraune Flüssigkeit genüsslich in seinen Mund. Ganz langsam ließ er die schottische Delikatesse weiter in den Magen wandern. Ohne Roland anzusehen, meinte er:

»Ein Menschenleben zählt hier nicht viel. Sollten Sie länger bleiben, werden Sie dies schnell merken.«

Demonstrativ sah er auf seine Uhr. Bedächtig erhob er sich:

»Es ist spät. Sie werden von uns hören. Jetzt genießen Sie erst einmal das Dinner. Goodbye Mister Berger!«

Die beiden stiegen in ihr Auto und fuhren davon. Der bisher so schweigsame Kyambadde redete direkt nach dem Losfahren heftig gestikulierend auf seinen weißen Nebensitzer ein.

Auf der Veranda blieb ein nachdenklicher Roland zurück. Offensichtlich hatte er sie an den richtigen Stellen gepiesackt. Campells Worte *»Ein Menschenleben zählt hier nicht viel…«* waren schließlich eine deutliche Drohung. Schneller als ihm lieb war, würde er gezeigt bekommen, dass dem wirklich so war.

Über das dunkle, nur spärlich erleuchtete Gelände machte Roland sich auf dem Weg zum Abendessen. Vielleicht würde er ja jetzt die attraktive Witwe Götz sichten, nach der er gestern Abend und beim Frühstück vergeblich Ausschau gehalten hatte?

Nach ihrem aufreibenden Tag in Mannheim gönnte Anita es sich, nicht auch noch im Stuttgarter Dezernat nach dem Rechten zu sehen. Von den vier durch sie befragten Beamten war eine schwer zu ertragende Ablehnung und Feindseligkeit ausgegangen. Eigentlich konnte sie sich gegen beides gut wappnen. Viele von ihr befragte Bürger und Kriminelle hatten sich ihr gegenüber in gleicher Weise verhalten. Dies von Kollegen abzubekommen war jedoch schlimmer. Die Gefahrengemeinschaft der Identität und Halt gebenden Polizistenkultur schloss sie plötzlich aus. Erschöpft öffnete sie die Wohnungstür.

Weder schaffte sie es, sich etwas halbwegs Vernünftiges zum Essen zu kaufen, noch etwas zu kochen. Mit letzter Kraft schob sie eine Tiefkühlpizza in den Ofen, entkorkte eine Flasche Wein und ließ sich auf das Sofa fallen. Mit wenig Hoffnung wählte sie dann Bernhards Handynummer. Zu ihrer Überraschung hob er ab. Sie war so perplex, dass sie keinen Ton herausbrachte.

»Anita? Bist du es?«, klang ihr schließlich seine besorgte Stimme entgegen.

Die Sorge in seiner Stimme rührte und berührte sie. Etwas Starkes, Unaufhaltsames brach sich Bahn und erfasste sie mit voller Wucht. Sie begann zu schluchzen, erst leise und gehemmt, dann ließ sie ihrer Trauer und Verzweiflung freie Bahn. Anita weinte hemmungslos.

»Was ist passiert?«, fragte er erschrocken.

»Die eigenen Kollegen haben auf meinen Schreibtischstuhl geschissen!«

Endlich stellte die Göppinger Bereitschaftspolizei Beamte für die Suche nach der Waffe des Wilderers bereit. Anita bedauerte es, erneut nach Mannheim zu müssen. So übernahm Peter die Leitung des Einsatzes.

Jennerbiers Flinte sollte in einer wasserdichten Plastikbox mit blauem Deckel am Fuße eines kleinen Felsens versteckt sein. Eine Hundestaffel und Beamte der Bereitschaftspolizei führten die eigentliche Suche durch, während Peter sich bei Karl-Heinz Campos und seinen Leuten von der Kriminaltechnik bereithielt. Jeder von ihnen ging davon aus, dass auch dieser Tag wenig, bis nichts ergeben würde. Ihr Job bestand nun einmal darin, Spur um Spur abzuarbeiten, auch wenn die meisten nirgendwohin führten.

In weniger als einer Stunde meldeten die Beamten einen Fund. Karl-Heinz Campos eilte mit seinen Leuten zum Fundort. Als sie vor Ort eintrafen, war eine winzige Stelle blaues Plastik freigelegt. Geduldig trugen die Techniker das Laub in der Kuhle Schicht um Schicht ab und dokumentierten, dass die Box seit zwei Wintern nicht mehr geöffnet worden war. Unter den in gebührendem Abstand wartenden Polizisten entstand eine erregte Spannung. Endlich öffnete Karl-Heinz behutsam den Deckel der Kiste.

Eine Flinte kam zum Vorschein, die er einem seiner Leute reichte. Erneut griff er in die Kiste und holte vorsichtig ein gefaltetes Blatt Papier heraus. Peter sah ihm über die Schulter zu. Erregung ergriff ihn. Ob das ein Geständnis war? Karl-Heinz Campos faltete das Blatt auseinander.

»Ein Foto?«, entfuhr es Peter verblüfft.

Das Bild stand nicht mit der Tat im Zusammenhang. Es zeigte drei Männer mit Strohhüten und Patronengurten. In der Hand hielten sie Jagdgewehre mit aufgesetzten Zielfernrohren. Der Mittlere war eindeutig Herr Jennerbier, allerdings deutlich jünger als auf den Bildern in den Akten. Peter sah erneut in die Kiste und fragte:

»Was ist in den Schachteln?«

»Munition.«

Karl-Heinz griff nach einem der kleinen Pappkartons, holte ihn heraus und öffnete ihn.

»Das ist ganz normale, zu der Flinte passende Jagdmunition. Die Waffe beweist leider gar nichts.«

»Schade!« Trotz allem war Peter enttäuscht. »Ich fahre zurück ins Präsidium! Das Foto nehme ich mit.«

Er wandte sich ab. Den Abhang entlang mache er sich auf den Weg zum Parkplatz.

»Moment!«, rief Karl-Heinz laut hinter ihm her.

»Was ist?«

»Ich weiß auch nicht so genau«, antwortete der Techniker leicht ratlos. »Die dritte Munitionsschachtel hier ist ungewöhnlich. Solche Munition habe ich noch nie zu Gesicht bekommen. Die scheint mir nicht zum Jagen gedacht. Hier ist sogar eine leere Patronenhülse drin … Moment …«

Karl-Heinz diskutierte leise, aber leidenschaftlich mit einem seiner Mitarbeiter. Beide betrachteten wieder und wieder die Patronen und den Karton. Schließlich meinte Karl-Heinz:

»Jetzt weiß ich, wie es zu Herrn Götz Sturz vom Mörikefels kam! Es war kein Unfall. Da hat eindeutig jemand nachgeholfen.«

In der Golden Safari Lodge verbrachte Roland einen öden Tag am Pool. Soeben nahm er mit geschlossenen Augen ein Sonnenbad. Plötzlich verdunkelte die Sonne sich. Vorsichtig öffnete er das rechte Auge einen Spaltbreit. Chief Campell stand über ihm und starrte finster auf ihn herab. Roland machte die Augen auf und blinzelte. Augenblicklich neutralisierte sich der Gesichtsausdruck des Security-Chiefs.

»Oh, hallo!«, grüßte Roland. »Lust auf einen Glenmorangie?«

»Dafür ist es noch zu früh.«

»Stimmt. Aber Sie sind jederzeit eingeladen.«

»Der örtliche Polizeichef General Mukasa möchte Sie gerne kennenlernen. Sie sind heute Abend zum Dinner in seiner Villa eingeladen. Der General kann Ihnen alle Fragen zu Unfällen von Gästen beantworten. Um sieben Uhr holt Sie ein Fahrer ab.«

Ohne Rolands Antwort abzuwarten, tippte er kurz an seine Hutkrempe, drehte sich um und verschwand. Roland blieb äußerlich unbewegt zurück. In seinem Magen machte sich Beklemmung breit. Ein Auto, das ihn aus der Sicherheit der Lodge hinaus in die Dunkelheit der afrikanischen Nacht fahren würde. Wie standen seine Chancen, eine solche Fahrt zu überleben? Warum sollte er das Risiko überhaupt eingehen? Er kannte die Antwort, auch wenn sie ihm nicht gefiel. Wie in Trance lief er zurück in seinen Bungalow und rief Melek an.

»Du hast mich also doch noch nicht ganz vergessen«, begrüßte sie ihn.

»Ich werde immer an dich denken. Das weißt du ganz genau!«

Seine Worte liefen ins Leere.

»Ich liebe dich und werde dich immer lieben!«, schob er daher nach. »Aber ich kann einfach nicht wie ein Weibchen Tag für Tag am Herd auf deine Rückkehr aus der Welt da draußen warten.«

»Hast du dann wenigstens schon viele Abenteuer erlebt?«

Ihre Stimme klang kühl und desinteressiert. Schmerzlich erinnerte er sich an nicht allzu ferne Zeiten, als sie am Telefon noch ihre tiefe Liebe und Sorge um ihn gezeigt hatte.

»Nein«, antwortete er, »das große Abenteuer erwartete mich erst morgen Abend.«

»So? Was steht auf dem Programm? Löwen bei ihrer nächtlichen Jagd beobachten?«

Sie arbeitete selbst in der Tourismusbranche. Die sogenannten *Abenteuer* für Touristen waren ihr Alltag. Gut, er hatte ihr den wahren Grund seiner Reise hierher verschwiegen! Trotzdem schmerzte es ihn, wie wenig sie sich für ihn interessierte und wie leicht sie ihn mit einem Pauschalreisenden verwechselte. Daher entgegnete er lapidar:

»So was in der Art.«

»Ich verstehe nicht«, brauste sie auf, »weshalb du mich wegen so einem Mist im Stich lassen musst! Morgen kommen meine Eltern zu Besuch. Ich dachte, wir würden ihnen unsere Hochzeit ankündigen! Stattdessen haust du ab und spielst Ernest Hemingway!«

»Du weißt ganz genau, dass ich bei deinem Vater nicht um deine Hand anhalten werde!«, entgegnete er genervt. »Wir können gerne heiraten, aber dann einfach so, weil wir es wollen und nicht, weil es jemand anderes als gut empfindet!«

Eisiges Schweigen füllte den Raum zwischen ihnen. Sie befanden sich momentan auch emotional auf verschiedenen Kontinenten. Kurz überlegte er, ihr zu sagen, dass er hier nicht Hemingway spielte, sondern eher Miss Marple oder Hercule Poirot. Aber das würde ihr noch weniger gefallen. Also ließ er es lieber sein. Insgeheim hoffte er, sie würde anfangen, aus Sorge um ihn zu weinen. Aber diese Zeiten lagen hinter ihnen.

»Mensch Roland, werde endlich erwachsen und verhalte dich wie ein Mann!«, schallte es schließlich aus dem Hörer.

»Wie ein Mann? Glaubst du, ich fühle mich überhaupt noch als Mann? Tag für Tag warte ich bis spät in die Nacht darauf, dass du endlich von deiner wichtigen Arbeit nach Hause kommst!«

»Aber hallo? Du klingst total retro!«

»So? Vielleicht für die Latte-machiato-Frau aus der westlichen Großstadt! Frag doch mal deine männlichen Kollegen in Bodrum, was …«

»Selbst Bodrum ist nicht so rückständig, wie du immer behauptest!«, unterbrach sie ihn. »Aber bevor du hier noch weiter dumpfe Vorurteile über meine Heimat verbreitest, wende ich mich lieber wieder meiner wichtigen Arbeit zu. Tschüss Roland!«

Ihm blieb keine Zeit sich zu verabschieden. Frustriert blieb er alleine in seinem Bungalow zurück. Wie hatte sich das Telefonat nur so entwickeln können? Eigentlich hatte er ihr doch etwas ganz anderes sagen wollen!

Endlich war es so weit. In Mannheim hatte Anita Polizeihauptmeister Müller zu einer ersten Befragung vorgeladen. Das Gespräch würde aus verschiedenen Gründen aufgezeichnet werden und daher in einem Verhörraum stattfinden. Da sie sich im dortigen Präsidium nicht auskannte, zeigte Kommissar Semerenko ihr den Weg. Vor dem Raum stand eine Gruppe Uniformierter eng beisammen. Sie lachten lauthals über Zoten.

»Guten Morgen, meine Herren!«, grüßte Anita mit fester Stimme.

Das Lachen endete abrupt. Langsam drehten sich die Rücken. Die Gruppe öffnete sich minimal. Ein Dutzend Augenpaare starrten Anita auf unterschiedliche Art abweisend an. Die Skala reichte von einfacher Ablehnung bis zu blankem Hass. Von den Bildern her erkannte sie Polizeihauptmeister Müller sofort. Der Fünfzigjährige befand sich im Zentrum der Gruppe. Den grauen Schnauzbart und die leicht hängenden Backen teilte Müller mit vielen Polizisten seines Alters. Außergewöhnlich waren seine imposante Statur und vor allem seine muskulösen Hände im XXL-Format. Sein Gesichtsausdruck zeugte von einer minimalen Spur Hoffnung und maximaler, trotziger Ablehnung.

Durch ein Nicken gab Anita zu verstehen, dass sie ihn erkannt hatte. Die Umstehenden verabschiedeten sich. Ihm wurde auf die Schulter geklopft, einige raunten ihm Glückwünsche zu. Dann stand er alleine vor ihr und Semerenko. Auch jetzt schrumpfte er nicht. Anita gefiel dies. Er war sicherlich ein Beamter, auf den man selbst bei schwierigsten Einsätzen zählen konnte.

»Guten Morgen, Herr Müller!« Die Kommissarin reichte ihm die Hand. Beherzt griff er zu und schüttelte sie fest. »Können wir?«

Er nickte. Sie betraten den Verhörraum.

»Ihnen ist bekannt, dass ich im Auftrag der Staatsanwaltschaft hinsichtlich der Todesumstände von Herrn Kehl ermittle?«

»Ja.«

»Laut den Befunden der Kriminaltechnik und der Pathologie

starb Herr Kehl durch zwei aus Ihrer Dienstpistole abgefeuerte Projektile.«

»Den Kollegen unseres Dezernats für Tötungsdelikte gegenüber räumte ich bereits ein, Herrn Kehl in Notwehr erschossen zu haben!«

Durch seine Betonung des Wörtchens unseres zeigte er, wie sehr ihm ihre Ermittlungen missfielen. Nicht genug damit, dass man, bloß wegen der Presse, erneut gegen ihn ermittelte. Nein, man musste ausgerechnet eine Schwäbin auf ihn als Kurpfälzer ansetzen, noch dazu eine, die als absolut unbestechlich und unerbittlich galt!

All dies ging der unerbittlichen Schwäbin in Sekundenbruchteilen durch den Kopf. Äußerlich ungerührt erwiderte sie:

»Dies zu beurteilen liegt allein im Ermessen der Staatsanwaltschaft und des Gerichts!«

»Die sich wiederum für ihre Entscheidungen auf die Dinge stützen, die Sie zusammentragen!«

Bei seinen Worten sah er sie auffordernd an. Er rang sich sogar ein Lächeln ab, das allerdings ziemlich schief geriet. War ihm nicht klar, dass er sich durch sein Verhalten verriet? Vertraute er darauf, dass sie es nicht wagen würde, sich dem Korpsgeist zu widersetzen? Oder spekulierte er, sie könne ihm ohnehin nichts beweisen?

Eigentlich war es egal, ob er sich verriet oder nicht. Schon in dem Augenblick, als man Sie als Sonderermittlerin eingesetzt hatte, war ihr klar gewesen, dass die Schüsse des Polizisten auf den Hooligan keine Notwehr gewesen sein konnten.

»Herrn Kehls Mutter wird als Nebenklägerin auftreten«, erwiderte sie ruhig. »Was ist, wenn sie im Prozess ein Handyvideo aus dem Hut zaubert, auf dem alles festgehalten ist?«

Sein Gesichtsausdruck entgleiste für einen winzigen Augenblick. Er schluckte, dann antwortete er:

»Das wird nicht passieren.«

»So? Und falls es doch passiert?« Sie beugte sich über den Tisch zu ihm. »Was genau wird dann auf dem Film zu sehen sein? Herrn Kehl mit über den Kopf erhobenen Händen vor Ihnen...«

»Nein!«, unterbrach er sie. »Dann sieht man, wie er mich mit einer Zwille* bedrohte!«

In der selben Minute am Mörikefels bei Kirchheim: Polizeihauptmeister Peter Lutz sah den von ihm geschätzten Leiter der Kriminaltechnik auffordernd an. Karl-Heinz Campos eilte es nicht, die Sache aufzulösen. Versonnen lächelte er vor sich hin. Peter seufzte innerlich. Warum wollten immer alle von ihm gebeten werden? Aber er war viel zu neugierig, um sich länger auf die Folter spannen zu lassen.

»Wie wurde deiner Einschätzung nach bei Herrn Götzs Sturz nachgeholfen?«

»Das hier sind Gummigeschosse, wie sie die Polizei mancher Staaten gegen Demonstranten einsetzt. Sie wurden in Südafrika hergestellt und dürften bei uns einiges schwerer als normale Jagdmunition zu bekommen sein. Ein Wilderer hat dafür keine Verwendung. Zumindest nicht bei der normalen Jagd.«

In Peters Kopf wirbelten die Teile des Puzzles wild durcheinander.

»Bei manchen Demos würde ich mir so was auch wünschen!«, meinte der Leiter der Bereitschaftspolizisten. »Ihr könnt euch gar nicht vorstellen, was wir uns bei Demos alles anhören und gefallen lassen müssen. Gummigeschosse sind lange nicht so schlimm, wie die ewigen Bedenkenträger tun. Man schießt damit auf den Oberkörper und es bleibt nicht mehr als ein blauer Fleck zurück«, fuhr er grinsend fort.

* Waffe, ähnelt einer Steinschleuder

Bei Peter fügte sich das Bild zusammen.

»Und wenn der Demonstrant am Rande eines Abgrunds balanciert?«, fragte er den Leiter.

»Dann fällt er hinunter!«, antwortete der weiterhin grinsend, das Ganze für einen Ulk haltend.

»Zweihundert Meter von hier stürzte ein Mann tödlich von einem Felsen. Der Pathologe dokumentierte auf seinem Brustkorb eine kurz vor seinem Tod entstandene Prellung mit etwa fünfundzwanzig Millimetern Durchmesser.«

»Die exakt zu der Munition hier passt!«, meinte Karl-Heinz.

Betretenes Schweigen entstand. Selbst der Leiter der Bereitschaft sah leicht pikiert drein. Nach einer Weile meinte einer von der Hundestaffel:

»Gummi hat einen starken Eigengeruch. Wenn Sie von einer anderen Patrone ein Stück Gummi abschneiden, könnte ich meine beste Hündin nach dem am Mörikefels verschossenen Projektil suchen lassen.«

Peter zögerte. Bilder eines wenige Tage zurückliegenden Abends in Carls Brauhaus am Schlossplatz kamen ihm in den Sinn. Erinnerungen an eine schöne Frau, die ihn anlächelte, die ihn immer wieder berührte und ihm zu verstehen gab, dass sie bereit wäre, mit ihm zu kommen, wenn er es nur wollte. Sollte das Projektil gefunden werden, käme diese Frau in ernsthafte Schwierigkeiten. Er verspürte den Impuls, sie zu beschützen. Die Vorstellung, sie wäre ihm hierfür zeit seines Lebens dankbar, und wie sie ihre Dankbarkeit zeigen würde, entfaltete einen unwiderstehlichen Sog. Gleichzeitig erkannte sein Verstand, dass er sich von ihr hatte manipulieren lassen. Grimmig meinte er:

»Geben Sie Ihr Bestes!«

Nach Einbruch der Dunkelheit stieg Roland in den bereitstehenden Geländewagen der obersten Preisklasse. Höchstwahrscheinlich würde er die Lodge nie wiedersehen. Er wusste selbst nicht genau, warum er sich überhaupt auf das Spiel einließ. Warum versuchte er nicht wenigstens zu fliehen? Vielleicht würde General Mukasa ihn in diesem Fall festnehmen lassen. Vielleicht würde er auch einfach nur gehässig über die feige Flucht eines Mitglieds der ehemaligen Herrenrasse lachen. Genau dieses Bild hielt ihn vermutlich von Flucht ab: Ihm blieb nicht mehr viel, außer seinem Stolz darauf, nie feige davongelaufen zu sein. Vage kam ihm der Gedanke, dass Melek dies in Bezug auf den Besuch ihrer Eltern möglicherweise anders sah.

Über eine Stunde wurde er durch das dunkle Afrika chauffiert. Dann hielt der Wagen vor einem Tor mit zwei schwer bewaffneten Wachen. Der Fahrer ließ die Scheibe runter und wechselte mit den Uniformierten einige von kehligem Gelächter begleitete Sätze. Das Tor öffnete sich. Der schwere, schwarze Wagen fuhr zum Herrschaftssitz hoch. Brennende Fackeln beiderseits der Auffahrt erzeugten eine festliche Atmosphäre. Der Wagen hielt vor einem riesigen, auf unwirkliche Art aus verschiedensten geometrischen Körpern zusammengesetzten, Haus. Große Glasflächen unterbrachen die wilde Struktur. Die einschüchternde Villa thronte auf einem Hügel, zu dessen Füßen der Fluss eine sanfte Biegung machte, ehe er in der Ferne im silbern schimmernden Vollmond zu verschwinden schien. Roland war beeindruckt. General Mukasa war offensichtlich kein tumber Despot, sondern besaß ausgesprochen guten Geschmack und Sinn für Ästhetik.

Ein livrierter Diener führte ihn durch eine mit schwarzem Schiefer ausgelegte Halle riesigen Ausmaßes auf eine Terrasse mit atemberaubendem Blick. Eine Tafel war festlich mit weißem Leinen und Silber für ein Dutzend Gäste gedeckt. Diese standen, Gläser in den Händen, in kleinen Grüppchen beieinander. Die übrigen redeten und lachten miteinander. Alle waren kohlrabenschwarz und in festliche, afrikanische Gewänder gekleidet. Roland kam sich extrem deplatziert vor, als er auch schon vor den Hausherrn geführt wurde.

»Ah, unser Ehrengast, Commander Berger!«, begrüßte ihn dieser und schüttelte ihm die Hand.

»Vielen Dank für die Einladung, Herr General!«, erwiderte Roland.

Die beiden Männer maßen einander. Der General war ein großer, breitschultriger Kerl, der sicher einmal mit furchterregenden Muskelbergen bepackt gewesen war. Sein üppiges Leben hatte diese weitgehend in weiches Fleisch verwandelt. Aber sein Blick zeugte von hoher Intelligenz und großer Härte. Roland vermutete, dass Mukasa sich von weit unten hier hoch auf diesen Berg gekämpft hatte. Er würde sich nicht kampflos wieder von dort vertreiben lassen.

»Sie haben eine interessante Biografie«, eröffnete der General das Gespräch. »Für einen Mann wie Sie gibt es in unserem schönen Land Möglichkeiten. Lassen Sie uns Platz nehmen!«

Selbstredend setzte der General sich an die Stirnseite der Tafel, Roland wurde zu seiner Linken platziert. Ihm gegenüber setzte sich der ihm schon bekannte Kyambadde. Die Gesellschaft bestand überwiegend aus Männern, garniert von wenigen Frauen. Der Stuhl links von Roland blieb leer. Als General Mukasa Rolands Blick bemerkte, meinte er:

»Einer unserer Gäste hat sich leider verspätet. Wir fangen schon einmal an.«

Der Gastgeber wechselte in eine Roland fremde Sprache. Er schien eine kurze Ansprache zu halten, die mehrmals von kehligem Lachen durchbrochen wurde. Womöglich verkündete er gerade lautstark allen Anwesenden, auf welche Arten er diesen weißen Eindringling neben sich zu foltern gedachte. Vielleicht hob er aber soeben auch Rolands Verdienste hervor und lobte dessen Mut, hier aufzutauchen. Roland erduldete alles, ohne eine Miene zu verziehen. Als die anderen endlich ihre Gläser hoben, tat er es ihnen gleich, stürzte anschließend dessen Inhalt in einem Zug hinunter. Die erste Vorspeise wurde gebracht.

»Wir würden gerne noch mehr Gäste in unserem Land willkommen heißen«, wandte der General sich wieder an Roland. »In meinem Bezirk existieren bereits mehrere Dutzend Safari-Lodges und Hotels der gehobenen Kategorie. Weitere sind geplant. Unsere Leute können den Job bestens selbst. Dennoch erweckt ein weißer Security-Chief bei Europäern und Amerikanern Vertrauen. Wenn Sie ernsthaft interessiert sind, gibt es Möglichkeiten.«

»In der Golden Safari Lodge?«

»Nein, Mister Campell ist ein guter Mann.«

»Entscheiden Sie, wer Security-Chief wird?«

»Das Wort eines Generals der Polizei hat großes Gewicht!« Er lächelte selbstgefällig, ehe er fortfuhr: »Alle haben großes Interesse, sich gut mit mir und meinen Leuten zu stellen.«

»Gehören Ihnen auch einige der Lodges oder zahlt Sie der Staat so gut?«

»Sie meinen wegen meines kleinen Hauses hier?«

Roland nickte.

»Uganda ist ein armes Land, das selbst seine Generäle nur bescheiden bezahlen kann. Glücklicherweise ist es mir nicht verboten, selbst noch ein Business zu betreiben. Aber lassen wir das! Ich hörte, Sie interessieren sich für Unfälle unserer Gäste?«

»Können Sie mir etwas darüber sagen?«

»Für welche Art von Unfällen interessieren Sie sich denn?«

»Für alle.«

»Alle? Das klingt nach langweiligem Tagesgeschäft, darüber kann ich Ihnen nichts sagen. Ich dachte, Sie interessieren sich eher für die spektakulären Fälle.«

»Passieren hier denn solche?«

»Natürlich!«

»Lassen Sie hören!«

»Einmal hat ein Guide auf einer Safari irgendwo unterwegs eine Touristin vergessen. Das fiel allerdings erst auf, als die Jeeps bei Sonnenuntergang zurück in die Lodge kamen und der wartende Ehemann seine Frau vermisste. Er machte einen Riesenkrach und die Lodge bat uns um Hilfe. Meine Männer fuhren gemeinsam mit dem Guide die gesamte Tour in der Nacht noch einmal ab. Sie riefen nach der Lady und ließen ihre Hunde suchen. Leider fanden sie keine Spur von der Frau. Am nächsten Tag wurde alles noch mal abgesucht. Sie blieb verschwunden. Wir wollten schon aufgeben, als einer meiner Männer auf die Idee kam, in den Dörfern der Basoga nachzuforschen. Dort fanden sie die Lady dann, auch wenn die Polizisten sie fast nicht erkannt hätten. Sie trug die Tracht der Einheimischen und hatte sich in der Hütte des Häuptlings eingerichtet. Zurück zu ihrem Mann wollte sie nicht. Sie trug meinen Männern auf, ihrem weißen Hängearsch von Mann zu sagen, er solle sich zum Teufel scheren!«

Roland lachte höflich, glaubte allerdings keine Sekunde daran, die Sache habe sich wirklich so zugetragen. Dass sein Gastgeber ihm so eine Geschichte auftischte, wunderte ihn hingegen nicht.

»Tödliche Unfälle gab es keine?«, hakte er nach.

Der General sah ihn forschend an. Kyambadde fragte in unverständlichem Kauderwelsch etwas, woraufhin sein Boss kaum merklich nickte. Der Vasall erhob sich. Roland empfand Unbehagen. Unwillkürlich spannte er die Schultermuskulatur an. Würde gleich von hinten ein Sack über seinen Kopf gestülpt und er hinaus in die Savanne verschleppt werden? Äußerlich blieb Roland cool. General Mukasa beugte sich zu ihm und sagte:

»Tod! Immer nur der Tod! Was zum Teufel finden Sie so faszinierend am Sterben, dass Sie ihm ihr Dasein widmen?

Das Leben ist so viel reizvoller und schöner! Wenden Sie sich lieber dem Leben zu! Ihr Tod kommt noch früh genug.«

In diesem Augenblick wurde der leere Stuhl zu Rolands Linken zurückgezogen. Der Ex-Polizist fuhr herum. Eine attraktive Frau in einem atemberaubenden Abendkleid stand neben ihm. Das Grün ihres Kleides harmonierte perfekt mit dem Grün ihrer Augen. Sie nahm, ihn freundlich anlächelnd, neben ihm Platz. Roland erkannte sie sofort.

Ach ja, die Zwille!«, entgegnete Anita in Mannheim lächelnd. »Die hätte ich ja fast vergessen. Herr Semerenko, würden Sie uns diese bitte einmal zeigen?«

Wortlos zog dieser die Zwille aus einem Karton hervor und legte sie vor Anita auf den Tisch. Bei dieser Zwille handelte sich nicht um ein aus einer Astgabel gefertigtes Kinderspielzeug. Vielmehr war es eine furchterregende, aus Stahl gefertigte Waffe mit starken Gummibändern. Semerenko legte eine Stahlkugel daneben. Das spiegelnde Geschoss kullerte langsam über die Resopal-Tischplatte, bis es an einem der Gummizüge zum Ruhen kam. Ein gezielter Schuss aus kurzer Distanz führte zu schweren bis tödlichen Verletzungen.

»Herr Polizeihauptmeister Müller«, fuhr Anita fort, »hier ist Ihre unterschriebene Aussage zum Tod von Herrn Kehl.«

Anita legte eine Kopie des Dokuments auf den Tisch. Ruhig schob sie diese in Richtung Herrn Müllers.

»Bitte lesen Sie Ihre Aussage in Ruhe durch. Sagen Sie uns dann, ob sich alles genau so zugetragen hat.«

Der Befragte sah die Kommissarin unsicher an. Mit leicht zitternden Händen nahm er seine Aussage auf. Die Stirn gerunzelt, las er sie durch. Schließlich sagte er:

»Ja, alles trug sich genau wie hier beschrieben zu!«

Anita seufzte vernehmlich. Voller Ernst sah sie ihm lange in die Augen. Dann sagte sie:

»Stehen Sie bitte auf!«

Der Polizeihauptmeister zögerte kurz, folgte dann aber ihrer Aufforderung. Anita erhob sich ebenfalls. Durch den Tisch getrennt standen sie einander gegenüber. Sie nahm die Zwille in die Hand, legte die Stahlkugel ein und zielte auf seinen Kopf. Er schluckte vernehmlich.

»Sind Sie in etwa so von Herrn Kehl bedroht worden?«

»Er stand vielleicht ein bisschen weiter entfernt als Sie. Aber im Prinzip war die Situation exakt so.«

»Sind Sie da ganz sicher?«

Erneut zögerte er, meinte dann aber:

»Ja.«

»Schild, Helm und Schlagstock trugen Sie nicht bei sich?«

»Nein! Wie schon ausgesagt, war ich erst kurz zuvor mit dem Streifenwagen am Ort der Krawalle eingetroffen. Auf dem Weg zum Mannschaftswagen, um die Ausrüstung zu holen, wurde ich Zeuge, wie einer der Hooligans einen Kollegen mit einer Eisenstange voll auf den Helm traf. Der Hooligan ließ die Stange fallen. Trotz seines Helmes ging der Kollege wie ein gefällter Baum zu Boden. Der Täter rannte davon. Ich dachte, so ein Schwein! und nahm die Verfolgung auf. Er flüchtete durch zwei Straßen. Ich holte auf. In einem Hinterhof blieb der Mann plötzlich stehen und drehte sich um. Ich sah die Zwille in seiner Hand, in die er soeben eine Stahlkugel einlegte. Rasch zog ich meine Pistole. Er spannte das Ding und zielte auf mich, da drückte ich ab. Hören Sie, es blieb keine Zeit für einen Warnschuss oder eine Aufforderung, die Waffe niederzulegen. Ich stand total unter Stress, war akut bedroht!«

Er hatte sich in Rage geredet. Sie blieb ruhig, spürte die unter seiner Aggression versteckte Nervosität. Bewusst ließ sie ihn noch einige Zeit zappeln, ehe sie harmlos fragte:

»Angenommen Sie hätten Ihre Pistole hier und würden auf mich schießen, was würde dann mit der Kugel in meiner Hand passieren?«

Verständnislos blickte er sie mit offenem Mund an. Sie bewegte die Zwille leicht nach rechts, um nicht mehr auf ihn zu zielen. Dann zog sie demonstrativ die Waffe ganz durch, bis ihre Arme vor Anstrengung zitterten. Endlich fiel bei ihm der Groschen. Sie senkte die Waffe, zitierte aus dem Bericht der Kriminaltechnik:

»In die Abschussvorrichtung der Zwille war eine Stahlkugel eingelegt, die der Tote samt Abschussvorrichtung noch fest umklammert in seiner Hand hielt.« Anita sah vom Bericht auf. »Hätten Sie ihn tatsächlich in dem Augenblick erschossen, als er Sie mit gespannter Zwille akut bedrohte, wäre die Stahlkugel davongeflogen und ...«

»Schon gut, Frau Kommissarin!«, unterbrach er sie. »Ich gebe zu, dass er die Kugel soeben erst eingelegt hatte, als ich auf ihn schoss!«

»Sie wollen also Ihre Aussage abändern?«

»Ja!«

»Ihnen ist klar«, entgegnete sie kalt, »dass Ihr Verhalten dann kaum mehr als Notwehr angesehen werden kann? In der Hoffnung, sich zu entlasten, legten Sie erst nach Ihrem Schuss eine Stahlkugel in die Zwille ein und drückten diese dem toten Herrn Kehl in die Hand.«

Die Fassade, ein anständiger Beamter zu sein, zerbrach. Wilder, ungezügelter Hass funkelte Anita aus seinem Gesicht entgegen. Jetzt war sie sich restlos sicher. Er hatte seinem Hass mindestens einmal nachgegeben und einen wehrlosen Menschen erschossen. Er hatte dies geplant getan, Helfer gehabt und nicht aus einer spontanen Schwäche heraus gehandelt. Vermutlich entwickelte er in diesem Augenblick einen weiteren Mordplan. Eine Bedrohung, mit der sie von heute an würde leben müssen. Auch der Hass zahlreicher anderer

Beamter dieses Präsidium ihr gegenüber würde sich nach der heutigen Befragung weiter steigern. Noch-Polizist Müller rang mühsam mit geballten Fäusten um Kontrolle. Sein imposanter Brustkorb hob und senkte sich entsprechend seinen tiefen Atemzügen.

Man sagte mir, Sie sind ebenfalls aus Stuttgart?«, eröffnete zehntausend Kilometer südlich Sonja Götz das Gespräch.

Roland überwand seine Überrumpelung rasch, aber nicht rasch genug. Sein Gesichtsausdruck hatte verraten, dass er Frau Götz kannte. Beiläufig warf er dem ihm gegenübersitzenden Kyambadde einen Blick zu. Ein spöttisches Lächeln umspielte die Lippen des Schwarzen. Seine dunklen Augen blieben unergründlich.

Seine Gastgeber hatten herausfinden wollen, ob er wegen Frau Götz hier war. Roland hatte ihnen unabsichtlich die Bestätigung geliefert.

»Stimmt nicht ganz!«, antwortete Roland äußerlich gelassen seiner Nebensitzerin.

»Ich wohne in Bodrum und bin in Biberach geboren.«

»Oh!«, erwiderte sie überrascht.

»Allerdings verbrachte ich mein halbes Leben in Stuttgart.«

»Was hielt Sie so lange dort?«

»Das Gleiche wie alle anderen auch: die Arbeit.«

»Stimmt ebenfalls nicht ganz!« Ein reizendes Lächeln umspielte ihre Lippen. »Manche hält die Liebe in Stuttgart. Zu diesen Glücklichen gehöre ich.«

»War Ihre Stuttgarter Liebe glücklich?«

Sie tat, als habe sie seine Frage nicht gehört. Geziert schnitt sie ein winziges Stückchen Antilopenfilet ab und führte es zum Mund. Roland verspürte das dringende Bedürfnis, sie zu provozieren. Tunlichst vermied er es, sich selbst nach dem

Grund seines Wunsches zu fragen. Stattdessen meinte er mit einem herausfordernden Lächeln:

»Sie gehören wohl auch zur Filet-Fraktion.«

»Wie bitte?«

Sonja sah ihn verständnislos an.

»Ich meine zu den Leuten, die am liebsten nur Filet essen! Der Rest des Tieres kann weggeschmissen werden. Er ist ihnen nicht fein genug!«

»Da täuschen Sie sich!« Ihre Augen wurden kalt. »Ich esse auch gerne Hoden!«

»So? Von welchem Tier?«, fragte er überrascht.

»Von keinem Tier!«

Wollte die ihn auf den Arm nehmen? Er schwieg verunsichert, starrte sie an. Sonja spießte das blutige Filet mit der Gabel auf, führte es zum Mund und riss mit den Zähnen ein Stück des Fleisches heraus. Blut lief ihr Kinn hinunter, tropfte auf die weiße Tischdecke, wo es kreisrunde, rote Flecken hinterließ. Roland machte sich gerade Gedanken über die geistige Gesundheit der Frau, als diese laut loslachte.

»Sie haben mir das jetzt doch nicht etwa abgenommen?«

»N...nein, natürlich nicht.«

Roland rang sich ein Lächeln ab, während Sonja aus vollem Herzen glockenhell lachte. Ihn beschlich das dumpfe Gefühl, dass sie ihn soeben lauthals auslachte. Er wollte gerade zornig reagieren, als sie beschwichtigend ihre Hand auf seinen Oberarm legte und fragte:

»Was arbeiteten Sie in Stuttgart?«

Er spürte die Wärme ihrer Hand auf seinem Arm. Diese fühlte sich verdammt gut an. Ein Kribbeln breitete sich von seinem Arm auf die Wirbelsäule aus und kroch diese hinunter bis in seine Lenden. Mit leicht belegter Stimme antwortete er:

»Ich war bei der Kriminalpolizei!«

»Das klingt spannend.«

Große Augen sahen ihn an. Rote Lippen lächelten verführerisch. Roland genoss ihren Flirt, fragte sich aber zugleich, was sie sich davon versprach.

»Ist es auch«, erwiderte er. »Am liebsten jage ich Schwarze Witwen, deren Männer reihenweise in den Tod stürzen.«

Sonja Götz gefror das Lächeln auf den Lippen. Sie sah ihn durchdringend an.

»Sie fackeln nicht lange, was?«

»Wie ich es sehe«, erwiderte er nach einer kurzen Pause, »habe ich hier nicht viel zu verlieren.«

Sie schwieg, nahm ihr Weinglas zur Hand und trank einen großen Schluck des schweren Weines aus der Bodegas Thesaurus. Der spanische Rote hinterließ einen angenehmen Geschmack auf der Zunge und betäubte ihr aufgeregtes Hirn. Lange starrte sie ihn nachdenklich an. Schließlich fragte sie:

»Liegt Ihnen gar nichts an Ihrem Leben?«

Eine gute Frage. Die Situation zwischen ihm und Melek war gerade total verfahren. Sie wäre der einzige Grund für eine Rückkehr in die Türkei. Er hatte aber auch keine Ahnung, wo er sonst hin sollte.

»Gerade nicht besonders viel.«

»Hören Sie zu!« Die verführerische Frau sah ihm fest in die Augen, beugte sich zu ihm und fuhr eindringlich fort: »Ich dachte, Sie sind wenigstens ein richtiger Kerl, kein so Softie wie Ihr Kollege Lutz! Ich brauche einen Typen, einen echten Kerl, um aus diesem ganzen Scheiß hier herauszukommen. Also reißen Sie sich jetzt gefälligst zusammen und flirten Sie mit mir!«

»Wo haben Sie Herrn Lutz kennengelernt?«, fragte Roland überrascht.

»In Stuttgart natürlich! Ich dachte, er könnte mir helfen, aber das war ein Irrtum. Und jetzt lächeln Sie endlich und tun so, als würde ich Ihnen gefallen!«

Sie lächelte ihn strahlend an, berührte ihn erneut an seinem Oberarm. Roland war total irritiert. Ein kurzer Blick in

Richtung von Kyambadde zeigte ihm, dass dieser genau verfolgte, was sich zwischen ihm und der Witwe abspielte. Also setzte Roland ein Lächeln auf und flüsterte ihr ins Ohr:

»Können die beiden Deutsch?«

»Na also, es geht doch!«, meinte Sonja schrill und lachte laut auf, als habe er soeben einen Witz gemacht. »Nein, die beiden können kein Deutsch!«, fuhr sie dann fort.

»Was wollen Sie?«

»Deren Fängen entkommen. Alleine schaffe ich es nicht. Kyambadde will Sie foltern, um aus Ihnen herauszubekommen, was die deutsche Polizei weiß. Anschließend lässt er sie spurlos verschwinden. Ich schlug dem General vor, es erst einmal mich auf meine Art versuchen zu lassen. Falls Sie mir nichts sagen, macht Kyambadde es halt auf seine Art.«

»Wollen Sie damit behaupten, ich muss mich jetzt auf einen Flirt mit Ihnen einlassen? Andernfalls werde ich gefoltert?«

»So formuliert klingt es seltsam. Aber inhaltlich trifft es zu.«

»Warum wollen Sie abhauen?«

»Ihren Worten von vorhin entnehme ich, dass Sie über meinen zweiten Mann Dave Bescheid wissen.«

»Ja, er starb hier in Uganda bei einem Fallschirmunfall. Sie erbten daraufhin sein Millionenvermögen.«

»Daves Fallschirm und sein Reserveschirm waren von Kyambadde manipuliert.«

»Sie wussten vorher darüber Bescheid?«

»Darüber können wir später sprechen. Tun Sie so, als wollten Sie mich küssen.«

»Wie bitte?«

»Sie haben schon richtig verstanden!«

Sonja lächelte ihn erneut an. Roland starrte auf ihre vollen, rot geschminkten Lippen. Es gab Schlimmeres, als diese zu küssen. Also beugte er sich zu ihr und wölbte seine Lippen. In diesem Augenblick wandte sie sich rasch ab, schob ihren Stuhl zurück, sprang auf und lief davon. Völlig perplex blieb Roland zurück. Frauen waren ihm schon immer suspekt gewesen, aber diese hier schlug dem Fass den Boden aus. Frustriert nahm er von dem vor ihm stehenden Bier einen großen Schluck.

Die am Tisch sitzenden Afrikaner taten so, als hätten sie den Vorfall nicht bemerkt. Alle unterhielten sich angeregt in ihrer Sprache. Erst jetzt fiel Roland auf, dass der General sich ebenfalls entfernt hatte. Roland saß als einziger Weißer zwischen zwei leeren Stühlen am Tisch. Er kam sich dämlich vor. Es war Zeit zu gehen. Ob er sich hier ein Taxi bestellen konnte? Gerade als er sich erheben wollte, kehrte Sonja zurück. Sie hatte sich ein leichtes Tuch um die Schultern gelegt, blieb vor ihm stehen und lächelte ihn wieder an.

»Komm, wir gehen!«, meinte sie. Ohne seine Antwort abzuwarten, wandte sie sich den übrigen zu, verbeugte sich leicht und verabschiedete sich von ihnen. Roland erhob sich widerwillig. Sonja hakte sich bei ihm ein und meinte:

»Lass uns gehen!«

»Wohin?«

Wollte sie ihn, ohne Aufsehen bei den übrigen Gästen zu erregen, in Kyambaddes Folterkeller bugsieren?

»In mein Haus natürlich«, antwortete sie leichthin.

»Warum fordern Sie mich erst auf, Sie zu küssen und laufen dann davon?«

»Ein Kuss in der Öffentlichkeit gilt hier als äußerst unschicklich. Ich musste mich abwenden. Andererseits haben nun alle gesehen, dass Sie scharf auf mich sind. Der General hat daher nichts dagegen einzuwenden, dass ich mich mit Ihnen zurückziehe. Er hält uns Weiße für sexuell ziemlich verroht und glaubt, dass bei uns ohnehin jeder mit jedem ins Bett geht. Weiterhin glaubt er, dass ein betrunkener Weißer im Bett einer blonden Frau wie mir alles, aber auch wirklich alles, zu erzählen bereit ist. Sie haben, was den Alkohol betrifft, ja schon schön vorgelegt.«

»Äußerst differenziert und originell, wie er uns Weiße sieht!«, grummelte Roland.

»Deine Vorurteile ihm und seinen Leuten gegenüber sind sicherlich auf dem gleichen Niveau!«, erwiderte sie gleichmütig.

Sie waren vor der Tür angelangt. Der Wagen, mit dem Roland gebracht worden war, stand bereit. Der Fahrer hielt die Tür des Fonds geöffnet. Überrascht und etwas widerwillig stieg Roland ein. Auf dem Beifahrersitz saß ein Uniformierter mit einer Maschinenpistole im Schoss.

»Ich dachte, Sie hätten einen eigenen Wagen!«, zischte Roland ihr zu.

»Daran ist nicht zu denken! Jetzt lächele schön und tu so, als könntest du es kaum erwarten, endlich mit mir alleine zu sein! Zunächst einmal schenk uns bitte zwei Gläser Champagner ein.«

In einem versilberten Kübel voller Eis stand alles bereit. Roland tat wie geheißen, während Sonja in ihrer Handtasche kramte. Geduldig wartend hielt Roland die gefüllten Gläser in der Hand. Unvermittelt meinte sie:

»Oh, wie schön!« Sie wies mit der ausgestreckten Hand auf Rolands Seitenfenster. Unwillkürlich drehte er sich und sah hinaus. Im Mondschein konnte er überraschend klar die nächtliche Savanne erkennen. Sie beugte sich zu ihm. Er spürte ihre warmen, weichen Brüste seinen linken Oberarm berühren.

»Ganz dort hinten liegt mein Haus. Wir sind eine Weile unterwegs, also entspann dich.«

Sonja lehnte sich wieder zurück, nahm eines der Gläser aus seiner Hand. Sie stießen an. Roland kippte sein Glas in einem Zug hinunter. Das Zeug schmeckte ihm überhaupt nicht. Da war ihm selbst ein afrikanisches Bier noch lieber.

»So ist es brav!«, meinte sie jedoch und schenkte ihm erneut ein.

»Wollen Sie mich betrunken machen?«, fragte er.

»Nein, keine Sorge! Unsere beiden Aufpasser da vorne sollen dich einfach nur für ausreichend betrunken halten, mir alles zu erzählen!«

Sie drückte ihm das Glas in die Hand und schmiegte sich an ihn. Ihren blonden Schopf legte sie auf seiner Schulter ab. Ihre rot lackierte Hand streichelte seinen Oberschenkel. Roland konnte kaum glauben, wo er hier war und was ihm passierte. Er nahm einen weiteren Schluck Champagner, während der schwere Geländewagen erstaunlich ruhig auf einer Schotterpiste durch die Savanne fuhr. Das zweite Glas schien anders zu schmecken, aber das bildete er sich vermutlich nur ein. Wahrscheinlich gewöhnte er sich soeben an das französische Prickelwasser. Melek kam ihn in den Sinn. Was sie wohl gerade machte? Würde sie ihm verzeihen, wenn er mit der reizenden Dame an seiner Seite ins Bett stieg? Er grinste. Eigentlich war es egal, er war ein toller Hecht und würde auch ohne Melek zurechtkommen. Schlagartig überkam ihn eine große Schläfrigkeit. Er gab ihr nach. Nie hätte er gedacht, dass er so leicht entspannen könnte.

An diesem ereignisreichen Tag hatten Schwaben einmal mehr bewiesen, zu welchem Ausmaß an Geduld und welch enormer Akribie sie fähig waren. Meter um Meter war der Wald durchstöbert worden, bis am Mörikefels eine feine Hundenase das Gummiprojektil unter einer schützenden Laubschicht aufspürte. Es wurde geborgen, in eine Plastiktüte verpackt und mit einem Streifenwagen ins Stuttgarter Präsidium gebracht. Karl-Heinz Campos persönlich nahm es in Empfang und stellte an dem Projektil Faserspuren fest. Diese stimmten mit jenen von Herrn Götzs Trikot überein. Somit war endgültig klar: Es lag ein Mord vor.

Anita erfuhr dies im ICE auf der späten Heimfahrt von Mannheim nach Stuttgart. Seufzend machte sie daher vom Bahnhof aus noch einen Umweg. Staatsanwalt Dr. Hennekopf erwartete sie bereits.

»Sie sind also ganz sicher, dass Herr Götz ermordet wurde?«

Anita nickte.

»Und seine Ehefrau hat bei ihrer Vernehmung gelogen?«

Die Augen des Staatsanwalts funkelten bei seinen Worten lüstern. Anita entgegnete:

»Der Schuss auf Herrn Götz wurde mit einer normalen Jagdflinte ohne Schalldämpfer abgegeben. Es gab damals Zeugen, die den Schuss im weit entfernten Hepsisau gehört haben. Es ist daher nicht vorstellbar, dass Frau Götz den Schuss nicht gehört hat.«

»Schön, dann kann Dr. Kessler mich mal! Ich besorge einen Haftbefehl. Sie lassen die Dame zum Verhör hierher bringen!«

Der Staatsanwalt tat wie versprochen und Anita schickte Leute von der Nachtschicht los. Dabei stellte sich jedoch schnell heraus, dass ein Verhör der Dame nicht so leicht werden würde. Diese war nirgends aufzufinden. Eine Abfrage der Flugdaten ergab, dass Sonja Götz über Istanbul nach Uganda geflogen war. Sie war nicht alleine gereist, sondern hatte die Flüge mit einer weiteren Person gebucht.

Roland erwachte von der blendend grellen Sonne Afrikas. Sein Kopf dröhnte. Mit der Hand wollte er sich die Augen reiben. Etwas hinderte diese jedoch daran, sich in Richtung seines Kopfes zu bewegen.

Langsam kam er zu sich. Er lag auf einem französischen Bett, die Hände mit Handschellen rechts und links an den stabilen Metallrahmen gekettet. Wie war er hierhergekommen? Offensichtlich hatte er einen Filmriss, zumindest konnte er sich an nichts erinnern. Wenn nur sein Schädel nicht so schlimm brummen würde!

Die Tür ging auf. Sonja kam herein. Sie wirkte frisch und ausgeschlafen. In der Hand hielt sie eine Tasse Kaffee. Auch ungeschminkt, in einer ausgeblichenen Jeans und einem einfachen, weißen Baumwollhemd sah sie verdammt gut aus. Sie setzte sich auf die Bettkante und plapperte fröhlich:

»Guten Morgen! Hast du endlich ausgeschlafen? Komm, setz dich auf, dann flösse ich dir den Kaffee hier ein!«

Schwerfällig tat er, wie geheißen. Das tiefschwarze Gebräu schmeckte süß und bitter. Langsam kehrten seine Lebensgeister zurück.

»Du hast mir was in den Champagner gemischt!«, warf er ihr vor.

»Stimmt!« Sie lächelte entschuldigend. »Tut mir leid, aber ich hatte keine andere Wahl.«

Der Kaffee war leer. Sie stellte die Tasse auf dem Nachttischchen ab.

»Stehst du auf Fesselspiele?«, fragte sie und streichelte ungeniert seinen Schoss.

»Nein!«, erwiderte er wütend.

»Da sagt mir der kleine Mann hier aber was anderes!«, erwiderte sie lächelnd.

Er schloss die Augen und ließ es geschehen. Schließlich fragte er:

»Warum hattest du heute Nacht keine andere Wahl, als mich mit Drogen außer Gefecht zu setzen?«

»Tu schön brav weiter so, als würdest du genießen, was ich hier mache. Dann erzähle ich dir nebenbei alles!«

Sie öffnete den Reißverschluss seiner Hose und erklärte ihm beiläufig:

»Bleib ganz cool, unsere beiden Aufpasser können über eine Kamera alles verfolgen, was wir hier tun. Gott sei Dank verstehen sie kein Deutsch. Jedenfalls verfolgen die beiden

Drecksäcke gerade gierig, was ich hier mit dir mache und wünschten, an deiner Stelle zu sein. Zumindest gerade. Sobald wir miteinander fertig sind und sie gehört haben, dass wir einige Zeit miteinander gesprochen haben, kommen sie, töten dich und werfen dich den Krokodilen zum Fraß vor. Genau das hätten Sie auch heute Nacht getan. Jetzt …«

Sie legte sich halb auf ihn, küsste ihn auf den Mund.

»… haben wir wenigstens eine Chance, Ihnen zu entkommen.«

Er spürte, wie sie ihr Becken anhob und mit der Hand an ihrem Hosenbund zu fummeln begann. War die so verrückt, ernsthaft zu glauben, er würde mit ihr einen Porno für ihre Aufpasser produzieren? In diesem Augenblick spürte er, wie sie etwas hartes, schweres neben seiner rechten Hüfte ablegte.

»Sie ist geladen und entsichert«, flüsterte sie ihm ins Ohr. »Du bist doch Rechtshänder, oder?«

»Ja, aber was zum Teufel hast du vor?«

»Ich werde gleich deine rechte Handschelle öffnen. Sobald unsere Aufpasser das sehen, werden sie losstürmen und wenige Sekunden später durch die Tür hinter mir hereinkommen. Du musst sie dann erschießen!«

»Erschießen? Einfach so?«

»Nicht einfach so! Schon vergessen: Die haben den Auftrag dich an die Krokodile zu verfüttern! Also, stell dich nicht so an! Nach dem, was im Internet so über dich steht, bist du genau der Richtige für diesen Job!«

»Warte …«

Sie richtete sich auf. Mit zitternden Fingern versuchte sie den kleinen Schlüssel in das Schloss der Handschelle zu bekommen. Ihr Gesichtsausdruck verriet eine quälende Mischung aus Angst und Verzweiflung. Roland schluckte den Rest seiner Bedenken hinunter. Inständig hoffte er, sie bekäme das Ding auf, ehe ihre Aufpasser eintrafen.

Mit einem metallischen Klacken gab die Fessel seine Hand frei. Roland griff die neben ihm abgelegte Pistole, während Sonja seitlich von ihm runterrutschte und sich an der linken Handschelle zu schaffen machte. In diesem Augenblick öffnete sich die Tür. Mit der Maschinenpistole im Anschlag stürmte der Uniformierte herein. Ohne nachzudenken, drückte Roland zweimal ab. Der Oberkörper des Polizisten wurde nach hinten geschleudert. Er blieb in der offenen Tür liegen. Angespannt zielte Roland durch die Türöffnung, konnte aber keine weitere Person dort erkennen. Sonja zitterte mittlerweile so heftig am ganzen Körper, dass sie es aufgab, die andere Fessel zu lösen.

»Sagtest du nicht etwas von zwei Bewachern?«, fragte Roland.

»Ja! Die sind zu zweit! Wahrscheinlich hat der da gedacht, mit mir auch locker alleine fertig zu werden. Immerhin hielten sie dich für unbewaffnet und gefesselt.«

»Der zweite Mann hat über den Bildschirm also mitbekommen, dass ich eine Pistole habe?«

»Ver… vermutlich!«

»Mach mich los, schnell!«

In diesem Augenblick nahm Roland vor dem Fenster eine Bewegung wahr. Zweimal schoss er in diese Richtung. Die Scheibe zersplitterte. Roland hielt die Pistole weiter in Richtung des Fensters, versuchte aber gleichzeitig, die Tür im Auge zu behalten.

»Verdammt, jetzt mach mich los!«, fuhr er Sonja an.

Diese rührte sich nicht, saß zusammengesunken neben ihm im großen Bett. Von der selbstsicheren, herausfordernden Frau des Vorabends war nichts mehr übrig. Roland warf einen kurzen Blick in ihre Richtung. Ihr Gesicht war kreidebleich. Ihr Blick flackerte. Sie schien einer Ohnmacht nahe.

»Reiß dich zusammen, sonst werden wir beide sterben!«

Draußen vor dem Fenster und im Haus blieb weiterhin

alles ruhig. Lag der zweite Mann tot vor dem Fenster? Roland war ein sicherer Schütze, hielt dies aber für unwahrscheinlich. Entweder hatte er sich aus dem Staub gemacht oder er würde gleich erneut einen Angriff unternehmen.

»Sonja, was macht General Mukasa mit Leuten, die einen Auftrag wie diesen hier vermasseln?«

Ihr Blick beruhigte sich etwas. Sie antwortete:

»Der General rastet total aus und prügelt sie persönlich tot. Zumindest munkelt man dies über ihn.«

»Das ist schlecht, dann hat sich unser Fahrer bestimmt nicht aus dem Staub gemacht. Wie ist er bewaffnet?«

»Soweit ich weiß, hat er nur eine Pistole.«

Durch das Reden kam sie wieder zu sich. Endlich bekam sie die Schließe auf. Erleichtert rutschte Roland aus dem Bett. Er nahm die Maschinenpistole sowie die Pistole des toten Polizisten an sich. Nie im Leben hätte er es für möglich gehalten, dass er eines Tages einen Kollegen erschießen würde. Noch immer blieb alles ruhig. Sein Bewacher kannte das Haus, er nicht. Wo lauerte er ihnen auf?

»Wie viele Räume hat das Haus?«

»Neben dem Schlafzimmer hier einen großen Wohnraum, eine Küche und zwei Gästezimmer.«

»Alles auf einer Ebene?«

»Ja.«

»Gut, nimm!«

Roland streckte Sonja ihre Pistole hin. Zögernd nahm sie die Waffe entgegen.

»Kauere dich dort hinters Bett. Wenn er durch die Tür kommt, schießt du!«

Ohne zu warten, ob sie seinen Worten Folge leistete, ging er zum Fenster. Er steckte kurz seinen Kopf raus und zog ihn sofort wieder zurück. Alles blieb ruhig. Daher schaute er noch einmal raus. Vor dem Fenster erstreckte sich eine überdachte Holzveranda. Weder eine Leiche, noch Blutspuren waren zu erkennen. Also hatte er den zweiten Mann im Vorbeihuschen vor dem Fenster nicht getroffen.

Mit einem Satz war Roland draußen. Die Veranda aus Holzdielen schien um das ganze Haus zu laufen. Roland rannte los. Wenn der Afrikaner ihn allein durch sein Gehör orten konnte, standen seine Chancen schlecht. Er passierte angespannt das erste Fenster. Nichts geschah. Vielleicht war es von Vorteil, dass er barfuß lief. Auch beim zweiten Fenster passierte nichts. Beim dritten Fenster bellten Schüsse und Glas splitterte hinter ihm. Sofort stoppte Roland, wand sich zurück, hielt die Maschinenpistole durchs offene Fenster und leerte, den Lauf in alle Richtungen drehend, das Magazin. Dann zog er die Pistole des Toten und sah durch das Fenster in den Raum. Der zweite Mann lag aus der Brust blutend mit dem Rücken auf dem Boden. Trotzdem hatte er seine Waffe im Anschlag und schoss. Knapp verfehlte seine Kugel Roland. Er selbst machte es besser. Erneut kehrte Stille ein. Roland lauschte konzentriert, dann rief er:

»Sonja, sind Sie sicher, dass es nur zwei Männer waren?«

»Ja.«

»Gut, dann kommen Sie ins Wohnzimmer! Bringen Sie die Pistole mit.«

Roland stieg selbst durchs Fenster ein. Auf dem Tisch stand ein unversehrter Laptop, dessen Bildschirm zeigte soeben Sonja am Bett vorbeilaufen. Ein rot blinkendes Symbol signalisierte, dass alles aufgenommen wurde. Fluchend klappte Roland den Laptop zu und nahm ihn an sich. Er würde keinen Film von sich, wie er einen Menschen erschossen hatte, hier zurücklassen.

»Vermutlich hat er noch Hilfe gerufen, bevor ich ihn erwischte. Wie schnell können die hier sein?«

»Kommt darauf an, wo die Streifen unterwegs sind. Von der Polizeistation aus brauchen sie ungefähr eine Stunde.«

»Dann nichts wie weg!«

In einer Schale lagen die Schlüssel des schweren Geländewagens. Roland nahm sie an sich. Auf dem Weg nach draußen fragte Roland sich, woher Sonja eigentlich die Handschellenschlüssel hatte. Eigentlich kam hierfür nur ein Polizist infrage. War einer der Schwarzen in sie verliebt und half ihr deswegen? Oder hatte sie einen von ihnen bestochen?

In Stuttgart erschien früh am Morgen Kriminalhauptmeister Peter Lutz bei seiner Vorgesetzten und berichtete ihr, dass Frau Sonja Götz in männlicher Begleitung nach Uganda geflogen war. Überrascht sah Anita ihn an.

»Bist du sicher, dass Frau Götz zwei Plätze gebucht hat?«

»Absolut.«

»Für wen hat sie denn mit gebucht?«

»Für einen gewissen Herrn Kyambadde, einem Staatsbürger Ugandas.«

»Wer ist er? Ihr Liebhaber?«

»Der Flughafen hat uns Ausschnitte der Videoaufzeichnungen geschickt, auf denen die beiden zu sehen sind. Echt gruselig, was da heutzutage an Überwachung läuft. Name und Geburtsdatum reichen aus. Die EDV sucht automatisch die zu den Daten passenden Szenen am Checkin und der Sicherheitsschleuse. Von dort die Personen weiterzuverfolgen ist anscheinend auch kein Problem.«

»Hast du dir die Videos schon angesehen?«

Peter schüttelte den Kopf, dann sagte er:

»Ich habe sie aber auf dem USB-Stick dabei. Sollen wir?«

Anita nickte, wies auf ihren Rechner und fuhr mit ihrem Stuhl zurück. Peter zog sich einen Stuhl heran und nahm neben ihr Platz. Sie erkannten Frau Götz am Checkin sofort. Etwas hinter ihr stand ein durchtrainierter Schwarzer in einem gut geschnittenen, hellen Anzug. Auch die Sicherheitsschleuse passierte er knapp hinter der Blondine. Weitere Szenen zeigten die beiden auf dem Weg zu ihrem Gate. Dort angelangt stellte Frau Götz ihren kleinen Trolley ab und kramte in ihrer Handtasche, während sie gleichzeitig mit ihrem Begleiter sprach. Dann stöckelte sie in Richtung Damentoilette davon.

Die Blicke des Schwarzen folgten ihr. Bis zu ihrer Rückkehr ließ er die Toilettentür keine Sekunde aus den Augen. Als sie wieder neben ihm Platz nahm, legte er seine Rechte auf ihren linken Oberschenkel, lehnte sich zurück und zog seinen Hut tief ins Gesicht. So blieben die beiden nebeneinander sitzen, bis das Gate geöffnet wurde. Die Videos waren zu Ende. Die beiden Kriminalisten saßen schweigend nebeneinander und starrten ins Leere.

»Wie wirken die Szenen auf dich?«, fragte Anita schließlich.

»Ziemlich besitzergreifend.«

General Mukasa kochte vor Wut. Der deutsche Polizist hatte es tatsächlich gewagt, in seinem Stammesland zwei seiner Männer zu erschießen! Als Häuptling war er höchstpersönlich für die Männer seines Stammes verantwortlich. Nur weil er der weißen Schlange vertraut hatte, waren zwei von ihnen gestorben. Das würde sie büßen!

Vier Geländewägen voller schwer bewaffneter Männer würden in Kürze das Haus seiner weißen Hure erreichen. Er wies persönlich über Funk alle vier Fahrer an, sich gefälligst zu beeilen. Die weiße Frau sollten sie ihm lebend bringen. Genüsslich malte er sich aus, was er mit ihr anstellen würde, um seiner Rache Genüge zu tun. War ihr nicht klar gewesen, dass sie und der verfluchte Deutsche keine Chance besaßen, seinen Leuten zu entkommen? Er hätte sie für schlauer gehalten! Andererseits erkannte er erst jetzt, wie sehr sie ihn an der Nase herumgeführt hatte.

Sonja war mehrere qualvolle Tode gestorben, zumindest in der Fantasie General Mukasas, als der Fahrer eines Geländewagens sich über Funk meldete:

»Die beiden Weißen sind tot!«

»Ihr solltet mir die Frau lebend bringen!«, brüllte der General außer sich.

»Sie war bereits tot, als wir am Haus eintrafen.«

»Hat der weiße Polizist sie erschossen?«, fragte General Mukasa verblüfft.

»Nein, Sir. Wie ihr wisst, steht das Haus auf einem Hügel. Vermutlich sind die beiden zu schnell gefahren und haben deshalb die letzte Kurve abwärts nicht mehr bekommen. Jedenfalls ist der Wagen bis zum Dach im Fluss versunken. Entweder sind die beiden ertrunken oder die Krokodile haben sie verspeist.«

General Mukasa war enttäuscht, auf diese Weise um seine Rache gebracht worden zu sein. Andererseits war dies ein Zeichen dafür, dass er mit den Göttern im Bund stand, hatten diese doch für ihn die Rache übernommen.

Der Innenminister persönlich rief Anita auf ihrem Handy an. Sichtlich gereizt über seine Intervention signalisierte sie Peter mit einem Blick den Weg zur Tür. Zugleich hob sie bedauernd Hand und Schultern. Er zog sich diskret zurück. Momentan wollte er nicht in ihrer Haut stecken.

In seinem Büro nahm er das in der Kiste des Wilderers gefundene Foto zur Hand. Warum hatte Herr Jennerbier es dort deponiert? Er war kein Freund der Polizei gewesen. Wollte er sie ärgern, indem er ihnen eine Fährte legte, die von einer Sackgasse in die nächste führte? Oder überwog sein Hass auf seine Auftraggeberin seine Ablehnung der Staatsmacht? Hatte er ihnen ein Rätsel gestellt, um es ihnen nicht zu einfach zu machen? So brütete er einige Minuten vor sich hin, bis es klopfte.

Anita trat ein. Dunkle Ringe um die Augen und tief eingegrabene Gesichtszüge zeigten ihre Erschöpfung an. Hatte sie vorhin auch schon so ausgesehen? Offensichtlich nahm sie ihr neuer Spezialauftrag, bei dem sie es niemand Recht machen konnte, stark mit. Man munkelte auch, ihr Mann habe sie wegen einer Jüngeren verlassen. Peter kannte Bernhard und konnte sich dies von ihm nicht vorstellen.

»Was will der Innenminister?«, fragte Peter.

»Dass ich zaubere und seinen Arsch rette!«, entgegnete sie knapp.

Wenn sie solche Worte benutzte, ging es ihr richtig schlecht.

»Du weißt, dass die Kollegen und ich geschlossen hinter dir stehen!«

»Danke!« Sie lächelte schwach.

Es gab also außer ihr noch andere Polizisten, denen die Suche nach der Wahrheit mehr bedeutete, als ein übertriebener innerer Zusammenhalt.

»Wie kommst du damit voran?«, fragte sie.

»Mit dem Foto?«

Sie nickte.

»Gar nicht!« Er seufzte. »Wenn ich die Worte *Club* und *Africa* bei Google eingebe, hilft das gar nichts. Ich kann nicht einmal mit Sicherheit sagen, ob das Bild in Afrika oder hier aufgenommen wurde.«

»Gott sei Dank weiß selbst Google nicht alles!«, entgegnete seine Chefin. »Wir müssen halt nach wie vor noch unseren eigenen Kopf bemühen.«

Sie starrte das Foto an, ließ es auf sich wirken. Vor einer Mauer aus grauen Natursteinen posierten drei Strohhüte tragende Männer. Die beiden Äußeren waren breitschultrig, hielten zielfernrohrbewehrte Flinten in den Händen, trugen Patronengurte um den Körper und ungepflegte Bärte im Gesicht. Auf der Mauer prangte aus gusseisernen Lettern eine Aufschrift, die teilweise von den Männern verdeckt wurde. Links von ihnen war das Wort *Club* und rechts das Wort *Africa* zu lesen.

»Irgendwie passt der mittlere Mann nicht zu den beiden anderen«, äußerte Anita schließlich. »Er ist viel jünger, schmächtiger, gepflegter. Jennerbier und der Mann links wirken schon auf den ersten Blick so, als mache es ihnen Spaß, durch den Busch zu kriechen und es mit wilden Tieren aufzunehmen. Der Typ in der Mitte wirkt im Vergleich mit ihnen deplatziert.«

Sie verstummte. Irgendwie erschien ihr das Gesicht des Mannes vertraut. Handelte es sich um einen Promi?

»Das fiel mir auch schon auf!«, antwortete Peter. »Übrigens ähnelt der Mann in der Mitte ein bisschen Dr. Kessler.«

»Du hast recht!«, stieß sie überrascht aus. »Deswegen kam er mir so bekannt vor! Hast du das Bild mit Bildern des jungen Dr. Kessler verglichen?«

»Das Internet gibt diesbezüglich nichts her.«

»Dann mache es halt auf die altmodische Art! Finde heraus, wo er studiert hat und wer ihn dort kannte. Einer von denen wird schon noch ein Bild von ihm haben!«

»Das sind alles Juristen!«

»Na und?«, fuhr Anita ihn verärgert an. »Gerade dann wird doch einer bereit sein, uns im Interesse der Wahrheitsfindung zu helfen!«

Peter lag eine Erwiderung auf der Zunge. Er schluckte diese hinunter. Anita wunderte sich, wie sehr sein berechtigter Einwand sie ärgerte. Schließlich gab es nicht nur bei Polizisten einen inneren Zusammenhalt gegen die da draußen. Wahrscheinlich lag auch genau hier der Grund für ihren Ärger: Sie war absolut nicht bereit, auf solche Befindlichkeiten zulasten der Wahrheit Rücksicht zu nehmen! Falls sie je Dr. Kessler mit dem Foto konfrontierte, wollte sie optimal vorbereitet sein. Sollte der Anwalt neben diesem ominösen Herman und der Witwe Götz auch noch diesen Wilderer kennen, stellte sich die Frage neu, was er mit Herrn Götzs Tod zu tun hatte. Hatte er womöglich auch diesen persönlich gekannt?

Eine Stunde zuvor im Haus mit den beiden toten Polizisten:

»Wie weit ist es zur Grenze nach Kenia?«

»Das ist egal, die werden wir ohnehin nie erreichen«, antwortete Sonja.

»Warum nicht?«

»Weil General Mukasa genau damit rechnet und die Polizeistation mehr oder weniger zwischen uns und der Grenze liegt. Im Unterschied zu uns kennen die Polizisten das Gelände und wissen, wo sie uns auflauern können. Außerdem hat der Wagen vor der Tür einen versteckten GPS-Sender, mit dem die uns jederzeit aufspüren können!«

»Scheiße!«, fluchte Roland. »Hast du dir überhaupt Gedanken gemacht, wie es weitergehen soll?«

Er starrte sie schlecht gelaunt an. Wo hatte sie ihn da nur hineingezogen? Sonja hielt seinem Blick stand und erwiderte ruhig:

»Das habe ich!«

Sie strahlte eine Entschlossenheit aus, die ihm an ihr bisher entgangen war. Erleichtert atmete er aus. Hoffentlich wusste sie, was zu tun war. Er folgte ihr aus dem Haus. Sonja ging am Geländewagen vorbei auf eine alte Scheune zu. Roland bemerkte, dass dieses Haus ebenfalls einsam auf einem kleinen Hügel über der Savanne thronte. Auch hier floss am Rande des Hügels ein Fluss. Vermutlich hausten dort die Krokodile, an die er verfüttert werden sollte. Grimm erfüllte ihn. Sonja öffnete die Tür des Schuppens. Roland rief entsetzt:

»Das ist nicht dein Ernst!«

Im Schuppen stand ein rostiger, verbeulter 2CV von Citroën, im Volksmund auch Ente genannt.

»Doch, ist es!«, sagte sie. Ohne ihren Redefluss zu unterbrechen, stieg sie in den Wagen. »Der 2CV ist geländegängiger, als er aussieht. Außerdem hat er keinen Peilsender. Du fährst aber erst einmal mit dem Geländewagen hinter mir her!«

»Warum zum Teufel sollte ich das tun?«

Statt ihm zu antworten, startete sie den Motor und fuhr los. Roland brachte sich mit einem Satz in Sicherheit. Missmutig sah er hinter ihr her, wie sie in der Schaukelkiste die kurvige Piste den Hügel hinabfuhr. Fluchend rannte er zum Geländewagen und folgte ihr. Am Fuße des Hügels, an der letzten Kurve der Piste, wartete sie neben der Ente auf ihn. Er hielt an.

»Lass den Wagen dort hinunterfahren!«, forderte sie ihn auf.

Roland folgte ihrem ausgestreckten Arm. Verfehlte man diese letzte Kurve, führte eine kurze, steile Böschung hinab in den Fluss. Er musste grinsen. Offensichtlich hatte sie sich etwas überlegt. Roland ließ die Automatik des Geländewagens in der *Drive-Position*. Den rechten Fuß auf der Bremse öffnete er die Tür und stieg mit dem linken Fuß und seinem Körper aus, bis auch der rechte Fuß das Bremspedal nicht mehr erreichte. Sofort setzte sich der Wagen in Bewegung und rumpelte den Abhang hinab in den Fluss. Mit offener Fahrertür versank der Wagen nicht weit vom Ufer entfernt im träge dahinfließenden Fluss, bis kaum mehr als das Dach aus dem braunen Wasser ragte. Schaudernd sah Roland, wie sich mehrere Krokodile vom Ufer aus in Richtung der Blechkiste in Bewegung setzten. Er stieg neben Sonja in die Ente, die sofort schaukelnd losfuhr.

»Wohin fahren wir?«, fragte er.

»Kenia liegt im Osten. Falls Mukasas Männer auf unsere Finte nicht hereinfallen und uns suchen, tun sie es dort. Also fahren wir nach Westen.«

»Wohin?«

»Zu einer kleinen Flugpiste, auf der, wenn alles wie geplant läuft, ein startbereites Flugzeug auf uns wartet.«

»Und wenn es nicht wie geplant läuft?«

»Wir sind hier in Afrika! Dann müssen wir eben improvisieren!«

Rolands Zuversicht kehrte zurück. Das Leben in der Türkei war ihm ohnehin zu langweilig gewesen. Endlich erlebte er wieder was! Irgendwie würde er es schon schaffen, heil aus dem Ganzen rauszukommen. Neugierig fragte er:

»Ist es das Flugfeld, auf dem dein zweiter Mann in den Tod stürzte?«

Sie zuckte zusammen, biss sich auf die Lippe. Statt einer Antwort sah sie stur durch die schmale Windschutzscheibe geradeaus, als müsse sie sich auf den Verkehr konzentrieren. Dabei folgten sie einsam und allein einer im Gras der Savanne kaum sichtbaren Piste. Weit und breit war kein Wagen zu sehen. Vereinzelte Wildtiere nahmen beim Näherkommen Reißaus.

»Bist du deswegen hier?«, fragte sie schließlich. »Um wegen Daves Tod gegen mich zu ermitteln?«

»Nein, ich bin hier, weil ich neugierig auf dich bin. Okay, meine ehemalige Vorgesetzte bat mich, Ermittlungen anzustellen. Vielleicht sollte man eher sagen: Vorermittlungen, schließlich bin ich kein Polizist mehr. Mit der Polizei habe ich auch nichts mehr am Hut. Als ich von der Sache hörte, war ich schlicht und einfach neugierig auf die Frau, die sich hinter der Geschichte verbirgt: Ein eiskalter Todesengel oder eine von ihren Unsicherheiten und Ängsten getriebene Frau?«

Seine Worte waren nicht ganz ehrlich. Aber Roland konnte sehen, dass sie ihre Wirkung trotzdem nicht verfehlten.

»Und?«, fragte sie schließlich.

»Was?«

»Welchen Eindruck hast du von mir?«

Er grinste.

»Total durchgeknallt!«

»Oh!«

Roland freute sich über ihre durchklingende Enttäuschung.

»Zugleich äußerst sympathisch und alles andere als langweilig«, schob er nach.

»Danke!«

Ehrliche Freude zeigte sich in ihrem Gesicht.

»Eigentlich bin ich wirklich nur eine Frau in Angst und Not. Weißt du, wie eine psychologische Angstbehandlung aussieht?«

»Nein.«

»Du bekommst ein Erklärungsmodell für die Entstehung deiner Ängste und arbeitest gemeinsam mit der Psychologin heraus, welche Faktoren bei der Aufrechterhaltung oder gar Verstärkung deiner Ängste wirksam sind. So weit, so gut. Die Probleme fangen erst an, wenn du deine Ängste loswerden willst. Weißt du, was die Psychologen dann von dir verlangen?«

»Keine Ahnung.«

»Dass du dich dem aussetzt, vor dem du Angst hast!«

»Verstehe ich nicht.«

»Mal angenommen, du hättest Angst vor mir.« Sie warf ihm einen kecken Seitenblick zu. Dabei lächelte sie ihn auf eine Art an, die ihn glücklich machte. »Dann müsstest du so lange in meiner Nähe bleiben, bis deine Angst langsam verschwinden würde. Schließlich geht von mir keine reale Gefahr aus.«

Musste sie ausgerechnet dieses Beispiel wählen? Roland zögerte kurz, meinte dann aber:

»Außer, man ist mit dir verheiratet!«

»Honey, meine Männer hatten ganz sicher nie Angst vor mir! Aber du sollst die Geschichte hören. Schon lange bevor Jörg vom Felsen stürzte, hatte ich mit einer Therapie begonnen. Auch wegen meiner Höhenangst, aber Frau Zabaione meinte, mit denen könne ich doch prima leben. Lieber solle ich mich mit meinen sonstigen Ängsten beschäftigen. Die seien wichtiger. Sie war nachsichtig und geduldig mit mir, aber es brachte nichts. Am Tag von Jörgs Tod hatte ich mich noch keiner einzigen meiner Ängste gestellt. Ich wäre in den ganzen Mist nicht hineingeraten, wenn ich nur früher ein bisschen Mut aufgebracht hätte. Eine bittere Erkenntnis!

Ich fiel in ein schreckliches, bodenloses Loch. Aus dem kam ich nur wieder raus, weil ich mir schwor, mich endgültig meiner massivsten und körperlich schwersten Angst zu stellen: meiner Scheißangst vor Höhe! Ich buchte einen Flug nach Arizona und meldete mich dort für einen Fallschirmkurs an. Vor meinem ersten Sprung machte ich mehrere Nächte kein Auge zu. Bis heute weiß ich nicht, wie ich es schaffte, ins Flugzeug ein- und vor allen Dingen oben im Himmel wieder auszusteigen. Nach der Landung war es absolut fantastisch: Nie zuvor und nie wieder danach war ich so glücklich und euphorisch! Drei Wochen lang sprang ich mehrmals täglich aus dem Flugzeug. Dann war meine Angst verschwunden. Ich fühlte mich fantastisch und zuversichtlich wie nie.

Mit diesem Rückenwind wollte ich zurück nach Deutschland und mich dort dem übrigen Mist stellen. Mir erschien in meiner Euphorie alles möglich. An meinem letzten Abend gab es eine Feier im Fallschirmclub. Als die Party ihren Höhepunkt erreichte, tauchte Dave auf. Ab diesem Augenblick drehte sich alles nur noch um ihn. Er kannte alle, war der Mutigste und Härteste von ihnen und angeblich auch noch steinreich. Ausgerechnet dieser Supermann interessierte sich für mich und nicht für die mit Silikon und Botox in Idealform gebrachten Amerikanerinnen!

Du glaubst nicht, wie sehr mir dies schmeichelte. Am nächsten Tag sollte mein Rückflug gehen. Nach dem Frühstück tauchte eine riesige, schwarze Limousine vor meinem bescheidenen Motel auf. Der Fahrer überreichte mir den größten Strauß roter Rosen, den ich je gesehen hatte. Darin steckte eine Karte von Dave, der mich inständig bat, ihm die Ehre zu erweisen, eine Woche Gast auf seinem Anwesen zu sein. Selbstverständlich werde er für alle mir hierdurch entstehenden Unkosten aufkommen! Ich zögerte kurz, nahm dann aber seine Einladung an. Schließlich war ich jetzt eine Abenteurerin! In der Woche zeigte er sich als aufmerksamer Gentleman.«

Sie unterbrach sich kurz. Ihr Gesicht nahm einen bitteren Ausdruck an.

»Sein wahres Gesicht zeigte er erst nach unserer Hochzeit! Damals kannte er mich besser, als ich mich selbst. Er spielte mir vor, genau das zu sein, was ich brauchte: Der starke Mann an meiner Seite, der mich stets beschützt, an den ich mich anlehnen kann und der alle Probleme für mich löst!«

Sie brach ab und starrte in die endlose Savanne hinaus. Ein bitterer Zug lag fest um ihren Mund. Roland dachte, dass sie auch jetzt noch ihrem Muster treu geblieben war: Statt selbst einen Ausweg aus ihrer misslichen Lage zu suchen, hatte sie auf einen Mann wie ihn gewartet. Da fiel ihm etwas ein:

»Ich verstehe immer noch nicht, was hier eigentlich los ist. Wenn es dir hier nicht mehr gefällt, hättest du doch einfach abreisen können. Du bist eine vermögende Frau, der alle Wege offen stehen!«

»Schön wär's! Wie gesagt, zeigte Dave nach unserer Hochzeit bald sein wahres Gesicht. Als er mich das erste Mal schlug, war ich eher erschrocken. Ich dachte, ich hätte was falsch gemacht, gab mir noch mehr Mühe und achtete noch stärker darauf, ihm zu gefallen. Bald war es mit Dave viel schlimmer, als es mit Jörg je gewesen war. Jörg hatte mich zumindest nie geschlagen. Dann reisten wir hierher, in die Golden Safari Lodge. Nicht, um wie alle anderen eine Safari zu machen! Dave fand seinen Kick darin, Fallschirm dort zu springen, wo sonst keiner sprang. Er wollte sich, beziehungsweise uns, von irgendwelchen Buschpiloten absetzen lassen. Er ließ mich einen ganzen Tag alleine in der Lodge zurück. Keine Ahnung, was er trieb, aber bei seiner Rückkehr war er total übel gelaunt. Beim Dinner kippte er schon einen Whiskey nach dem anderen hinunter und ging dauernd verbal auf mich los. Ich traute mich kaum noch, mich zu rühren. Kurz vor Mitternacht prügelte er dann in unserem Bungalow auf mich ein.

Nach wenigen Minuten tauchte Mister Campell mit zwei schwarzen Wachmännern auf. Als Dave die Tür öffnete, warf Campell mir einen kurzen Blick zu. Erneut erfüllte mich die Hoffnung, dass er mein Retter wäre. Es gab eine kurze Auseinandersetzung zwischen den beiden. Dave war der Meinung, wenigstens in diesem Land könne ein Mann mit seiner Frau noch tun, was er wolle. Campell blieb absolut ruhig und höflich, aber hartnäckig. Das war für Dave zu viel. Er wollte ihn gewaltsam hinauswerfen, aber ehe er sich versah, lag er mit auf dem Rücken gefesselten Händen auf dem Boden. Die beiden Wachmänner hoben ihn an und schleiften ihn fort. Du glaubst nicht, wie gut es tat, dies sehen zu dürfen. In diesem Augenblick wurde Dave in meinen Augen von einem Furcht einflößenden Riesen zu dem kleinen Arschloch, das er war.

Mister Campell war hingegen ganz aufmerksam und fürsorglich, ein echter Gentleman. Er bot mir medizinische Hilfe an, die ich zurückwies. Mir waren mein Zustand und die ganze Situation furchtbar peinlich. Ich wollte nur in Ruhe gelassen werden. Campell bestand darauf, dass ich zumindest mit in sein Büro käme und dort eine Tasse Tee mit ihm tränke. Er wolle sich davon überzeugen, mich in meinem Zustand anschließend allein lassen zu können. Wie du schon ahnst, kann ich bei einem Mann, besonders wenn er sich als Gentleman und Retter generiert, nicht bei einem Nein bleiben. Also folgte ich ihm. Wir kamen miteinander ins Gespräch. Genauer gesagt fragte er mich aus. Wir waren schnell an dem Punkt angelangt, warum ich mich nicht scheiden lasse.

Ich berichtete ihm von Daves Drohung, sollte ich dies je versuchen, würde ich es nicht überleben. Campell meinte, wir seien hier in Afrika, da besitze Dave keine Macht. Wenn ich wolle, könne er alles notwendige inklusive eines Anwalts in den Staaten für mich organisieren. Es klang reizvoll, aber ich wandte ein, dies helfe nichts, irgendwann werde ich Afrika auch wieder verlassen wollen und dann sei ich nicht mehr sicher vor Dave. Über die Möglichkeit einfach dauerhaft in Uganda zu bleiben, landeten wir schließlich bei seinem Angebot, die Sache endgültig für mich zu regeln. Dave würde mich dann nie wieder bedrohen können.

Ich will mich nicht rausreden. In diesem Augenblick wusste ich ganz genau, dass er mir soeben anbot, meinen Mann zu ermorden. Wenn ich etwas strafrechtlich Relevantes tat, dann bestand dies darin, sein Angebot anzunehmen. Aber ich finde, man muss berücksichtigen, in welcher emotionalen Ausnahmesituation ich mich befand! Jedenfalls sah ich Dave nie wieder.«

»Was soll das heißen, nie wieder?«

»Nie wieder heißt nie wieder! Das letzte Mal sah ich ihn, als er vor meinem Gespräch mit Campell von zwei Männern aus unserem Bungalow geschleppt wurde! Um überhaupt schlafen zu können, nahm ich in dieser Nacht zwei Tabletten. Entsprechend erwachte ich erst am späten Nachmittag wie gerädert. Daves Bettseite war unberührt. Ich fragte mich, was ich geträumt und was sich tatsächlich zugetragen hatte. Die schmerzenden Stellen an meinem Körper verrieten, dass er mich tatsächlich brutal geschlagen hatte. Ich ging alleine frühstücken. Niemand sprach mich an. Dann ging ich bei Campells Büro vorbei. Der war jedoch außer Haus. In einer Mischung aus Verzweiflung und … Hoffnung fragte ich mich, ob sein Angebot ernst gemeint war. Gegen Abend suchte mich dann der Hotelmanager am Pool auf und bat mich, in sein Büro zu kommen.

Mir war schlecht vor Angst, als ich mich umkleidete, um ihn im Büro aufzusuchen. Ich fürchtete, dort von der Polizei festgenommen zu werden. Mit wild pochendem Herzen klopfte ich an. Drinnen erwarteten mich der Manager und eine weiße Gästebetreuerin. An ihrem Blick erkannte ich sofort, was jetzt kommen würde. Trotzdem war es ein Schock. Der Manager teilte mir mit, mein Mann sei heute bei einem Fallschirmsprung tödlich verunglückt. Die Betreuerin brachte mich in meinen Bungalow, kochte dort einen Tee für mich und blieb bei mir. Meine Tränen waren echt. Schließlich bat ich sie zu gehen. Als sie weg war, konnte ich mich kaum zurückhalten einen lauten Freudenschrei auszustoßen. Endlich war ich frei! Nie wieder würde ich mich an einen Mann binden!«

Erneut brach sie ab und starrte bitter in die Savanne hinaus. Schließlich fragte Roland:

»Dem war doch auch wirklich so. Oder etwa nicht?«

»Etwa vier Stunden lang! Dann suchte Campell mich in meinem Bungalow auf. Ich blöde Kuh dachte, so ein Gentleman und wie kann ich mich nur richtig bei ihm bedanken! Während ich noch verschämte Dankesworte faselte, versetzte er mir einen Faustschlag in die Magengrube, der mich zu Boden gehen ließ. Winselnd lag ich dort. Mitleidlos packte er mich grob, zog mich hoch und setzte mich auf die Couch. Dort legte er mir den von ihm mitgebrachten Tabletcomputer auf den Schoß und spielte ein Video ab. Es zeigte mich in Großaufnahme, wie ich einem auf dem Video nicht sichtbaren Mann den Auftrag gebe, das Problem mit Dave endgültig zu lösen. Der Drecksack hatte unser Gespräch in seinem Büro aufgezeichnet! An jenem Tag drohte er mir, dieses Video dem FBI zuzuspielen. Dave war Amerikaner. Campell würde mich der hiesigen Polizei übergeben, dann würde ich im ugandischen Knast in einer Zelle mit dreißig anderen Frauen schmoren müssen, bis die Amerikaner mich abholten und wegen Mordes auf den elektrischen Stuhl setzten. Ich sagte, dann sei er auch dran. Er erwiderte cool, ich solle es ruhig darauf ankommen lassen. Ihm werde nichts geschehen.

Wenn ich genau tue, was er von mir verlange, halte er das FBI raus. Natürlich tat ich, was er wollte. Ein Anwalt regelte fast alles und Daves Geld wanderte auf die Konten von General Mukasa.«

»Existiert das Video noch?«

»Ich gehe davon aus.«

»Was ist, wenn uns die Flucht gelingt und die das Video dem FBI zuspielen?«

»Diese Angst hielt mich lange davon ab, an so etwas wie Flucht zu denken. Aber ich werde mit dir nach Deutschland gehen und der dortigen Polizei alles so berichten, wie es war. Jetzt habe ich endlich wieder Geld. Mit diesem werde ich den besten Anwalt bezahlen und hoffen, das mir nichts Schlimmes passiert.«

»Woher hast du jetzt wieder Geld?«

»Von meinem dritten Ehemann. Wusstest du das nicht?«

»Nein!«

»Offiziell bin ich hier, um meinen Haushalt in Uganda aufzulösen. Er kommt nächste Woche, um mit mir unsere Flitterwochen zu verbringen. In diesen wird er leider bei einem Picknick am Fluss von Krokodilen verspeist werden. So planen es zumindest General Mukasa und Campell.«

»Moment, das verstehe ich jetzt überhaupt nicht!«

»Als die beiden Daves Geld hatten, hoffte ich, dass sie mich gehen lassen. Stattdessen quartierte mich General Mukasa als sein weißes Betthäschen in diesem beschissenen Haus auf dem Hügel ein. Nicht, dass er besonders auf mich stehen würde. Eine weiße Geliebte, noch dazu eine blonde, bringt einem Mann wie ihm zusätzlichen Status. Ich saß also mit wechselnden Bewachern, die offiziell meine Chauffeure waren, dort und langweilte mich. Recht schnell wurde mir klar, dass dies ein Leben ohne Perspektive war.

Eines Tages hätte der General genug von mir. Dann würde er nicht das Risiko eingehen, mich einfach ausreisen zu lassen. Also musste ich mir etwas einfallen lassen. Ich schlug ihm vor, so was wie mit Dave noch einmal durchzuziehen. Erst war er misstrauisch. Ich gab ihm zwischen den Zeilen zu verstehen, dass ich dann als Frau wenigstens wieder unter Leuten wäre, mich in hübschen Kleidern zeigen könne. Ich meine, um einen Millionär kennenzulernen, würde ich in den teuren Lodges und Hotels der Gegend unterwegs sein müssen. Er hielt mich ohnehin für ein Flittchen und so legte sich sein Misstrauen. Ich sah die Dollarzeichen in seinen Augen glitzern. Mein Leben wurde dadurch wieder besser. Zumal ich eine vage Hoffnung hatte, auf diesem Weg zu entkommen. Hübsch aufgemacht und alleine am Tisch speisend, standen schnell die Männer bei mir Schlange. Der General wachte extrem eifersüchtig über mich und gab mir klar zu verstehen, dass ich die Unerreichbare zu spielen hatte. Schließlich ging es bei der Sache nicht um mein Vergnügen, sondern darum von einem wahrhaft vermögenden Mann einen Antrag gemacht zu bekommen. Pascal, ein Franzose, erhielt schließlich den Zuschlag. Vor zwei Wochen heirateten wir in Paris. Da vorne ist übrigens die Flugpiste. Besser du gehst erst einmal auf Tauchstation, damit Charly nicht gleich sieht, dass ich nicht alleine komme!«

In der Ferne tauchten einige Wellblechbaracken auf, neben denen ein leuchtend gelbes Propellerflugzeug mitten in der Savanne stand. Von einem Mast hing schlaff ein Windsack herab. Die sogenannte Piste bestand einfach aus einem Stück eingeebneter Savanne, die hin und wieder gemäht wurde. Viele Maschinen schienen hier nicht zu starten und zu landen. Roland zwängte sich auf der Beifahrerseite in den engen

Fußraum der Ente. Vorsichtshalber zog er seine Pistole und entsicherte diese. Dann fragte er:

»Wer ist Charly und wie lautet dein Plan?«

»Charly darf als letzter weißer Buschpilot in weitem Umkreis noch fliegen. General Mukasa ist hier nicht einfach der Chef der Polizei, er ist der Stammesführer. Die praktizieren hier im Grunde so etwas wie Apartheid. Weiße werden nur als Geld bringende Touristen und wo es nicht anders geht, als Arbeiter geduldet. Weil manche Touristen sich weigern, mit einem schwarzen Piloten zu fliegen, hat Charly hier so eine Art prekäre Beschäftigung. Ich habe mich mit ihm angefreundet und beim General die Vergünstigung erbettelt, hin und wieder Fallschirmspringen zu dürfen.

Mit Charly habe ich für heute einen Termin zum Fallschirmspringen vereinbart. Falls er Skrupel bekommt, uns über die Grenze zu bringen, bist du dran! Eines noch: Es würde helfen, wenn dich keiner der Schwarzen aus den Baracken dort hinten zu sehen bekommt.

So mies sich der General uns gegenüber aufführt, für seine Leute sorgt er gut. Auch wenn die hier hoffentlich noch nichts von ihren beiden toten Stammesangehörigen wissen, werden sie sofort den General anrufen, wenn sie mich zusammen mit einem fremden Mann sehen. Ich gelte als eine seiner Frauen.«

Roland behagte es ganz und gar nicht, dass ihm verborgen blieb, was draußen vor sich ging. Was, wenn die Bewohner der Hütten doch informiert waren?

Keine Stunde, nachdem Peter den Auftrag erhalten hatte, ein Bild von Herrn Dr. Kessler in jungen Jahren aufzutreiben, betrat er das Büro seiner Chefin. Stolz präsentierte er drei verschiedene Fotos des Anwalts.

»Wie hast du das so schnell geschafft?«, fragte sie verwundert.

»Ich dachte, vielleicht kennt Staatsanwalt Dr. Hennekopf ihn ja«, antwortete dieser verschmitzt.

»Und?«

»Klar kennt er als Staatsanwalt den Promi-Anwalt der Stadt. Ich meine, die sind nicht befreundet oder so, aber unser Doktor wusste, welcher Tübinger Studentenverbindung der andere Doktor angehört. Er meinte, ich solle ihn nur machen lassen. Keine halbe Stunde später legte er mir die drei Bilder vor.«

Anita grinste. Sie beschloss, Peter etwas zu foppen und sagte:

»Da entwickelt sich ja eine richtige Männerfreundschaft zwischen euch!«

»Nun übertreibe mal nicht!«, wehrte er errötend ab.

»Den Bildern nach würde ich sagen, der Mann auf unserem Foto ist eindeutig Dr. Kessler. Herr Jennerbier und er kannten sich. Zumindest sind sie sich in Afrika begegnet.«

»Das sehe ich auch so. Der Staatsanwalt hat übrigens bei dieser Gelegenheit noch etwas Interessantes über den Promi-Anwalt erfahren.«

»So? Was denn?«

»Dr. Kessler hat Herman, den Sohn des vorherigen Chefs der Kanzlei, aus dem Bürgerkrieg in Ruanda gerettet. Über Kenia sind sie nach Deutschland geflogen. Das Foto stammt bestimmt aus dieser Zeit. Von Kenia her kannten sich Jennerbier und Herman.«

»Dann fühlen wir Dr. Kessler mal auf den Zahn. Will der Staatsanwalt dabei sein?«

»Nein!« Peter schüttelte den Kopf. »Es würde ihm zwar Vergnügen bereiten. Aber Dr. Hennekopf meint, wir werden es ohne ihn leichter haben, Dr. Kessler zum Reden zu bringen.«

Zu Anitas Überraschung ließ Dr. Kessler auf Anfrage durch seine Sekretärin ausrichten, sie könnten in seiner Kanzlei vorbeikommen. Er würde sich einige Minuten Zeit für sie nehmen.

Das Flugzeug soll mich beim Aussteigen möglichst vor neugierigen Blicken der Hüttenbewohner verbergen. Achte beim Parken darauf!«, gab Roland aus dem engen Fußraum der Ente heraus Anweisung.

»Jawohl, Herr Kommissar!«, antwortete Sonja spöttisch.

Schweigend fuhren sie weiter. Für Roland, der nicht sehen konnte, was draußen geschah, zogen sich die Sekunden endlos hin. Schließlich hielt er die Ungewissheit nicht mehr aus und fragte:

»Was ist da draußen los? Was siehst du?«

»Nichts!«, erwiderte sie genervt.

»Was heißt nichts? Irgendetwas muss es doch zu sehen geben!«

»Nichts Besonderes halt! Links und rechts ist Savanne zu sehen, vorne lehnt Charly wie immer cool an seinem Flugzeug und raucht einen Zigarillo. Ein Stück links davon lungern ein paar Afrikaner vor ihren Baracken herum.«

»Trägt einer von denen eine Waffe?«

»Du spinnst! Wozu sollte er?«

»Um uns zu seinem Stammesführer zu bringen!«

Sie verstummte. Ein ängstlicher Zug legte sich auf ihr Gesicht. Unwillkürlich fuhr sie langsamer.

»Das ist doch alles Blödsinn!«, fluchte Roland und stemmte sich hoch auf den Beifahrersitz.

»Was machst du?«, fragte sie erschrocken, ganz vom Gas gehend.

Roland trat mit seinem linken Fuß das Gaspedal durch und

griff mit seiner linken Hand nach dem Lenkrad. Sie erbleichte, hob die Hände vom Lenkrad und kauerte sich so klein wie möglich in ihren Sitz. Roland schoss direkt auf Charly zu, dem vor Schreck der Mund aufklappte. Sein Zigarillo fiel zu Boden. Kurz vor dem Piloten ging Roland vom Gas und trat die Bremse hart durch. Mit blockierenden Rädern kamen sie neben ihm zu stehen. Roland riss die Tür auf. Mit der Pistole in der Hand stürmte er auf Charly zu.

»Hände hoch!«

»What the hell ...«

»Schnauze halten und Hände hoch!«

»Sonja, what ...«

Roland zielte knapp an seinem Kopf vorbei und drückte ab. Ein bellender Schuss zerriss die Stille der Savanne. Die Hände des Piloten fuhren in die Höhe.

»Los einsteigen und die Maschine starten!«

Charly hatte es eilig, auf seinen Sitz zu gelangen.

»Musste das sein!«, beschwerte Sonja sich. »Jetzt sind General Musakas Leute auf uns aufmerksam geworden!«

Sie zeigte in Richtung der Hütten, wo soeben ein Schwarzer aufgeregt in ein Handy sprach. Roland achtete nicht auf sie. Die kleine Maschine besaß hinten keine Türen. An dem vorgeklappten Kopilotensitz vorbei kletterte Roland auf die Rückbank. Er setzte sich hinter Charly und drückte diesem die Pistole ins Genick. Dann sagte er ruhig:

»Heute Morgen habe ich im Haus der Dame hier zwei Polizisten erschossen. Ich schätze, es wird hier bald nur so von Männern mit Schusswaffen wimmeln. Wollen Sie abwarten, bis ihre Cessna samt Ihnen von Kugeln durchsiebt wird? Oder starten wir?«

Der Pilot ließ eilig den Motor an. Sonja brauchte ihre ganze Kraft, um eine riesige Tasche aus dem Kofferraum des 2CV neben Roland auf den Sitz zu bugsieren. Dieser stöhnte innerlich auf. Diese Frau brachte es selbst im Angesicht des Todes nicht fertig, sich von ihren Klamotten zu trennen. Soeben trat ein Mann aus einer der Wellblechbaracken. In der Hand hielt er ein Jagdgewehr mit aufgesetztem Zielfernrohr. Eine solche Waffe konnte ihnen selbst auf diese Distanz gefährlich werden. Beklemmt äußerte Roland:

»Gleich schießt der Erste auf uns!«

Sonja kletterte hektisch auf den Sitz des Kopiloten. Noch während sie die Tür schloss, riss Charly den Gashebel ganz zurück. Die leichte Maschine beschleunigte. Eine Kugel zersplitterte die Seitenscheibe des Piloten. Charly kippte seitlich weg. Sein Körper begrub die hysterisch schreiende Sonja unter sich.

Der Schwarze mit dem Gewehr musste ein verdammt guter Schütze sein! Eine weitere Kugel drang hinter Roland durch das Blech der Maschine. Da der Gashebel fest eingerastet war, beschleunigte die Maschine auch ohne Pilot rasant weiter. Roland beobachtete, wie die Maschine nach rechts von der Piste abkam.

Dr. Kessler residierte in einer im Stil eines Jagdhauses erbauten Villa. Von seinem Büro aus bot sich dem Anwalt ein atemberaubender Blick über die Stadt. Trotz der bevorzugten Lage war es vom Schellenkönig nicht weit hinunter ins Justizviertel.

Anita hatte schon mehrfach mit Dr. Kessler zu tun gehabt. Heute betrat sie erstmals seine Kanzlei. Im Treppenhaus harmonierten schwarz-graue Terrazzoböden mit grüner Majolika an den Wänden. Die Empfangsdame begrüßte sie mit einem freundlichen Lächeln. Selbstverständlich war sie attraktiv und noch selbstverständlicher unterstrich sie diesen Umstand durch Styling und Kleidung nur äußerst zurückhaltend und dezent. Die Möbel, aus Kirschbaum handgefertigte Einzelstücke, fügten sich harmonisch in das Gesamtbild gediegenen Wohlstands ein. Stühle und Sessel waren mit schwarzem Anilin überzogen, die Lampen Designstücke aus gebürstetem Edelstahl.

Die beiden Polizisten wurden in einen kleinen Raum gebeten. Bereits nach wenigen Minuten zeigte sich der Hausherr. Dr. Kessler reichte beiden zur Begrüßung die Hand.

»Was kann ich für Sie tun?«

»Sie könnten uns verraten, wann und wo dieses Foto hier aufgenommen wurde.«

Anita reichte ihm einen Abzug. Dem Anwalt war seine Überrumpelung deutlich anzusehen.

»Wo haben Sie das her?«

»Wilderer Jennerbier vergrub es mitsamt seinem Gewehr im Wald.«

»Herr Jennerbier? Wie kam der an dieses Bild?«

Anita sah ihn überrascht an. War das sein Ernst? Oder war er ein dreister Schauspieler?

»Ich verstehe nicht«, setzte Anita behutsam an, »was Sie daran verwundert, dass Herr Jennerbier dieses Bild besaß?«

Der Anwalt starrte die Kommissarin wortlos an. Dann senkte er seinen Blick auf das Bild vor sich. Stirnrunzelnd betrachtete er es. Schließlich fragte er:

»Wollen Sie damit andeuten, dass dieser Mann hier«, er zeigte auf den Wilderer, »Herr Jennerbier ist?«

Anita und Peter sahen einander ratlos an. Schließlich fragte Anita zurück:

»Wollen Sie damit andeuten, Herrn Jennerbier nicht zu kennen?«

»In der Tat!«

Anita zeigte ihr Misstrauen deutlich.

»Hören Sie, nicht nur, dass Sie mit ihm hier abgebildet sind! Sie verteidigten Frau Götz gegen den Verdacht, Herrn Jennerbier ermordet zu haben! Wollen Sie allen Ernstes behaupten nicht zu wissen, wie er aussah?«

»Ich weiß es wirklich nicht! Dem Mann auf dem Foto bin ich vor über zwanzig Jahren unter äußerst ungewöhnlichen Umständen kurz begegnet. Mein Führer, also der Mann auf der anderen Seite von mir, und dieser Mann kannten sich. Sie soffen miteinander und schwelgten in alten Zeiten. Ich störte dabei nur und zog mich rasch zurück. Kommen Sie morgen früh wieder, dann erkläre ich Ihnen alles ausführlich. Im Büro nebenan sitzt ein wichtiger Mandant, den ich unmöglich noch länger warten lassen kann! Bitte haben Sie Verständnis dafür!«

»Wo und wann wurde das Bild aufgenommen?«

»1994 im Aero Club of East Africa, wie Sie anhand der Mauer sehen können. Ernst Hämmerle, so hieß der Mann zu meiner Linken, wollte nach unserem überstandenen Abenteuer unbedingt noch dort vorbeischauen. Anscheinend logierte vor einer Ewigkeit Ernest Hemingway, sein großes Vorbild, ebenfalls dort. Nach allem, was er in den Wochen zuvor für mich getan hatte, konnte ich ihm diesen Wunsch nicht abschlagen.«

»Vor einigen Tagen suchten wir nach einer Verbindung zwischen Ihrem Klienten Herman und Herrn Jennerbier. Wie es aussieht, sind Sie das Bindeglied!«

»Wenn auf dem Foto Herr Jennerbier abgebildet ist, dann begegnete Herman ihm damals persönlich!«

»Können Sie uns noch mehr …«

»Nicht jetzt! Ich muss dringend zu meinem Mandanten. Kommen Sie morgen um acht Uhr hierher. Dann erfahren Sie alles!«

Bei einem der besten Juristen der Stadt Spielchen zu versuchen, wäre unklug. Kein Staatsanwalt und kein Richter würde ihr Schützenhilfe geben. Also gab Anita nach. Frustriert zogen sich die beiden Kriminalisten ein weiteres Mal zurück. Hatte der Promi-Anwalt den Wilderer mit dem Mord an Jörg Götz beauftragt? Schließlich war Jennerbier ihm aus mindestens einem früheren Fall als Problemlöser bekannt.

Hektisch erhob Roland sich von der Rückbank der Cessna, beugte sich vor, griff nach dem Steuerknüppel und korrigierte die Fahrt der beschleunigenden Maschine zurück in Richtung Startbahn.

Sie waren außer Reichweite des Schützen. Das Ende der Piste raste auf sie zu. Was zum Teufel sollte er tun? Wenige Meter vor ihm ging die planierte Fläche in die üblichen, sanften Wellungen der Savanne über. Das kleine Flugzeug würde sich dort bei ihrer aktuellen Geschwindigkeit mit Sicherheit überschlagen. Weit über den Pilotensitz gebeugt, zog Roland beherzt mit beiden Händen am Steuerknüppel. Sonjas Schreie verstummten abrupt, als die Maschine tatsächlich abhob. Plötzlich war vor ihnen nur noch der blaue Himmel zu sehen.

»Was ist mit Charly?«, fragte Roland.

»Ich glaube, er ist tot«, antwortete sie heißer.

»Scheiße!«, fluchte er.

Sonja rang um Kontrolle über ihre Emotionen, schluchzte dabei immer wieder auf.

Roland warf einen kurzen Blick zur Seite. Die Kugel war über dem Ohr in den Schädel des Piloten eingedrungen. Er hing absolut schlaff auf der Witwe.

»Bist du schon einmal ein Flugzeug geflogen?«, fragte er.

»Nein! Du?«

»Auch nicht! Klettere nach hinten und versuche Charly möglichst weit auf deine Seite zu ziehen, sodass ich nach vorne kann!«

Zitternd tat sie wie geheißen. Mit dem Fuß blieb Sonja an Rolands rechtem Arm hängen. Sofort fiel das kleine Flugzeug in eine scharfe Rechtskurve. Vor Schreck hätte Roland fast den Knüppel losgelassen. Mit äußerster Konzentration gelang es ihm, das Flugzeug wieder zu stabilisieren. Er half Sonja, so gut es ging, Charly zur Seite zu schieben. Dann kletterte er über die Lehne nach vorne und nahm Platz.

Suchend sah er sich bei den Instrumenten um. Ein Kreiselkompass fiel ihm ins Auge. Sie flogen nach Süden. Das war schlecht, lag dort doch der riesige Victoriasee. Er kannte die Reichweite der Maschine nicht, wollte aber auf keinem Fall über einer Wasserwüste abstürzen. Also wagte er sich an eine weitere Kurve und brachte das Flugzeug Richtung Osten auf Kurs.

»Du gehst ja echt über Leichen!«, beschwerte sich Sonja von hinten.

»Ach ja? Hast du mir eine andere Wahl gelassen?«

»Bei den Wachen nicht, bei Charly schon!«

»Den habe ja wohl nicht ich erschossen!«

»Du hast …«

»… ihn mit der Waffe bedroht, damit er uns hier wegbringt. Ich wollte ihm damit helfen! Es sollte Zeugen dafür geben, dass wir ihn mit Gewalt gezwungen haben, uns außer Landes zu bringen!«

Sonja schwieg. Roland hörte sie tief Luft holen. Nach einigen Minuten meinte sie:

»Uns jetzt zu streiten, bringt nichts! Kannst du das Ding auch landen?«

Roland brauchte einige Minuten, ehe er antwortete:

»Da sprichst du was an! Landen ist sicherlich einiges schwieriger als Starten. Vorerst bin ich froh, wenn kein Düsenjäger auftaucht und uns abschießt!«

Auf direkte Anweisung des Innenministers war Anita noch am selben Tag für eine weitere Befragung nach Mannheim gefahren. Noch-Polizist Müller hatte sich eine Anwältin besorgt, eine gewisse Frau von Spiessen. Die beiden Frauen reichten einander die Hand und begutachteten sich neugierig. Schließlich eröffnete die Anwältin das Gespräch:

»Sie wiesen freundlicherweise meinen Mandanten darauf hin, dass seine Aussage im Widerspruch zu Befunden der Kriminaltechnik steht.«

»Ja«, entgegnete die Kommissarin, »so freundlich war ich. Ich bin sogar so freundlich, Sie zu fragen, ob Ihr Mandant Sie von der Existenz dieser Bilder in Kenntnis gesetzt hat.«

Anita reichte der Juristin die Mappe mit den Fotos. Auf der Stirn der Anwältin bildete sich eine steile Falte. Mit jedem weiteren Bild wurde diese zunehmend tiefer. Noch-Polizist Müller blickte wie ein beim Schummeln ertappter Schüler drein.

»Wem liegen diese Fotos vor?«, fragte Frau von Spiessen.

»Das wissen wir nicht. Sie waren über eine längere Zeit im Internet frei zugänglich.«

Anita konnte es förmlich spüren. In diesem Augenblick wollte ihr gegenüber ihren Mandanten ob seiner Blödheit am liebsten zusammenstauchen.

»Der zuständige Staatsanwalt«, Anita wies mit den Augen unauffällig in Richtung des Einwegspiegels, hinter dem dieser das Geschehen verfolgte, »geht fest davon aus, dass die Bilder rechtzeitig zu Prozessbeginn den Medien zugespielt werden.«

Der Staatsanwalt würde diese Aufgabe notfalls auch selbst übernehmen. Hiervon ging Anita zumindest aus.

»Danke!«, sagte Frau von Spiessen. Umständlich nahm sie Platz. »Was wollen Sie von Herrn Müller?«

Anita setzte sich ebenfalls.

»Seine Aussage, dass er Herrn Kehl geplant erschossen hat. Um seine Tat zu vertuschen, schob er ihm anschließend die Zwille samt Stahlkugel unter, um eine Notwehrsituation zu konstruieren.«

»Das werde ich niemals tun!«, brüllte Noch-Polizist Müller.

Mit dem Düsenjäger hast du leider recht«, antwortete Sonja. »Selbst Uganda hat eine Luftwaffe. Die hat General Musaka mittlerweile sicher auf uns angesetzt. Versuche möglichst dicht über dem Boden zu fliegen. Vielleicht entgehen wir dann ihrem Radar.«

Roland tat wie geheißen und lenkte das Flugzeug in mehreren Etappen nach unten. Dabei übte er, die Maschine aus dem Sinkflug wieder abzufangen. Dies erwies sich als erstaunlich einfach. Vielleicht würde er doch eine Landung hinbekommen? Euphorisch grinsend meinte er:

»Das geht total einfach und macht irren Spaß. Wenn ich wieder zu Hause bin, erwerbe ich den Flugschein!«

»Dein Optimismus freut mich«, antwortete sie und beugte sich über die Lehne nach vorne. Sie drückte einen Schalter am Armaturenbrett. Ein kleines Display, ähnlich einem Smartphone, erwachte zum Leben.

»Das ist ein GPS-Navigationssystem. Es zeigt auch die Landesgrenzen an und du …«

In diesem Augenblick wurde die linke Tragfläche der Maschine nach oben gerissen. Sonja sah die Savanne auf sich zuschießen. Die Worte blieben ihr im Hals stecken. Roland steuerte automatisch gegen und zog die sich heftig schüttelnde Maschine hoch. Sofort beruhigte sich der Flug wieder.

»Was war das?«, keuchte Sonja von hinten.

»Ich weiß auch nicht!«

»Wurden wir beschossen?«

Roland sah sich die Tragflächen an. Er konnte keine Löcher entdecken.

»Ich glaube nicht. Vielleicht eine Turbulenz?«

»Gut, dann geh besser nicht mehr ganz so tief! Wir müssen ohnehin bald an der Grenze sein. Ich ziehe mich kurz um, dann löse ich dich am Steuer ab!«

»Du machst was?«

Er musste sich verhört haben. Oder hatte Sonja selbst jetzt

nichts anderes im Sinn, als in welcher Kleidung sie auf der nächsten Etappe ihrer Flucht die beste Figur machte? Sie würdigte ihn keiner Antwort. Das Ratschen des Reißverschlusses ihrer XXL-Reisetasche kündete jedoch davon, dass sie ihre Worte in die Tat umsetzte.

Er schüttelte ungläubig den Kopf. Sie war ihm sympathisch geworden. Wie sie den Tod der drei Männer wegsteckte, imponierte ihm. Aber vermutlich würden bei ihr der Schock und die Traumatisierung erst einsetzen, wenn sie nicht mehr fürs unmittelbare Überleben weiter funktionieren musste.

Sonja bewegte sich auf der Sitzbank hin und her. Die Maschine begann leicht zu Schwanken. Roland musste sich voll konzentrieren, um das Flugzeug stabil zu halten. Offensichtlich zog sie sich da hinten in größerem Ausmaß um. Da musste er dann wiederum doch grinsen. Die Frau war so durchgeknallt, dass er es schon wieder sympathisch fand. Erneut hörte er, wie sie einen langen Reißverschluss zumachte. Dann würde das Umkleiden wohl beendet sein. Roland war neugierig, wie sie sich ihm gleich präsentieren würde. Ihre Hand tauchte auf der Lehne neben ihm auf.

»Moment, bevor du über die Lehne steigst, ziehe ich die Maschine erst noch ein Stück höher!«, sagte er schnell.

Er wollte nicht bei einem Absturz sterben, nur weil sie wieder an seinem Arm hängen blieb oder etwas Ähnliches passierte.

»Du wirst ohnehin gleich sehr viel höher steigen müssen«, erwiderte sie von hinten. »Sieh mal nach vorne.«

In der Ferne tauchte ein gewaltiges, dunkles Gebirge auf. Sonja schlug Roland erfreut auf die Schulter und meinte:

»Das ist das über viertausend Meter hohe Mount-Elgon-Massiv. Es liegt genau an der Grenze zwischen Uganda und Kenia, wir haben es also bald geschafft! Ich komme jetzt vor zu dir.«

Als Roland aus den Augenwinkeln eine fremde Gestalt

wahrnahm, verriss er vor Schreck das Steuer. Sonja, die sich soeben über der Rückenlehne befunden hatte, purzelte nach vorne und landete halb auf Charly, halb auf dem Armaturenbrett. Ihr Kopf schlug heftig auf. Da sie sich mittlerweile einen Helm aufgesetzt hatte, blieb sie glücklicherweise unverletzt.

»Was zum Teufel soll das?«, fragte Roland verblüfft.

Sie hatte sich nicht umgekleidet, sondern einen roten Fallschirmspringeranzug übergezogen. Außerdem hatte sie ihre komplette Ausrüstung inklusive Helm und Schutzbrille angelegt.

»Du hast noch nie ein Flugzeug gelandet, also springen wir mit dem Fallschirm ab«, antwortete sie.

»Ich bin auch noch nie Fallschirm gesprungen!«, erwiderte er panisch.

»Hast du Angst?«

Ein Lächeln umspielte ihre Lippen.

»Verdammt noch mal, natürlich habe ich Angst!«

»Du brauchst keine Angst zu haben. Wir steigen gemeinsam aus. Ich ziehe für dich die Reißleine. Dann schwebst du sanft am Schirm zu Boden. Bei der Landung darfst du nur nicht versuchen stehenzubleiben, sondern musst dich abrollen. Wir springen aus vier- vielleicht auch fünftausend Metern Höhe ab. Es wird also ziemlich kalt werden. In der Tasche auf der Rückbank sind ein Springeranzug und ein Schirm für dich. Ich übernehme so lange das Steuer.«

»Ein Schirm für mich? Heißt das, du hattest von vorneherein geplant, mit dem Fallschirm auszusteigen, statt zu landen?«

»Mir war zumindest klar, dass Mukasa umgehend über meinen Start mit Charly informiert werden würde und dass es dann Schwierigkeiten geben könnte. Da packte ich zur Sicherheit zwei Fallschirme ein. Was ist nun? Traust du dich?«

Roland antwortete nicht. Sein Magen verkrampfte sich. Die kleine Maschine stieg höher und höher, während das mächtige

Gebirgsmassiv vor ihnen immer näherkam. Er hatte Schiss und konnte sich nicht vorstellen, freiwillig aus einem Flugzeug zu springen. Andererseits wusste er, dass die Cessna etwa dreihundert Stundenkilometer flog. Sollte er eine Landung wagen, würde bei diesem Tempo der kleinste Fehler tödliche Folgen haben.

»Also gut …«

In diesem Augenblick donnerte ein Düsenjäger knapp über sie hinweg. Die von ihm verursachten Turbulenzen rüttelten die kleine Cessna heftig durch. Als ihre Maschine wieder ruhiger flog, sahen die beiden, wie das Kampfflugzeug sich weit vor ihnen in eine Kurve legte.

»Wir müssen sofort hier raus!«, schrie Sonja panisch, nach dem Türöffner auf ihrer Seite greifend.

Das Gewicht der an ihr lehnenden Leiche drückte die Tür auf. Kopfüber purzelte Charly hinaus, während ein heftiger Wind durch die Kabine wirbelte. Sonja wollte hinterher, doch Rolands Rechte hakte sich in ihrem Gurtzeug ein. Eisern hielt er sie fest. Sie wandte sich ihm zu. Mit Tränen in den Augen flehte sie:

»Bitte lass mich gehen! Wenn er zurückkommt, schießt er uns ab!«

Müde und erschöpft von ihrem langen Tag verließ Anita am Stuttgarter Hauptbahnhof den ICE. Der Zug war übervoll gewesen. Gefühlt stiegen alle achthundert Fahrgäste in Stuttgart aus und lieferten sich ein Rennen zum Ausgang. Anita ließ sich vom Strom der Massen in Richtung Ende des Kopfbahnsteigs mittragen. Plötzlich stand sie vor Bernhard. Ihr erster Impuls bestand aus reiner Freude. Sie wollte sich gerne in seine Arme werfen, zögerte aber.

»Darf ich für dich was kochen?«, fragte er schüchtern.

»Gerne.«

Sein Wagen stand im Parkhaus nebenan. In stillem Einverständnis fuhren sie in ihre Heslacher Wohnung, dem Schauplatz vieler schöner gemeinsamer Jahre.

»Kommst du zu mir zurück?«, fragte Anita schüchtern.

»Wenn du mich nimmst.«

Als Antwort warf sie sich an seinen Hals. Bernhard fuhr an den Straßenrand. Seine Arme umschlossen sie. Anita schluchzte hemmungslos. Er murmelte:

»Tut mir leid, dass du unter meiner Krise leiden musstest.«

»Es ist nicht nur wegen dir.«

»War es heute so schlimm?«

»Müller hat den Mord an dem Hooligan gestanden.«

»Das ist doch gut! Du hast die Welt wieder ein bisschen gerechter gemacht.«

»Er war nicht alleine. Mit Einverständnis der Oberen kommen seine Kumpels davon, dürfen sogar Polizisten bleiben!«

»Und das empört dich?«

»Natürlich tut es das!«

In wenigen Sekunden würde der Düsenjäger zurück sein und das Feuer auf sie eröffnen. Es war für Roland unmöglich, in dieser Zeit den auf der Rückbank wartenden Fallschirm anzulegen.

»Welches Gewicht trägt dein Fallschirm maximal?«

»Hundertzwanzig Kilo, warum?«

Roland wog fünfundsiebzig Kilo und Sonja sicherlich auch über fünfzig Kilo. Es würde knapp werden. Den Düsenjäger konnte er nirgends mehr sehen. Sonja hatte mittlerweile erraten, was er überlegte:

»Oh nein, das klappt nicht! Die Bremswirkung des Fallschirms ist zu groß. Das Doppelte deines eigenen Gewichts würde an deinen Armen reißen!«

»Darauf lass ich es ankommen! Öffne so schnell wie möglich den Fallschirm, dann ist der Bremseffekt geringer. Außerdem ist der Effekt auch kleiner, wenn durch unser gemeinsames Gewicht der Schirm die Grenze seiner Traglast erreicht. Öffnet man das Ding hier?«

»Ja, das ist die Reißleine.«

Er legte ihre Hand an den Griff und schloss ihre Finger darum. Dann packte er mit jeder Hand einen ihrer Gurte oberhalb der Brust, nickte ihr kurz aufmunternd zu und schob sie entschlossen rückwärts zur Tür hinaus.

Sonja stürzte ins Bodenlose und zog ihn mit sich. Sofort umbrauste sie ein Orkan. Die beiden wirbelten wild durcheinander. Roland fragte sich panisch, warum sie das Scheißding nicht öffnete. Wollte Sie, dass er sich nicht festhalten könnte?

Plötzlich stabilisierte sich ihr Fall. Er sah, dass sie alle Viere weit von sich gestreckt hatte. Er selbst hing, die Füße nach unten, von ihr herab. Dann langte ihre Rechte an den Griff der Reißleine. Gleich darauf wurde sie aus seinen Händen gerissen.

Zumindest fühlte es sich so an. Seine eisern verkrampften Fäuste gaben jedoch nicht nach. Er schlug gegen Sonjas Körper und hing an ihr hinab. Ihr Sturz hatte sich immens verlangsamt. Das ferne Bellen einer Bordkanone übertönte das Rauschen des Windes in seinen Ohren. Suchend sah Roland sich um, bis er etliche Hundert Meter entfernt ihre Cessna entdeckte. Mit nur noch einer Tragfläche trudelte sie in rasendem Tempo dem Boden entgegen.

In diesem Augenblick spürte Roland einen Schlag auf dem Rücken. Es wurde um ihn dunkel. Als seine Fäuste sich öffneten und Sonja ihm entrissen wurde, hatte er bereits die Besinnung verloren.

Wie zu den besten Zeiten ihrer Ehe kochte Bernhard für sie. Anita nahm allen Mut zusammen und erzählte ihm währenddessen nicht von ihrer Arbeit, sondern von sich. Endlich schaffte sie es ihrem Mann von ihrer Mutter zu berichten, die eines Tages einfach spurlos verschwunden war. Bis heute quälte Anita die Frage, ob ihre Mutter Opfer eines Verbrechens geworden oder einfach vor einem ermüdenden Familienleben geflohen war. Diese schmerzliche Erfahrung hatte sie geprägt und sie mit zur Polizei geführt.

Auch das Familiengeheimnis, das ihrem Vater so am Herzen lag, hatte sie Kommissarin werden lassen. Der Gedanke, Bernhard auch hiervon zu erzählen, bereitete ihr Bauchschmerzen. Trotzdem würde sie auch dies nicht länger vor sich herschieben.

Bei Kerzenlicht aßen sie. Bernhard entkorkte zur Feier des Tages die beste Flasche seines Weinkellers, einen Ribera del Duero von 1995. Sein Essen schmeckte wie immer himmlisch und stellte schon für sich genommen einen gewichtigen Grund dar, dass er zurückkehren musste.

Nach dem Essen liebten sie sich voller Sehnsucht und mit der Zärtlichkeit, der einander Vertrauten. Anita lag auf der Seite. Bernhard streichelte liebevoll ihren Rücken. Sie seufzte genießerisch.

»Wer hat seinerzeit denn herausgefunden, dass dein Opa ein Nazi war?«, fragte Bernhard schließlich.

Der spanische Rotwein hatte ihre Bauchschmerzen vertrieben und ihre Zunge gelockert.

»Das weiß ich nicht. Papa glaubt, einer der Vertriebenen schwärzte uns an. Die Angst, eines Tages könne genau dies passieren, ließ ihn immer Abstand von der Landsmannschaft halten. Geholfen hat es nichts. Es passierte trotzdem.«

Sie schwiegen. Anita hoffte inständig, dass er jetzt das Richtige sagen würde. Nichts geschah.

»Du verkrampfst ja total!«, meinte Bernhard plötzlich.

Sie schluckte.

»Liebst du mich trotzdem noch?«, presste sie schließlich hervor.

»Du meinst, obwohl du von einem Nazi abstammst?«

Sie nickte.

»Da kannst du doch nichts für!«

Er zog sie an sich.

»Wer dein Opa war oder was er getan hat, ändert nichts an meinen Gefühlen für dich.«

»Wenn das nur alle so sehen würden!«

»Die dir das vorwerfen, sind schrecklich dumm! Im Grunde tun sie nämlich nichts anderes, als was sie dir vorwerfen und weswegen sie sich dir überlegen fühlen: Wie einst die Nazis glauben sie an Erbschuld und die Minderwertigkeit mancher Gene!«

Roland kam wieder zu sich. Sein Rücken schmerzte teuflisch. Er stöhnte, versuchte sich zu orientieren. Mitten in einem dichten Busch lag er auf dem Rücken. Über ihm hing Sonja noch immer in den Gurten ihres Fallschirms. Offensichtlich war bei der Landung etwas schief gelaufen. Sie waren mitten in einem Baum gelandet. Den abrupten Ruck, als der Schirm sich in der Baumkrone verfing, hatte er nicht mehr halten können. Zum Glück war er nur einen guten Meter weit in ein dichtes Gebüsch gestürzt.

Hatte sie sich bei diesem Bremsvorgang verletzt? Zumindest hing sie schlaff und mit geschlossenen Augen da. Er rappelte sich auf, rüttelte zaghaft an ihrem Oberschenkel. Sie rührte sich nicht.

»Sonja! Sonja wach auf!«, rief er zunehmend besorgter werdend.

»Bitte wach auf!«

Mittlerweile schüttelte er sie an ihrem Oberschenkel ziemlich heftig. Sie kannten sich noch keine vierundzwanzig Stunden. Trotzdem waren sie einander nahegekommen. Sonjas mutige Flucht durfte nicht an einem Baum im afrikanischen Bergwald ein jähes Ende gefunden haben!

In diesem Moment verzog sich ihr Mund zu einem breiten Grinsen, ehe sich ihr Körper vor Lachen schüttelte und sie die Augen öffnete.

»He, du warst ja gar nicht ohnmächtig!«, beschwerte sich Roland.

»Nein, war ich nicht! Mir geht es gut wie lange nicht!«

»Warum hängst du dann noch da oben?«

»Zum einen fand ich es schön, dich mir zu Füßen liegen zu sehen. Außerdem wollte ich nicht riskieren, bei einem Befreiungsversuch unsanft auf dir zu landen. Und zu guter Letzt wollte ich meinem Helden nicht die Chance nehmen, mich aus einer misslichen Lage zu befreien!«

»Wenn das so ist: Was kann ich tun?«

»Halte mich einfach fest. Ich will nicht runterfallen, wenn ich den Schirm abtrenne.«

Roland trat an sie heran. Mit beiden Armen umfasste er ihre Beine, sodass sich ihre Knie an seine Brust pressten. Dann suchte er einen sicheren Stand.

»Bereit!«

Sie trennte den Schirm vom Gurtzeug ab. Augenblicklich spürte er ihr Gewicht. Langsam ließ er sie an seinem Körper nach unten gleiten, bis sie vor ihm auf dem Boden stand. Länger als notwendig hielt er sie mit seinen Armen umschlungen. Sie gab ihm einen Kuss auf die Wange.

»Vielen Dank, mein Retter! Du darfst mich jetzt loslassen!«

Sofort legte sie das Gurtzeug ab und bat ihn:

»Versuche nach Möglichkeit den Schirm aus dem Baum zu bergen. Ich habe zwar extra eine olivgrüne Rundkappe aus

Militärbeständen gewählt, aber selbst diese könnte von einem Suchflugzeug geortet werden!«

Sie reichte ihm ein Messer. Er stieg in den Baum, durchschnitt Leinen und Stoff, bis er den Schirm aus der Baumkrone geborgen hatte. Als er wieder den Boden erreichte, beschäftigte sie sich intensiv mit ihrem Smartphone. Noch ehe er einen Blick auf das Display werfen konnte, schaltete sie es aus und steckte es in die Tasche.

»Wir sind leider noch in Uganda, aber die Grenze ist nicht weit entfernt. Noch vor dem Abend können wir sie erreichen. Nimm am besten den Schirm mit. Wir hinterlassen dann weniger Spuren. Vielleicht können wir ihn auch noch gebrauchen!«

Ohne seine Antwort abzuwarten, lief sie los.

»Was erwartet uns hinter der Grenze?«, rief er hinter ihr her.

»Das Gleiche wie bis dorthin: Bergwald. Wir werden es nicht einmal merken, wenn wir die Grenze passieren.«

»Warum dann die Eile?«

»Weil General Mukasa Hubschrauber zur Suche nach uns losschicken wird. Du hast zwei seiner Männer getötet. Er gibt erst Ruhe, wenn das gerächt ist. Außerdem haben wir nichts zu essen dabei und ich möchte möglichst bald wieder hier raus.«

»Wie weit müssen wir gehen?«

»Keine Ahnung, das hier ist ein Nationalpark. Es gibt kaum Menschen. Nur wenige Touristen verirren sich hierher. Die Park Ranger unternehmen Patrouillengänge. Denen gehen wir lieber aus dem Weg. Wenn die hören, dass hier zwei Polizistenmörder herumspazieren, machen die kurzen Prozess!«

»Wie lautet dein Plan?«

Seine Frage ignorierend lief sie einfach weiter. Roland befürchtete, dass sie gar keinen Plan besaß. Etwa eine Stunde lief er immer leicht bergauf hinter ihr her. Der Wald lichtete sich zunehmend. Es wurde kälter. Roland fror in seinem T-Shirt und seiner Hose.

»Stopp!«, rief er ihr unvermittelt zu.

Beide blieben stehen und lauschten. Aus der Ferne drang der Lärm eines Hubschraubers zu ihnen. Sie sahen sich um.

»Dort!«

Roland wies auf einen kleinen Baum, eher einen großen Busch mit dichter Krone. Beide rannten los, zwängten sich durch die Äste und pressten sich eng aneinander. Roland bedauerte, die Pistole in der Cessna zurückgelassen zu haben. Auch wenn Sonja nach wie vor ihren roten Anzug trug, glaubte er nicht, dass sie von oben zu sehen waren. Es sei denn, die hatten Wärmesuchgeräte. Das Knattern der Rotoren kam näher und näher. Durch eine Lücke sah Roland, dass der Helikopter oberhalb des Hanges an ihnen vorbeiflog. Als er sich weit genug entfernt hatte, verließen sie ihr Versteck und eilten ein Stück den Hang hinunter in den dichteren Wald.

»Besser wir bleiben unterhalb der Baumgrenze«, meinte Roland keuchend. »Im offenen Gelände weiter oben sind wir zu leicht zu entdecken.«

Sonja schaltete ihr Handy wieder ein und ließ über GPS ihre Position bestimmen. Dann meinte sie:

»Der direkte Weg nach Kenia führt aber dort über das freie Gelände!«

»Egal, auch wenn es weiter ist, bleiben wir im Wald!«

Sonja überlegte kurz, nickte dann aber zustimmend. Sie liefen wieder los. Ab jetzt versuchten sie, sich möglichst auf einer Höhe zu halten. Der Bergwald war nicht besonders dicht und so kamen sie gut voran. Wurde der Wald zu licht, stiegen sie ein Stück den Hang hinunter.

Unvermittelt brach die Dunkelheit herein. Sie trauten sich nicht, auch nur einen Schritt weiterzugehen.

Eine Stunde zuvor hatten sie einen kleinen Bach passiert

und dabei so viel wie möglich getrunken. Dies musste bis zum nächsten Tag genügen. Wegen seiner Erschöpfung und seiner leichten Kleidung fror Roland erbärmlich. Unter einem Baum legten sie sich dicht nebeneinander und deckten sich, so gut es ging, mit den Resten des Fallschirms zu. Der harte Boden war unbequem, Roland zitterte vor Kälte. Der afrikanische Wald ringsum erwachte in der Dunkelheit zu geräuschvollem Leben.

»Hast du Angst?«, fragte Sonja durch die Schwärze der Nacht.

»Angst? Nein! Mir ist nur erbärmlich kalt. Ich werde nicht viel schlafen können.«

Sie rutschte noch dichter an ihn heran, schmiegte sich an ihn, sodass er die Wärme ihres weichen Körpers spürte.

»Besser so?«

»Viel besser!«

»Ich fühle mich glücklich und frei, wie nie zuvor in meinem Leben! Ein bisschen bereue ich es, nicht schon viele Jahre vorher den Mut aufgebracht zu haben, mich von Jörg zu trennen. Aber letztendlich ist das jetzt egal. Schließlich war ich früher so durchgeknallt, dass ich nicht ohne Brecheisen in der Handtasche aus dem Haus ging. Kannst du dir das vorstellen?«

»Ich kann mir nicht einmal vorstellen, wie ein Brecheisen in eine Handtasche passen soll.«

»Oh, die gibt es in allen Größen. Meines war dreißig Zentimeter lang, dreihundert Gramm schwer und von Jörg in Handarbeit rosa lackiert. Er hatte durchaus auch seine liebevollen Seiten.«

»Bleibt noch die Frage, wozu du das Ding brauchtest.«

Sie seufzte.

»Um mich sicher zu fühlen.«

»Sicher? Durch ein Brecheisen?«

»Ja! Eines Tages saß ich beim Breuninger auf der Toilette.

Plötzlich fragte ich mich, was passieren würde, wenn sich die Türklinke löste. Dann wäre ich eingesperrt und käme nicht mehr raus. Vor lauter Panik schlug mein Herz bis zum Hals. Gott sei Dank passierte es nicht. Aber die Angst verfolgte mich. Schließlich vertraute ich mich Jörg an. Er schenkte mir zwei Tage später das kleine Brecheisen. Ich war ehrlich gerührt, hatte aber Zweifel, ob ich es schaffen würde, damit eine Toilettentür aufzustemmen. Also schloss er sich mit mir in die Toilette eines Lokals ein. Seinen Anweisungen folgend, stemmte ich das Brecheisen in den Türspalt und zog daran. Es ging ganz leicht.«

Warum erzählte sie ihm dies? Um den Verdacht von sich abzulenken? Vorsichtig fragte er:

»Wie kam es zum Sturz deines Mannes vom Felsen?«

Er spürte, wie sie sich verkrampfte. Sie hatte es verdient, dass er sie nicht drängte. Erst als Roland wegdöste, antwortete sie:

»Damals konnte ich dank meiner Psychologin langsam den Gedanken zulassen, dass Jörg nicht der starke, liebevolle Mann an meiner Seite war.«

»Wusstest du das nicht schon lange vorher?«

»Ein Teil von mir wusste es. Aber ich schämte mich so, für alles, was er mir antat! Dafür, dass ich zu schwach war, mich zu wehren oder ihn zu verlassen! Ich schämte mich so, dass ich den Gedanken nicht ertrug. Lieber redete ich mir ein, Männer seien halt so und das Leben mit ihm habe auch seine guten Seiten.«

»Gab es diese tatsächlich?«

»Klar! Jörg war reich und konnte sehr großzügig sein. Wir reisten an die schönsten Plätze dieser Erde und stiegen nur in den besten Hotels ab. Abends führte er mich in exquisite Restaurants aus. Wenn er mit mir Shoppen ging, fühlte ich mich wie eine Königin.«

»Bei einer Scheidung …«

»Wäre ich ohne einen Pfenning dagestanden. Dafür hatte Jörg mittels Ehevertrag gesorgt.«

»Ich habe mich schon oft gefragt, warum Frauen sich auf so etwas einlassen.«

Gespannt wartete er auf ihre Antwort. Diese kam nicht. Langsam drang in sein Bewusstsein, wie seine Worte sich für sie anhören mussten.

»Entschuldige!«, schob er nach. »Das sollte jetzt kein Vorwurf sein. Mich interessiert es wirklich.«

Seine Worte reichten nicht. Durch den dünnen Stoff spürte er die Verspannung ihres Körpers, auf dem locker sein linker Arm ruhte.

»Bitte!«

Sanft, bemüht den Eindruck sexuellen Verlangens zu vermeiden, streichelte er ihre Schulter, massierte er ihren verspannten Nacken. Langsam entspannte sie sich. Sonja schluckte, dann erzählte sie:

»Bei unserer ersten Begegnung war Jörg sechsundzwanzig und ich gerade sechzehn. Als er mit seinem Porsche an meiner Schule vorfuhr und mich abholte, erblassten alle vor Neid. Dabei war ich nicht mal die Schönste der Klasse, zwar hübsch aber eher unscheinbar. Du kannst dir wahrscheinlich nicht vorstellen, wie es sich anfühlte, als dieser Märchenprinz sich ausgerechnet für mich interessierte. Und all die Worte, die er mir sagte! Ich sei einzigartig…, nie sei ihm eine Frau wie ich begegnet…, er liebe mich mehr als alles andere auf dieser Welt…! Von der Schule und meinem schäbigen Elternhaus beförderte er mich mit dem Porsche in sein schickes, riesiges Appartement. Ich war so glücklich und verliebt, dass ich alles für ihn getan hätte!«

»Und deine Freundinnen? Haben die dich nicht gewarnt?«

»In meiner Dummheit gab ich denen ihm zuliebe den Laufpass. Anfangs säuselte er mir ins Ohr, er sei so verliebt in mich, er halte es keinen einzigen Tag ohne mich aus. Wie süß sich auch diese Worte für mich anhörten! Hatte ich bei meinem vorherigen Freund doch ständig um dessen Anwesenheit betteln müssen. Außerdem verstand er es sehr geschickt, meine Freundinnen als Langweilerinnen darzustellen, die als Azubis in langweiligen Berufen nicht zu unserem glamourösen Leben passten.«

»Und deine Eltern?«

Sie schnaubte verächtlich durch die Nase.

»Was glaubst du, woher es kommt, dass ich auf Typen wie Jörg reinfalle? Mein Vater ist ein Brutalo, der zeit seines Lebens meine Mutter prügelte und unterjochte! Von Mama lernte ich doch genau diese blöden Sprüche! Männer seien so! Ich solle froh sein, dass Jörg mich nicht schlage!

Genau deswegen brauchte ich auch so lange, um Jörg zu durchschauen. Im Grunde war er ein schwacher Mann, der eine ihm sich bedingungslos unterwerfende Frau an seiner Seite brauchte. Er machte mich immer kleiner, zerstörte meinen Selbstwert, damit ich mich ja nicht aus seinem Schatten heraustraute. Als ich mit zwanzig meine Angst überwand und ihm sagte, dass ich doch noch eine Ausbildung machen und arbeiten wolle, reagierte er zunächst scheinbar offen. Er verstärkte jedoch alle meine Zweifel geschickt, zerstörte mit seinen Äußerungen jedes Aufkeimen von Hoffnung in mir.

Ein anderer Teil seiner Strategie bestand aus seinem bewussten Spiel mit meinen Ängsten. An jenem Tag auf dem Mörikefels spielte er wieder mit ihnen. Wahrscheinlich weiß ein Mann wie du gar nicht, wie extrem sich massive Angst anfühlt. Ich bekomme dann richtiggehend einen Tunnelblick, bin nur noch mit mir, meinen Gedanken und meinen inneren Schreien beschäftigt. Außerhalb von mir nehme ich fast nichts wahr.

So war es auch damals auf dem Mörikefels. Ich habe nichts wahrgenommen, außer Jörg, der allein die Macht besaß, mich von meinen Ängsten zu erlösen. Plötzlich riss es seinen

Oberkörper nach hinten und er kippte weg. Panisch griff er noch nach mir, verfehlte mich glücklicherweise jedoch knapp.

Im Schock und voller Adrenalin stand ich da, als sich plötzlich ein ganz unerwartetes Gefühl einstellte: Glück. Es brach irgendwo tief aus meinem Inneren hervor, setzte sich in Form eines breiten Grinsens in meinem Gesicht fest. Ich hätte es nie für möglich gehalten. Aber tatsächlich war ich glücklich darüber, ihn los zu sein. Gleich darauf stellte sich mein schlechtes Gewissen ein. Ich musste ein schrecklich schlechter Mensch sein, wenn ich mich über den Tod eines anderen Menschen freute, noch dazu meines eigenen Ehemanns! In meiner ganzen Verwirrung stand plötzlich Eberhard vor mir, er war ...«

»Ich weiß, wer er war!«

»Oh!« Kurz war sie verwirrt, fasste sich aber rasch wieder. »Gut! Er ist ... äh war ein Mann, der rohe Kraft und Brutalität ausstrahlt. Ein bisschen so, wie du es auch tust.«

»Ich?«

»Ja, du! Es ist schwer zu erklären, was in mir vorgeht, wenn ich auf so einen Mann treffe. Vor allen Dingen ohne meinen eigenen, mir Sicherheit gebenden Mann an meiner Seite. Ich verspüre dann den Reflex, mich ihm bedingungslos zu unterwerfen, damit er mir nur nichts tut. Wäre ich ein Hund, würde ich ihm meine Kehle darbieten. Das ist aber nur die eine Seite. Ich ... ich verspüre dann durchaus auch eine gewisse Anziehung, möchte ihm gefallen. Jedenfalls würde ich es nie wagen, etwas gegen ihn zu tun oder mich ihm in irgendeiner Form zu widersetzen.«

Sie legte eine Pause ein. Roland rückte möglichst unauffällig ein Stück von ihr weg. Ihre Worte erregten ihn, was ihm in diesem Falle peinlich war. So wollte er nicht, dass sie die körperliche Auswirkung seiner Erregung zu spüren bekam.

Eine Frau, die sich ihm unterwerfen würde und ihm bedingungslos gefallen wollte? Er dachte an Melek, mit der er um alles kämpfen musste, die keinen Zollbreit freiwillig nachgab.

»Eberhard wusste dies instinktiv«, fuhr Sonja fort, »und spielte mit meiner Angst. Er drohte damit, der Polizei zu sagen, ich habe Jörg hinuntergestoßen. Dadurch geriet ich total in Panik. Meine Angst vor ihm war größer als alles andere. Zumal er mir, noch bevor die Polizei mich befragte, einen kompromittierenden Filmausschnitt aufs Handy spielte. Erst sehr viel später fragte ich mich, wer das Video überhaupt aufgenommen und mir aufs Handy gesendet hatte.«

»Kann Eberhard das nicht selbst getan haben?«

»Das dachte ich zuerst auch. Aber er ist auf dem Video zu sehen. Das Kompromittierende an dem Ganzen ist ja gerade, das der Gesprächsausschnitt so wirkt, als habe ich Eberhard beauftragt, meinen Mann zu ermorden. Damit widersprach er sich selbst und seiner Drohung, zu behaupten, ich habe Jörg hinuntergestoßen. Damals fiel mir das gar nicht auf. Jedenfalls ist er selbst auf dem Video zu sehen. Die Aufnahme ist leicht verwackelt. Es zoomt jemand nah an mich heran. Es muss jemand von Hand aufgenommen haben! Außerdem wurde es mir wie gesagt auf mein Handy geschickt, dessen Nummer nur sehr wenige Personen hatten.«

»Du hast jemand Bestimmtes im Verdacht, oder?«

»Es gab damals nur eine einzige Person, die den Wunsch verspürt haben könnte, sich an mir zu rächen.«

»Wollte diese sich womöglich auch an deinem Mann rächen?«

Sonja schnaubte erneut durch die Nase.

»An ihm noch viel mehr als an mir. Wieso fragst du?«

»Weil die Polizei mittlerweile davon ausgeht, dass dieser Eberhard tatsächlich deinen Mann ermordete. Die Frage ist nur, in wessen Auftrag.«

Sonja schwieg. Offensichtlich musste sie das Gehörte erst einmal verdauen. Schließlich fragte Roland:

»Wen verdächtigst du?«

»Carmen, meine Ex-Schwägerin! Ihr verdanke ich es übrigens auch, dass ich die letzten Jahre hier in Afrika mein Dasein fristete.«

»Wieso das?«

»Sie war schon immer ein Fan des schwarzen Kontinents. Carmen bearbeitete uns so lange, bis wir im Jahr vor Jörgs Tod zu viert in der Golden Safari Lodge Urlaub machten. Wir…«

»Du warst vor deiner Reise mit Dave schon einmal in der Golden Safari Lodge?«, unterbrach Roland sie.

»Ja, mit meinem Mann Jörg, seinem Bruder Adrian und dessen damaliger Frau Carmen. Die Ehe der beiden stand kurz vor dem Aus. Die Reise stellte den letzten Versuch dar, sie doch noch zu kitten. Aber der Schuss ging nach hinten los. Carmen machte vom ersten Tag an Jörg mehr als eindeutige Avancen. Adrian zog am dritten Tag in einen eigenen Bungalow, so schlimm stand es zwischen den beiden! Unmittelbar nach unserer Rückkehr zog Carmen aus. Kurz vor Jörgs Tod ließen sie sich scheiden.«

»Wie reagierte dein Mann auf die Avancen seiner Schwägerin?«

»Der fühlte sich einfach nur geschmeichelt, genoss es in vollen Zügen. Wobei er ganz sicher nicht scharf auf Carmen war. Sein Genuss bestand darin, mich mit ihr rasend eifersüchtig machen zu können!«

»Wie kommst du darauf?«

»Carmen war viel zu streitlustig und selbstbewusst für Jörg. Jahrelang lästerte er, was für eine Beißzange sein Bruder geheiratet habe, wie sehr Adrian unter ihr leide. Er selbst hielte es bei so einer Zicke keinen Tag aus. Wieso sollte er also was mit ihr anfangen?

Aber in mir weckte Carmen rasende Eifersucht. Umso aufmerksamer und unterwürfiger verhielt ich mich Jörg gegenüber, was er sehr genoss. Manchmal denke ich, dass Jörg im Grunde seines Herzens noch ein Kleinkind war, das Mamas ungeteilte Liebe und Fürsorge benötigte.«

»Wieso glaubst du, dass Carmen dir was heimzahlen wollte?«

»Weil sie der einzige Mensch ist, mit dem ich mich je gestritten habe! Mir fällt einfach niemand anderes ein.«

»Du nimmst mich auf den Arm?«

»Nein! Eigentlich gehe ich jedem Streit aus dem Weg. Carmen weckte mit ihrer unverschämten Anbaggerei meines Mannes jedoch so rasende Eifersucht in mir, dass ich eines Abends in der Golden Safari Lodge beim Dinner austickte und ihr eine Riesenszene machte. Sie war davon so überrumpelt, dass sie sich nicht wehrte. Den Rest des Urlaubs herrschte zwischen uns offener Zickenkrieg. Wir kämpften einmal am Swimmingpool vor allen Gästen miteinander, zogen uns sogar an den Haaren! Richtig sauer war sie jedoch auf Jörg. Nicht nur, dass er sie links liegen ließ. Nach dem Urlaub sorgte er dafür, dass sie bei der Scheidung mit Adrian fast leer ausging.«

»Das ist doch kaum möglich!«

»Im Gegenteil! Adrian ist ein ganz Sanfter, der Carmen, immerhin die Mutter seines einzigen Kindes, ein Vermögen überlassen hätte. Jörg hatte seinen sparsamen Bruder schon immer bezüglich steueroptimierten Geldanlage beraten. Legal war das sicher nicht, aber Jörg wusste gut, wie man Geld vor dem Fiskus verbirgt. Carmen konnte bei der Scheidung nicht glauben, dass nur so wenig Geld da war und hinterließ auf unserem Anrufbeantworter mehrere wütende Schimpftiraden. Sie unterstellte Jörg, sie aufs Hinterhältigste betrogen zu haben und drohte damit, dass er sein schändliches Tun noch büßen würde!«

Ihre Behauptungen schienen Roland zu vage für ein Mordmotiv. Außerdem ging ihn das Ganze auch nicht mehr wirklich was an. Seine Erschöpfung machte sich bemerkbar. Trotz aller Widrigkeiten empfand er es wohlig angenehm, Sonja so eng angeschmiegt an sich zu spüren. So hörte er nicht mehr zu, sondern dämmerte in den Schlaf hinüber, als sie noch meinte:

»Übrigens lebt Carmen seit ihrer Scheidung als Sugar Mama in Kenia mit einem Schwarzen zusammen.«

Punkt acht Uhr betraten am nächsten Morgen Anita und Peter die Kanzlei im Schellenkönig. Dr. Kessler erwartete sie bereits und begrüßte sie per Handschlag.

»Haben Sie schon gefrühstückt?«

Mit einer einladenden Geste wies er auf eine reichlich gedeckte Tafel.

»Bitte nehmen Sie Platz. Bedienen Sie sich. Mein Bericht wird etwas länger dauern.«

Sie folgen gerne seiner Aufforderung. Eine Sekretärin fragte nach ihren Getränkewünschen und erfüllte diese. Alle drei bedienten sich bei Gebäck und Aufschnitt. Als die beiden Kriminalisten genüsslich kauten, begann der Hausherr:

»Am besten erzähle ich in chronologischer Reihenfolge. Schon als Student war ich nicht nur gut, sondern auch ehrgeizig. Die Promotion war eine logische Konsequenz aus beidem. Von Beginn an war es stets mein Ziel, in eine sehr renommierte Kanzlei einzusteigen. Hierfür genügt es jedoch nicht, ein exzellenter Jurist zu sein. Sie müssen auch über den richtigen Hintergrund und die korrekten Umgangsformen verfügen. Ganz zu schweigen von den hilfreichen Beziehungen oder Netzwerken, wie man heute lieber sagt.

Da ich aus sehr einfachen Verhältnissen stamme, war mir klar, dass es für mich nicht einfach werden würde. In so einer Kanzlei bewirbt man sich nicht, man wird ins Gespräch gebracht. Im Mai 1994 hatte ich endlich meine Promotion in der Tasche. Die wirklich interessanten Angebote ließen auf sich warten.

Da rief mich ein alter Herr meiner Studentenverbindung an. Hermans Vater, Dr. Urman, wolle mich kennenlernen. Dies erleichterte mich ungemein. Es war genau die Gelegenheit, auf die ich schon so lange gewartet hatte. Zu meiner Überraschung sollte dieses Kennenlernen noch an demselben Abend stattfinden. Eine solche Eile erschien mir eher ungebührlich. Rasch erfuhr ich den Grund hierfür. Der Sohn des Hauses war in Ruanda verschollen, die Eltern verrückt vor Sorge. Herman besaß einen äußerst empfindsamen Charakter und ging nach Afrika, um den Menschen dort zu helfen. Die Eltern schätzen ihn schon vor seinem Abflug als labil ein, konnten sein Vorhaben aber nicht verhindern. Jetzt fand ausgerechnet in Ruanda ein Völkermord statt, den zu stoppen die internationale Gemeinschaft nicht bereit war. Vater Urman bot mir an, sollte ich seinen Sohn zurückbringen, könnte ich in seine Kanzlei einsteigen.

Ich war schockiert. Spontan wollte ich ablehnen, erbat mir dann aber eine Nacht Bedenkzeit. In jener Nacht schlief ich nicht. Mir wurden mehrere Dinge klar. Zum einen hatte Dr. Urman vor mir sicher schon andere gefragt, ob sie seinen Sohn für ihn suchen. Mit anderen meine ich jetzt nicht nur Juristen, sondern besser hierfür ausgebildete Personen. Wenn er nun mich fragte, mussten alle anderen abgelehnt haben. Sein Angebot bestand also aus einem Himmelfahrtskommando. Das zeigte mir deutlich meinen Stellenwert in den Augen der etablierten Top-Juristen.

Ich sah aber ebenfalls einen anderen Aspekt. Letztendlich war Dr. Urman zu diesem Zeitpunkt nichts anderes für mich, als ein vermögender Mandant, der verzweifelt Hilfe für seinen Nachwuchs suchte. Dies ist eine Konstellation, die mir noch heute häufig begegnet. Wäre ich bereit, nicht nur im

Gerichtssaal kluge Worte zu drechseln, sondern mich persönlich für die Suche nach einem verlorenen Sohn in Gefahr zu begeben, spräche sich dies in den einschlägigen Kreisen rasch herum. In gewisser Weise öffnete sich mir somit eine goldene Pforte.

Ich nahm Urmans Angebot an. Zwei Tag später flog ich nach Afrika, um vor Ort Erkundigungen einzuziehen. Konkret landete ich in Uganda. Unsere dortige Botschaft vermittelte mir Ernst Hämmerle, einen Schwaben, der dort seit Ewigkeiten lebte. Er hatte alle umliegenden Länder bereist, an zahllosen Safaris teilgenommen und kannte die Einheimischen. Als er hörte, was ich vorhatte, überlegte er kurz. Dann nannte er einen astronomischen Preis, der mich kalt ließ. Was wissen Sie eigentlich über die damaligen Geschehnisse?«

Anita und Peter sahen sich kurz an. Die Kommissarin antwortete:

»Nichts.«

»Ah! Gut! Das Land war übrigens von 1890 bis 1919 eine deutsche Kolonie. Ich meine, das spielt eigentlich keine Rolle, interessiert Sie aber vielleicht trotzdem. Jedenfalls gab es schon damals die herrschende Volksgruppe der Tutsi, die sich zahlenmäßig gegenüber der größten Gruppe, den Hutu, in der Minderheit befand. Nach Ende der Kolonialzeit in den Sechzigern gelangten die Hutu an die Macht. Es ereigneten sich immer wieder gewalttätige Pogrome gegen die Tutsi. Jene gründeten in den Achtzigern eine Guerilla-Armee, die RPF. Von Uganda aus startete 1990 die Guerilla ihren Krieg gegen die Regierung. Im April 1994, als der Völkermord begann, hatte sie schon einige Erfolge erzielt. Herr Hämmerle willigte ein, mit mir in Ruanda den vermissten Herman zu suchen, sofern wir einen ihm persönlich bekannten Kommandeur der RPF für seine Hilfe bezahlten und immer hinter der Frontlinie zwischen RPF und Regierungstruppen blieben. Hätte die RPF seinerzeit den Krieg nicht rasch gewonnen, hätte ich

Herman nie gefunden und würde Sie heute nicht in diesen Räumlichkeiten bewirten können.

Seinerzeit war ich weniger ein Held, als vielmehr jemand, der nicht den hysterischen Medien, sondern einem einzelnen Menschen, Ernst Hämmerle, vertraute. Er war ein Säufer und trotzdem führte er mich umsichtig nach Ruanda. Dabei hielt er mich immer weit von den Kampfhandlungen entfernt. Ich begegnete dort vielen freundlichen Menschen, die mich gastlich bewirteten, während Hämmerle unterwegs war. Tatsächlich fand er Herman. Dieser hatte sich mit einer Gruppe Tutsi vor den Hutu in die Wälder geflüchtet. Sie glauben nicht, wie glücklich ich darüber war. Über Funk rief Ernst Hämmerle eine kleine Maschine herbei, die uns nach Kenia in den Aero Club of East Africa flog. Kurz nach unserer Ankunft traf Ernst an der Bar einen alten Kumpel. Ich trank ein Bier mit ihnen. Sie überredeten mich zu dem Ihnen vorliegenden Foto. Das war's dann auch schon. Mehr hatte ich mit diesem Kumpel nicht zu tun! Er wurde mir damals auch nicht mit seinem richtigen Namen vorgestellt sondern nur mit irgendeinem Spitznamen.«

»Und Herman? Welche Beziehung bestand zwischen ihm und Herrn Jennerbier?«

»Die beiden sahen sich auf jeden Fall dort zum ersten Mal. Wie viel sie miteinander zu tun hatten, kann ich Ihnen nicht sagen. Herman befand sich in einem bedenklichen Zustand, vor allen Dingen, was seine Psyche anbetraf. Ich war in Nairobi viel unterwegs. Bei der Botschaft kümmerte ich mich um einen Reisepass für Herman, um Flüge für uns und einen vernünftigen Arzt, der sich um ihn kümmerte. Solange ließ ich Herman in Hämmerles Obhut im Aero Club zurück.

Herman zog die Gesellschaft des Abenteurers der meinen vor. Ich erklärte es mir so, dass dieses urwüchsige Mannsbild ihm nach seinen schrecklichen Erlebnissen eher Sicherheit vermitteln konnte. Es ist möglich, dass Jennerbier in jenen

Tagen mit von der Partie war. Ich habe keine Ahnung, ob die beiden nach unserer Rückkehr in Kontakt miteinander blieben.«

»Wo lebt Herr Hämmerle heute?«

»Nirgends, er ist vor vielen Jahren gestorben.«

Anita war frustriert. Herman und der Wilderer waren sich nachweislich vor zwanzig Jahren einmal kurz begegnet. Bei der Suche nach einem möglichen Auftraggeber des Mordes half dies nicht gerade weiter, sofern man Herman nicht als potenziellen Auftraggeber in Betracht zog.

»Wer hat eigentlich das Bild aufgenommen?«, fragte Peter in diesem Augenblick.

Der Anwalt runzelte angestrengt die Stirn. Dann meinte er:

»Herr Jennerbier befand sich in Begleitung einer Touristin. Wenn ich mich richtig erinnere, kam sie sogar aus Stuttgart. Ihren Namen weiß ich nicht. Sie besaß ein puppenhaftes Äußeres, war jedoch entsetzlich vulgär.«

Sonja und Roland trabten den ganzen Tag am Rand der Erschöpfung durch den Wald. Die ständige Angst vor einem Hubschrauber oder einer Patrouille der Ranger trieb sie voran. Alles blieb ruhig. Ungefähr alle Stunde schaltete Sonja kurz ihr Handy an, um per GPS ihre Position zu bestimmen. Roland staunte nicht schlecht, als sie aus einer Tasche ihres Anzugs sogar einen geladenen Ersatz-Akku hervorholte. Sie hatte das Risiko nicht per Flugzeug das Nachbarland erreichen zu können also einkalkuliert. Gegen Abend jauchzte sie:

»Endlich! Ich kann wieder telefonieren!«

Sie wählte eine Nummer aus dem Verzeichnis ihres Handys. Mit angespanntem Gesichtsausdruck lauschte sie dem Tuten. Der Anruf wurde angenommen. In Bantu sprach sie in den Hörer. Roland sah ihre anfangs unsichere, ängstliche Miene, die sich rasch in Erleichterung und Freude wandelte. Dann beendete sie das Gespräch.

»Wenige Kilometer vor uns befindet sich eine Straße. Dort werden wir morgen früh abgeholt und nach Nairobi zum Flughafen gebracht!«

»Hast du uns etwa ein Taxi bestellt?«

»Das ist zu riskant. Vielleicht suchen sie uns auch auf dieser Seite der Grenze. Ein Freund holt uns ab.«

»Ein Freund? Wie gut bist du mit ihm befreundet?«, fragte Roland skeptisch.

»Nicht gut, aber er hat versprochen, mir zu helfen.«

»Woher kennt ihr euch?«

»General Mukasa wollte, dass ich einen weiteren reichen Weißen heirate, um ihn zu beerben. Es reisen nicht viele heiratsfähige Reiche allein durch Uganda. Daher durfte ich letztes Jahr einige Wochen in einem teuren Luxushotel an der Küste Kenias verbringen. Natürlich hatte ich einen Aufpasser dabei.

Du kennst meine Schwäche für Helden und Retter. Wie sehr ich doch hoffte, im Hotel auf einen solchen zu stoßen! Leider war kein Typ wie du in Sicht, dem ich so etwas zutraute. Aggrey betreibt ein kleines Unternehmen. Er bietet Safaris für Touristen an. Eines Tages sprach er mich an und versuchte, mich zu einer Safari zu überreden. Sein Angebot interessierte mich, aber ich durfte nicht.

Da Aggrey schwarz ist, kam er in meiner Ignoranz anfänglich nicht als Retter infrage. Er fuhr einige Tage später mit einer Gruppe Touristen auf Safari. Erst da wurde mir bewusst, dass jemand wie er mir eines Tages sehr nützlich sein könnte. Er fährt ungehindert durch ganz Kenia zu den Nationalparks und bietet sogar Trips über die Grenze nach Uganda an. Als er zurück im Hotel war, versuchte ich daher, mich möglichst unauffällig mit ihm anzufreunden. Das war gar nicht einfach. Schließlich hatte ich einen Aufpasser und Aggrey wollte im Hotel nichts anderes, als seine Reisen verkaufen.

Als ich ihn mal wieder aufsuchte, stand plötzlich mein Aufpasser neben mir. Die beiden Männer stritten lautstark miteinander. Mein Aufpasser zog mich schließlich von Aggrey weg. Von da an hielt ich Abstand zu ihm, bemerkte aber, wie er mich mehrmals nachdenklich betrachtete. Wenige Tage später, mein Aufpasser pokerte gerade mit einigen Wachmännern im Keller, stand Aggrey plötzlich spätabends vor mir. Er lud mich zu einem Strandspaziergang ein.

Zu Anfang des Gesprächs erzählte er, sich das Kapital für seine Firma als Loverboy für reiche weiße Frauen verdient zu haben. Ein solches Geständnis ist ungewöhnlich. Wer gibt schon gerne zu, ein Flittchen zu sein!«

Die Bitterkeit ihrer Worte versetzte Roland einen Stich. Sie fuhr fort:

»Schnell wurde mir klar, was er damit bezweckte. Er konfrontierte mich damit, dass mein Verhalten den reichen weißen Männern gegenüber ihn an sein eigenes Verhalten aus der damaligen Zeit erinnere. So unverblümt als Flittchen dargestellt zu werden, war äußerst beschämend. Der Umstand, dass er sich selbst zuvor als Flittchen geoutet hatte, hielt mich davon ab, einfach davonzulaufen. Er fragte nach meinem ugandischen Aufpasser. Ich berichtete ihm, dass ich als General Mukasas Gefangene in einem einsamen Haus auf einem Hügel lebte. Einen reichen Mann zu finden, der dem General eine Art Brautgeld zahlt, sei meine einzige Chance dort wegzukommen. Er bot mir daraufhin seine Hilfe an.«

»Warum bist du damals nicht gleich mit ihm abgehauen?«

»Weil ich wusste, dass mein Bewacher mich genau bei ihm suchen würde. Selbst die dunkelsten Nächte an Kenias Strand haben Augen und Ohren. Am nächsten Morgen warf mich mein Bewacher sehr unsanft aus dem Bett. Wir flogen unverzüglich zurück nach Uganda. Ich machte mir vor Angst in die Hose. Der General war wütend, schlug mich und fragte mich nach Aggrey aus. Ich beteuerte, es sei nichts zwischen uns gewesen. Er habe mich umworben. Mir habe dies gefallen, mehr sei nicht passiert.

Zum Glück ist dem General wohl auch nicht mehr berichtet worden, als dass ich mit ihm den Strand entlang spaziert bin. Sonst würde ich heute nicht mehr leben!«

»Du kennst Aggrey imgrunde also überhaupt nicht, vertraust ihm aber unser Leben an?«

»Hast du eine bessere Idee?«

Natürlich hatte Roland keine. Sie hatten das östliche Ende des Mount-Elgon-Nationalparks erreicht. Abrupt endete der Wald, ging in karge Felder kleiner Farmen über, die sich zwischen dem Wald und der etwa fünf Kilometer entfernten Straße erstreckten. Sie waren über tausend Meter abgestiegen. Hier war es deutlich wärmer, als in der vorigen Nacht. So beschlossen sie, im Schutz des Waldes eine letzte Nacht zu verbringen. Würde Aggrey ihnen wirklich helfen? Oder würde er sie dem General ausliefern?

Noch vor Sonnenaufgang klingelte Sonjas Handy. Roland war trotz seiner Erschöpfung beim ersten Klingelton hellwach. Sein Herz pochte wild, im Bestreben seinen Körper mit den letzten Energiereserven für Flucht oder Kampf zu versorgen. Er atmete tief durch, versuchte sich zu entspannen, um Energie zu sparen. Die Sache war schließlich noch nicht ausgestanden.

Währenddessen sprach Sonja in unverständlichem Bantu in ihr Telefon. Plötzlich sprang sie auf, startete in Richtung Waldrand. Zwischen den Bäumen hindurch sah man einen langsam von Schwarz in tiefes Dunkelblau changierenden Himmel. Nach und nach verblassten die Sterne. Eine helle Stelle am Horizont verriet, wo demnächst die Sonne aufgehen würde.

Leicht südlich von Ihnen bewegten sich die Scheinwerfer eines Autos langsam in Richtung Wald. Sonja schrie freudig etwas in das Handy, rannte einen schmalen Pfad in Richtung der Scheinwerfer los. Wenige Minuten später erreichten sie einen riesigen Landrover älteren Baujahrs. Roland wünschte sehnlichst, er hätte wenigstens noch seine Pistole. Die Beifahrertüre auf der ungewohnten linken Seite öffnete sich. Ohne zu zögern, stieg Sonja in den Wagen. Angespannt öffnete Roland die hintere Tür, setzte sich auf die Rückbank.

Im Wagen befand sich ein sympathisch aussehender Schwarzer mit mächtigem Bizeps. An seinem Hals hing Sonja, vor Freude und Erleichterung weinend. Roland sah dies mit Rührung. Obwohl er kein Wort verstand, war er sich aufgrund Aggreys Gesichtsausdrucks und dem Klang seiner Worte sicher, dass es dem Fahrer wie ihm erging. Die beiden wechselten einige Sätze, dann stieg Sonja über die Lehne nach hinten zu Roland.

»Wir kommen gleich durch ein Dorf. Aggrey meint, wir sollen uns hinten im Laderaum unter der Decke verstecken. Um keinen Verdacht zu erwecken, wird er kurz anhalten und durch das Fenster einige Worte wechseln.«

Rolands Alarmglocken schrillten. Aber letztlich blieb ihm nichts anderes übrig, als den Anweisungen zu folgen. Das Positive an dem Vorschlag war, ein letztes Mal Sonja in seinen Armen halten zu dürfen. Wenig später stoppte der Land Rover. Endlose Minuten redete Aggrey mit zwei unterschiedlichen Männerstimmen. Mehrfach wurde die Unterhaltung vom Lachen der Männer unterbrochen. Roland entspannte sich. Dann fuhr der Wagen an. Sonja schlug die Decke zurück, wollte sich erheben. Aggrey bat auf Englisch darum, dass beide hinten liegen blieben, bis sie die Fernstraße erreichten. Dort fielen sie dann sicher nicht mehr auf. Seufzend legte sie sich wieder hin und ließ es zu, dass Roland erneut seinen

Arm um sie legte. Er gestand sich ein, sich in sie verliebt zu haben.

Auf der Fernstraße war die schöne Zeit vorbei. Sonja kletterte vor ihm auf die Rückbank. Dort machten sie sich über den Inhalt einer Kühlbox im XL-Format her.

Roland!«, rief Anita erfreut ins Telefon. »Wo bist du? Ich habe mir große Sorgen um dich gemacht!«

»In der deutschen Botschaft in Nairobi. Die lassen mich freundlicherweise kurz bei dir anrufen. Neben mir sitzt ein Beamter und hört alles mit.«

»Was ist passiert?«

»Das erzähle ich dir später. Zunächst einmal wäre es nett, wenn du dem Mann hier meine Identität bestätigst und auch, dass du mich um die Reise nach Uganda gebeten hast!«

Er gab den Hörer an den Beamten weiter. Dieser ließ sich von der Dezernatsleiterin Rolands Angaben bestätigen. Dann nickte er befriedigt und verließ den Raum. Roland fasste knapp zusammen, was Sonja ihm erzählt hatte. Anita hörte aufmerksam zu. Als er geendet hatte, fragte sie:

»Glaubst du ihr?«

»Ja.«

Aufgrund der zwischen ihm und Sonja entstandenen Nähe war er kein glaubwürdiger Zeuge. Das verschwieg er. Stattdessen fügte er an:

»Der lokale Polizeichef ließ mich entführen und in einem einsam liegenden Haus von zwei bewaffneten Polizisten gefesselt gefangen halten. Ein offizielles Gefängnis war das auf keinem Fall. Dies stützt meiner Ansicht nach ihre Aussage.«

»Du wurdest gefangen gehalten? Wie bist du denen entkommen?«

»Um dort lebend rauszukommen, musste ich zwei ugandische Polizisten erschießen.«

»Was hast du?«

»Du hast richtig gehört. Die hatten mich mit Handschellen gefesselt und wollten mich an die Krokodile verfüttern. Sonja löste eine der Schellen und gab mir eine Pistole.«

Anita erwiderte eine Weile nichts. Stattdessen machte sie sich Vorwürfe, Roland in die Sache hineingezogen zu haben. Schließlich sagte sie:

»Ich glaube dir, dass es auch in diesem Fall Notwehr war! Pass trotzdem auf dich auf! Kenia und Uganda arbeiten eng zusammen. Du bist noch nicht in Sicherheit!«

So ähnlich hatte Aggrey sich auch geäußert. Er würde von der Botschaft einen neuen Reisepass erhalten. Aber sobald er auf seinem Namen ein Ticket für einen Flug buchte, hinterließ er eine leicht zu findende Spur. War die Suche nach ihnen im Wald so nachlässig erfolgt, weil ihre Spur hier in Nairobi viel leichter aufzunehmen war? Egal, er bat Anita:

»Überprüfe möglichst rasch den Verdacht gegen Carmen Pfleiderer. Und versuche ihre aktuelle Adresse herauszufinden. Sonja meint, sie lebt vermutlich hier in Kenia, in Diani Beach. Ich würde dann bei ihr vorbeischauen.«

»Sonja?«, fragte Anita überrascht. »Duzt ihr euch etwa?«

»Das hat sich so ergeben. Die Flucht war mehr als abenteuerlich. Einzelheiten erzähle ich dir ein andermal. Ich melde mich morgen wieder!«

Anita rief umgehend bei Adrian Götz an.

»Halten Sie es für möglich, dass Ihre Ex-Frau Herrn Jennerbier mit dem Mord beauftragte?«

»Carmen?«, fragte er sichtlich verblüfft.

»Wie kamen Ihre Frau und Ihr Bruder miteinander aus?«

»Nicht gut. Sie gingen sich weitgehend aus dem Weg.«

»Auch während Ihrer gemeinsamen Safari in Uganda?«

Er schwieg. Als er schließlich weiter redete, klang seine Stimme belegt.

»Woher wissen Sie davon!«

»So etwas rauszufinden ist mein Job. Also, wie kamen die beiden in der Golden Safari Lodge miteinander aus?«

Er überlegte. Schließlich meinte er jedoch:

»Da Sie es vermutlich ohnehin schon wissen: Carmen umgarnte in dem Urlaub unverhohlen meinen Bruder, um mich eifersüchtig zu machen. Es brachte ihr aber nichts. Weder wurde ich eifersüchtig, noch konnte sie bei Jörg landen.«

»Und nach der Reise?«

»Nichts!«

»Half Ihr Bruder Ihnen nicht bei Ihrer Scheidung?«

»Er war kein Anwalt.«

»Aber in der Finanzbranche tätig, oder?«

»Hören Sie, ich weiß, worauf Sie hinaus wollen. Auch wenn Sie von der Mordkommission sind, werde ich ganz sicher nichts sagen, das mich selbst belastet!«

»Es stimmt also. Ihre Frau warf Ihrem Bruder vor, er habe sie um ihr Geld gebracht?«

»Ja, aber Carmen und ich einigten uns!«

»Was heißt das?«

Er atmete hörbar schwer durch die Leitung. Schließlich fragte er:

»Sie nehmen das hier doch nicht etwa auf?«

»Nein! Und selbst wenn, wäre es als Beweis nicht zulässig. Also reden Sie schon!«

»Ich zahlte Carmen zweihunderttausend Euro auf eine Offshore-Bank. Es handelt sich genau genommen um eine Beteiligung an einem Hedgefonds, der äußert gute Erträge erwirtschaftet. Normalsterblichen ist so ein Fonds gar nicht zugänglich. Carmen kann sich davon locker ein Häuschen in

Kenia mieten und die Liebesdienste junger Männer bezahlen!«

Seine Stimme verriet seine tiefe, sich hinter wüstem Hass verbergende, Verletztheit. Anita wollte dennoch sichergehen, sich nicht verhört zu haben. »Was?«

»Was glauben Sie denn, warum Annika nichts mehr mit ihrer Mutter zu tun haben will? Ihre Mama lässt es sich gegen Bezahlung von Schwarzen, die ihre Söhne sein könnten, besorgen! Das ist meiner Tochter äußerst peinlich!

Jetzt wissen Sie endlich über die schmutzigen kleinen Geheimnisse meiner Familie Bescheid: Ich hintergehe das Finanzamt und meine Frau ist ein Flittchen! Als sie jünger war, machte sie für jeden halbwegs attraktiven Typen willig die Beine breit. Mit den Jahren wurden ihre Verehrer immer älter.

Sie war schon immer ein Afrika-Fan. Eines Tages entschied sie sich, dort auch ihre Liebhaber zu nehmen. Anfangs flog sie zwei- oder dreimal im Jahr für wenige Wochen hin. Seit unserer Trennung lebt sie ganz dort. Sind Sie jetzt zufrieden?«

Sein Frust der letzten Jahre hatte sich endlich Luft gemacht. Er fühlte sich erleichtert.

»Bedauerlich, dass Ihr bisheriges Leben auf diese Art und Weise verlief. Sie sind noch jung, können ihre Zukunft besser gestalten. Ich bin jedoch nicht Ihre Psycho-Tante, sondern Polizistin. Daher interessiert mich einzig und allein: Besaß Ihre Frau ein Motiv, Ihren Bruder ermorden zu lassen«, entgegnete Anita.

Sie hörte ihn schwer atmen. Er antwortete nicht. Sie wartete geduldig ab. »Also gut Frau Schenk, ich vertraue Ihnen. Dem Kommissar damals hätte ich es nie gesagt. Aber wenn Carmen wirklich diesem Wilderer den Auftrag gab, Jörg zu ermorden, soll sie dafür büßen. Ohne meinen Bruder hätte meine Frau aus der Scheidung etwa eineinhalb Millionen Euro bekommen. Diese Zahl werde ich Ihnen aber offiziell nie bestätigen!«

Das war allerdings ein Motiv! Nicht nur, dass Jörg Götz die Dame in ihrer Eitelkeit als Frau schwer gekränkt hatte. Er hatte sie um den Großteil ihres Geldes betrogen. Ohne ihn würde sie heute sicherlich um einiges sorgloser leben. Blieb nur noch die Frage nach Sonja Götz offen.

»Wie kam Ihre Ex mit der Frau Ihres Bruders aus?«

»Anfangs hatte Carmen Mitleid mit Sonja. Sie fand es unmöglich, wie mein Bruder mit ihr umging, und wollte ihr helfen. Sonja wies sie jedoch brüsk zurück und meinte, sie sei glücklich mit Jörg. Das nahm Carmen ihr übel. Irgendwie arrangierten sich die beiden dann jedoch miteinander. Es herrschte weitgehend Ruhe. Bis zu unserem gemeinsamen Safariurlaub in Afrika, der wie Sie wissen im Fiasko endete.«

»Glauben Sie, Ihre Frau hatte anschließend mit Ihrer Schwägerin eine Rechnung offen?«

Er zögerte, gab dann jedoch zu:

»Ich bin da sicher nicht objektiv. Aber heutzutage denke ich, dass Carmen ihren Selbstwert fast ausschließlich aus ihrer Wirkung auf Männer bezog. Lange lebte sie im Glauben, eine Bewegung ihres kleinen Fingers reiche aus, jeden Typen ins Bett zu bekommen. Mit dem fortschreitenden Verlust ihrer Attraktivität kam sie dementsprechend überhaupt nicht zurecht.

Carmen schaute jahrelang auf Sonja herab. Festzustellen, dass diese sich wesentlich besser gehalten hatte und die Männer sich nach wie vor nach Sonja umdrehten, war für Carmen brutal. Leider bemerkte ich viel zu spät, dass Carmen neben ihrem attraktiven Äußeren ein hässliches Inneres besaß.«

Anita erkannte, dass die Frage nach einem Motiv gegenüber Sonja Götz letztendlich bedeutungslos war. Der hypothetische Mordplan, dass Jörg Götz mittels eines Gummigeschosses aus dem Gleichgewicht und zum Absturz gebracht worden war, basierte letztendlich darauf, dass dieser zuvor am Abgrund riskant entlang balancierte. Wer ihn kannte, hatte gewusst, dass er dies mit Vorliebe in Anwesenheit seiner Frau tat. Also hatte man deren Gegenwart in Kauf nehmen müssen. Die Gelegenheit zu nutzen, sie dann gleich als Tatverdächtige der Polizei zu präsentieren, war auf verquere Art logisch.

So blieb einmal mehr die leidige Frage, ob sie Carmen Pfleiderer etwas nachweisen konnten. Ein erstes Indiz wäre das Auffinden des Videos, von dem Sonja Götz vermutete, ihre Schwägerin habe es auf dem Mörikefels von ihr gedreht. In Kenntnis des Verhaltens von sich in Trennung befindlichen Paaren fragte Anita:

»Herr Götz, Ihre Schwägerin vermutet, dass Ihre Ex-Frau den Mord an Ihrem Bruder in Auftrag gab.«

»Das habe ich Ihren bisherigen Fragen bereits entnommen!«, erwiderte Herr Götz hörbar bedrückt.

»Es gibt Hinweise darauf, dass Ihre Ex die ganze Szene heimlich filmte. Falls das Video noch existiert, könnte es bei einem Gerichtsprozess von großer Bedeutung sein. Können Sie uns einen Tipp geben, wo Ihre Frau es aufbewahren würde?«

Er brauchte eine Weile, ehe er antwortete:

»Tut mir leid, aber da kann ich Ihnen nicht helfen!«

»Vielleicht dann wenigstens mit einem Bild Ihrer Frau, das ungefähr 1994 aufgenommen wurde?«

»Wozu brauchen Sie das denn?«, fragte er verblüfft.

Anita hatte Herrn Dr. Kessler das Bild der jungen Carmen Götz gezeigt. Der Anwalt hatte bestätigt, dies könnte durchaus die Frau sein, die seinerzeit Herrn Jennerbier begleitet und das Foto gemacht habe. Daraufhin setzten Anita und Peter alle Hebel in Bewegung, um möglichst viel über Carmen Götz herauszubekommen. Das Ergebnis war ernüchternd.

Ihre Meldeadresse erwies sich als die Wohnung einer Freundin, die Frau Götzs seltene Post weiterleitete. Frau Götz hatte bei ihr nichts deponiert, also konnte es dort auch kein Video geben.

»Ich kann gar nicht glauben«, meinte Peter frustriert, »dass es heutzutage noch jemanden gibt, auf den seit vielen Jahren kein Handy angemeldet ist.«

»Frau Götz hatte mit Sicherheit ein Handy!«, entgegnete Anita entschieden.

»Wieso ergeben unsere Nachforschungen dann keinerlei Hinweise auf ein solches?«

»Vielleicht stammt die kenianische Prepaidkarte, die Jennerbier der jungen Eva Ströbele gab, ursprünglich von Carmen Götz. Zumindest wissen wir, dass sie schon länger ein Afrika-Fan ist und seit drei Jahren dort lebt. Vielleicht hat sie schon vorher mit afrikanischen Karten oder Verträgen telefoniert?«

»Dann werden wir nie was rausbekommen!«, sagte er entmutigt.

»Doch! Ihr Ex-Mann muss uns etwas sagen können!«

Anita wählte seine Nummer. Nach dem dritten Klingeln hob er ab.

»Sie können uns doch bestimmt die Handynummer Ihrer Ex-Frau sagen!«, kam Anita gleich zur Sache.

»Wozu brauchen Sie die?«, fragte Adrian Götz zurück.

Es war ihm anzuhören, dass er auf der Hut war. Anita seufzte innerlich, ehe sie geduldig erklärte:

»Vielleicht hat Ihre Ex den Sturz Ihres Bruders nicht mit einer Videokamera, sondern mit ihrem Smartphone gefilmt, wäre doch möglich. Ihre Mobilnummer könnte eine Spur dorthin weisen.«

»Ich denke darüber nach!«, entgegnete er zögernd.

»Herr Götz, es geht um den Mord an Ihrem Bruder!«

»Carmen ist ohnehin ziemlich am Ende! Wenn Sie die

einsperren, macht das Jörg auch nicht wieder lebendig. Da denke ich lieber an die Zukunft meiner Tochter Annika!«, antwortete er gereizt.

Sie verabschiedeten sich frostig voneinander. Peter sah seine Chefin an.

»Was meinte der mit der Zukunft seiner Tochter?«

»Die wird kaum begeistert sein, wenn sich ihre Mutter als Mörderin ihres Onkels entpuppt. Vielleicht fürchtet er, Annika könnte dadurch Schaden nehmen. Oder das Handy seiner Frau lief über sein Büro und er fürchtet im Falle eines Prozesses, dass die Steuerprüfung seinen Laden auseinandernimmt.«

»Was jetzt?«

»Wir stecken mal wieder in einer Sackgasse. Jetzt müssen wir hoffen, dass Herr Götz doch noch mit seinen Informationen rausrückt.«

»Die Mobilnummer allein bringt uns dem Film auch kaum näher! Wollte Roland sich nicht im Haus von Frau Götz in Diani Beach umsehen?«

Stimmt! Roland hatte sie ganz vergessen. Er hatte etwas Derartiges gesagt. Wobei Anita den Verdacht hegte, dass der Gute sich von der hübschen Witwe ganz schön benutzen ließ. Ob er wohl mittlerweile in Diani Beach eingetroffen war?

In diesem Augenblick stürzte Kommissar Knaus, ohne anzuklopfen, in ihr Büro. Sie wollte ihn gerade zurechtweisen, als sie seinen Gesichtsausdruck sah.

»Herr Götz wurde direkt vor seinem Haus niedergestochen. Per Fernbedienung öffnete er sein Garagentor. Noch während er in seinem Wagen wartete, dass dieses hochfuhr, riss ein Mann die Fahrertür auf und rammte ihm ein Messer in die Brust. Anschließend wollte der Täter abhauen. Zwei Jogger hatten seinen Anschlag mitbekommen und stellten ihn.«

»Wie geht es Herrn Götz?«

»Zum Glück war der Typ kein Profi. Vor der Tat hat er sich reichlich Mut angetrunken. Herr Götz konnte den Stich ablenken. Das Messer verletzte ihn auf der rechten Seite knapp unterhalb des Schlüsselbeins. Es wurden keine wichtigen Organe verletzt.«

»Gott sei Dank! Das klingt verdammt nach einem gezielten Mordversuch. Dann galt die Falle auf dem Woodpecker-Trail doch ihm.«

Markus Knaus nickte.

»Was weiß man über den Täter?«

»Er ist achtundfünfzig Jahre alt und wohnt in Freiberg in einer Sozialwohnung von Hartz IV. Herr Götz kennt ihn nicht. Auf den ersten Blick erscheint ein persönlicher Bezug zwischen den beiden eher unwahrscheinlich.«

»Klingt erneut nach einem als Killer engagierten Dilettanten.«

Werbetexter preisen Diani Beach als den schönsten Strand Ostafrikas, als einen Sehnsuchtsort, an dem das Meer türkis ist und der Sand weiß. Wie Muscheln an einer Kette reihen sich die Hotels mit ihren All-inclusive-Angeboten aneinander. Dazwischen und dahinter verstecken sich kleine Bungalows, in denen Weiße sich dank ihres Wohlstands die Illusion von Liebe mit halb so alten Schwarzen erkaufen.

In einem der Bungalows kippte soeben ein schmerbäuchiger Wiener von deutlich über fünfzig afrikanisches Bier in sich hinein. Dazu hörte er eine Schlagersängerin, deren beste Zeit lange zurücklag, schmalzig von der wahren Liebe singen. Vor der Tür wartete eine junge afrikanische Schönheit im Minikleid geduldig darauf, von ihm wieder hineingerufen zu werden. Bis dahin vertrieb sie sich die Zeit mit ihrem pinken, strassbesetzten Smartphone.

Carmen Götz saß hingegen im *Beergarden*. Soeben stürzte sie ihren dritten Caipirinha hinunter. Sie hatte ihre herzförmigen Ohrringe angelegt. Dazu trug sie das so gut zu ihren schwarz gefärbten Haaren passende erdbeerrote Kleid. Leider schnitt es ihr neuerdings im Sitzen fast die Luft ab. Jeden Augenblick drohte eine Naht zu reißen. Zu Hause müsste sie jetzt hungern und sich quälen, um ihren Körper wieder einigermaßen in Form zu bringen. Andernfalls sah sie keine Chance, die Aufmerksamkeit eines halbwegs attraktiven Mannes zu gewinnen, schon gar nicht die eines deutlich jüngeren. Sie seufzte. Der fehlende Diätzwang war aber auch so ziemlich der einzige positive Aspekt ihrer gegenwärtigen Lage. Ein junger Schwarzer trat an ihren Tisch und entblößte ein makelloses, weißes Gebiss.

»You want dance?«, fragte er.

Sie ließ ihren Blick über seinen trainierten, muskulösen Körper gleiten. Wenn sie wollte, würde er ihr noch heute Nacht jeglichen Wunsch erfüllen. Ein aufreizender Gedanke. Trotzdem rührte sich in ihrem Schoß nichts. Ihr war klar, dass sich heute vermutlich auch nichts mehr rühren würde.

»No, thank you. Not this evening. Maybe another evening?«

Er verabschiedete sich mit einem Lächeln. Sie versuchte weiter, ihre schlechte Laune durch Alkohol zu betäuben. Toni hatte ihr die große Liebe vorgegaukelt. Dabei war er mit einer jungen, hübschen Frau verheiratet. Mit ihrem Geld hatte er seiner Frau den Aufbau eines kleinen Ladens und einer Wäscherei finanziert! Sie schüttelte sich. Männer waren einfach Schweine!

Sie orderte einen weiteren Drink. Dumpf drangen trotz des Alkohols Selbstvorwürfe in ihr Bewusstsein:

Du hättest dich mit den Tagen und Stunden, die Toni mit dir verbrachte, zufriedengeben sollen! Aber nein, du musstest ihm ja nachspionieren! Ohne den von dir bezahlten Schnüffler lägst du jetzt zufrieden mit Toni im Bett! Er würde dir sagen, wie schön du bist und du müsstest dich nicht als alternde Matrone hier im Beergarden bloßstellen!

Unter dem Tisch drückte sie die Glut ihrer Zigarette in das schlaffe Fleisch ihres Unterarms. Vor Schmerz schloss sie die Augen, atmete scharf ein. Der Geruch verbrannten Fleisches stieg ihr in die Nase. Aber es half. Ihr Hirn war wieder auf einer anderen Spur.

Egal! Sie zuckte mit den Schultern. In ein paar Tagen wäre sie über ihn hinweg, bereit für einen neuen Toni. Wenn da nur ihr finanzielles Problem nicht wäre! Es ärgerte sie, dass ihr Ex-Mann recht behalten hatte. Adrian hatte sie gewarnt: Wenn sie anfinge, ihren Kapitalstock auszugeben statt sich auf die jährlichen Erträge zu beschränken, wäre sie bald pleite. Ihre Faust donnerte auf den Tisch. Sie wollte sich nicht beschränken, sondern leben! Und zwar jetzt!

Hoffentlich sprach sich in Diani Beach nicht herum, dass bei ihr nichts mehr zu holen war. Sonst wäre es abrupt mit der Aufmerksamkeit der Männerwelt vorbei. Das hatte sie vor einem Monat bei Thilo, ihrem ehemaligen Nachbarn, mitbekommen. Erst hatte sie sich gewundert, dass keine jungen Mädels mehr bei ihm auftauchten. Dann hatte sie gehört, wie er in seinem Bungalow brutal zusammengeschlagen worden war. Sie hatte gerade die Polizei rufen wollen, als sie den Besitzer seines Bungalows entdeckte. Gelangweilt hatte er den Schlägern zugesehen. Eine Zigarette zwischen den Lippen hatte er ihr zugenickt. Da war ihr klar geworden, ihr Nachbar hatte keine Miete mehr gezahlt und sich törichterweise geweigert, auszuziehen. Zwei stiernackige Schwarze hatten ihn schließlich aus dem Haus geschleppt, ihn auf die Straße geschmissen und dadurch ihre Nachbarschaft beendet.

Carmen zündete sich eine neue Zigarette an. Gegen ihre Nervosität inhalierte sie den Rauch tief. Im ersten Augenblick hatte sie damals Panik bekommen, eilig ihren eigenen Bungalow verriegelt und sich auf den Weg in Kokkos Café gemacht.

Schließlich hatte sie eine Neuigkeit, die unter den Europäern auf Interesse stoßen würde. Außerdem hätte sie es nicht ertragen können, wenn Thilo an ihren Bungalow geklopft und um Einlass gefleht hätte.

Letztendlich war es dann doch sie gewesen, die Thilo geholfen und ihm den Flug nach Deutschland gezahlt hatte. Das war nicht aus Nächstenliebe geschehen. So tickte hier keiner. Eher hatte es sich um eine Investition gehandelt, die sich hoffentlich bald auszahlte. Um ihren Liquiditätsengpass bis dahin zu überbrücken, könnte sie sich an ihre Ex-Schwägerin wenden. Die wollte sicher noch immer nicht, dass ein bestimmtes Filmchen öffentlich wurde.

Einmal mehr ließ Carmen ihre Zeche anschreiben. Deutlich torkelnd begab sie sich zurück zu ihrem Bungalow. Wäre sie nicht so betrunken gewesen, hätte sie vielleicht das Licht der Taschenlampe bemerkt, das rasch erlosch, als sie in den schmalen Pfad zu ihrem Bungalow einbog.

In Stuttgart klingelten Anita und Peter an Herrn Götzs Haustür. Nichts rührte sich. Anita klingelte ein zweites und ein drittes Mal. Gerade als die Kriminalisten sich abwenden wollten, öffnete sich die Tür.

»Sie wünschen?«

Annika, die Tochter des Hauses, stand geschminkt wie ein Model in der Tür.

»Ist dein Vater da?«, fragte die Kommissarin.

»Nein, er macht gerade zusammen mit seinem Steuerberater eine Selbstanzeige!«

Anita konnte den Gesichtsausdruck der jungen Frau bei ihren Worten nicht deuten. Wahrscheinlich wusste diese selbst nicht, was sie vom Tun ihres Vaters halten sollte.

»Das ist ein mutiger Schritt von deinem Vater«, erwiderte

Anita. »Zu wenige Menschen haben selbst die Kraft, zu ihren eigenen Fehlern zu stehen.«

Sie zögerte, dann fragte sie:

»Finden Sie das wirklich mutig von ihm?«

»Ja.«

Anitas Worte zauberten ein verzagtes Lächeln auf die Lippen der jungen Frau.

»Ich muss dann mal los!«, meinte Annika und ließ die beiden Polizisten stehen.

Anita und Peter sahen ihr hinterher.

»Meinst du, er macht mit den Taten seiner Ex-Frau ebenfalls reinen Tisch?«, fragte Peter.

»Das können wir nur hoffen!«, seufzte Anita.

In diesem Augenblick bog Herr Götzs schwarzer Daimler in die Straße ein. Auf Höhe seiner Tochter hielt er an und wechselte einige Sätze durchs geöffnete Seitenfenster mit ihr. Dabei warf er den Polizisten durch die Windschutzscheibe finstere Blicke zu. Vermutlich wollte er von Annika wissen, ob die Polizei sie während seiner Abwesenheit ausgefragt hatte. Schließlich fuhr er weiter, parkte in der Einfahrt. Sie grüßten einander knapp. Er bat die beiden ins Haus. Anita sah ihm an, dass er innerlich schwer mit sich rang.

»Ist Ihnen in Bezug auf das Handy Ihrer Ex-Frau etwas eingefallen?«, fragte sie vorsichtig.

Statt zu antworten, sah der Hausherr die Kommissarin lange an. Endlich meinte er:

»Sie sind nur in meinem Haus, weil Sie sich meiner Tochter gegenüber positiv über mich äußerten.«

»Jedes Wort Ihrer Tochter gegenüber, war meine ehrliche Überzeugung!«, erwiderte sie ruhig.

Er seufzte, dann gab er zu:

»Das glaube ich Ihnen sogar. Trotzdem bin ich mir noch nicht sicher, wie offen ich mit Ihnen über das Tun meiner Ex-Frau sprechen soll.«

»Wollen Sie Ihre Ex immer noch schützen? Sie hat nicht nur für Ihren Bruder einen Killer engagiert!«

Er wurde so weiß im Gesicht, dass er jeden Augenblick vom Stuhl kippen konnte.

»Sind Sie dessen sicher?«

»Thilo Scheurer bekam von Ihrer Ex den Flug von Kenia nach Deutschland bezahlt. Als Gegenleistung sollte er Sie umbringen. Von dem Geld, das Sie ihr vererben, also letztlich Ihrem Geld, wollte sie ihm dann noch zehntausend Euro bezahlen. In seiner Wohnung fanden wir eine Rolle der für den Anschlag am Woodpecker-Trail verwendeten Perlonschnur. Von ihr fehlte exakt die für den Anschlag verwendete Länge. Im Auftrag Ihrer Ex hat er zweimal versucht, Sie umzubringen! Außerdem hat eine anonyme Quelle«, hier lächelte Anita kurz, »uns den Computer Ihrer Ex aus Kenia zugesandt. Auf ihm fanden wir nicht nur das Video vom Absturz Ihres Bruders am Mörikefels. Unsere Spezialisten konnten auch Teile der gelöschten E-Mail-Korrespondenz zwischen Frau Pfleiderer und Herrn Jennerbier wiederherstellen. Sie belegt, dass Jennerbier im Auftrag ihrer Ex mittels eines Gummigeschosses absichtlich den tödlichen Sturz herbeiführte. Sie war zugegen und filmte das Ganze.«

»Also gut, ich helfe Ihnen. Carmen hat mich um ein Flugticket nach Deutschland angebettelt. Ich buche für sie einen Flug von Nairobi nach Frankfurt. Dann können Sie Carmen dort festnehmen.«

Die Triebwerke brüllten. Der Jet raste immer schneller dem Ende der Startbahn entgegen. Gleich würde ihr Flugzeug abheben. Nervös griff Anita nach Bernhards Hand. Dieser hielt sie zärtlich in seiner linken. Mit seiner rechten tätschelte er sie beruhigend.

»Seit wann hast du Angst vorm Fliegen?«, fragte er.

»Habe ich nicht!«

»Nein?«

»Nein!«

Das Fahrwerk verlor den Kontakt zum Boden. Der Airbus zog steil nach oben. Ihr Magen fühlte sich flau an. Anita wandte sich Bernhard zu.

»Ich habe wirklich keine Angst vorm Fliegen, sondern vor unserer Woche in Griechenland. Was, wenn ich dich enttäusche? Gibt es dann keine weiteren gemeinsamen Reisen mehr? Muss ich dann stattdessen auf der Suche nach etwas Zuwendung und Zärtlichkeit alleine nach Diani Beach fliegen?«

Er sah ihr tief in die Augen. Fest drückte er ihre Hand.

»Nein, das musst du nicht! Unsere Krise ist überstanden. Ich bleibe bei dir und werde dich bis zu meinem Tod lieben.« Bernhard drückte noch fester zu. »Das verspreche ich dir hiermit feierlich!«

Tränen traten in ihre Augen. Sie, die sonst stets stark sein musste, wehrte sich nicht dagegen. Ihr war klar, dass seine Worte keine absolute Garantie darstellten. Aber sie glaubte ihm, dass er sie liebte und er dies auch den Rest seines Lebens vorhatte. Lag es einfach nur am Glück, dass sie an einen guten Kerl wie ihn und an kein mieses Schwein wie Jörg Götz geraten war?

Danksagungen und Quellen

Mein Dank gilt zunächst »Frauen helfen Frauen«. Eine Mitarbeiterin der Beratungsstelle sprach mit mir ausführlich über ihre Arbeit und las Auszüge des Manuskripts gegen. So half sie, die Beziehung zwischen Sonja und Jörg authentisch zu gestalten. Wer in seiner Beziehung ähnliches wie Sonja erlebt, sollte sich von einer Stelle wie Frauen helfen Frauen beraten lassen.

Mein Dank gilt weiter Sven-Clemens Sykora, der mir nicht nur den Unterschied zwischen Downhill-Bikern und Enduristen erklärte. Darüber hinaus halfen mir persönliche Anschauungen vor Ort, Videos und Zeitungsartikel, ein Gespür für Downhill zu bekommen. Im November 2015 wurde am Kappelberg vor den Toren Stuttgarts tatsächlich eine Schnur auf Halshöhe über eine Downhill-Piste gespannt.

Besonders danke ich natürlich meinem Lektor Bernd Weiler und allen Mitarbeitern von Oertel + Spörer, die zum Werden dieses Buches beitrugen. Auch meiner Frau Nicole und meinem Freund Peter Wagner danke ich für ihre Unterstützung.

Über Fußball-Hooligans informierte ich mich in der Bachelor-Arbeit von Anja Bartmann und mittels Internet-Recherche. Zu den Sugar Mamas von Diani Beach inspirierten mich der Film »Paradies Liebe« von Ulrich Seidel und mehrere Zeitungsartikel. Die Idee einen Sturz vom Mörikefels als Kriminalfall aufzuarbeiten erhielt ich durch Presseberichte über Harold Henthorn, der 2012 seine zweite Frau bei einer Wanderung einen vierzig Meter hohen Felsen hinunter in den Tod stieß. Seine erste Frau soll er ermordet haben, indem er beim Reifenwechsel das Auto vom Wagenheber trat.

Unterhaltung ist in Deutschland eine ernste Sache. Anders kann ich mir nicht erklären, wieso für etliche Leser selbst Belletristik immer solide recherchiert sein muss. Möge auch der strengste Leser mir verzeihen, dass die Golden Safari Lodge als letzter Rückzugsort echter Kerle, lediglich meiner Fantasie entsprang.